Recitação da Passagem:
A Obra Poética de Edimilson de Almeida Pereira

Maria José Somerlate Barbosa

Recitação da Passagem:

A Obra Poética de Edimilson de Almeida Pereira

MAZZA edições

CAPA
Fotografia de Eustáquio Neves
Série Arturos, Minas Gerais, 1993-1994

REVISÃO
Édimo de Almeida Pereira
Ana Emília de Carvalho
Maria José Somerlate Barbosa

DIAGRAMAÇÃO
Anderson Luiz Souza

Obra atualizada conforme o
Acordo Ortográfico da Língua Portuguesa.

B238r Barbosa, Maria José Somerlate.
Recitação da passagem: a obra poética de Edimilson Almeida Pereira / Maria José Somerlate Barbosa. – Belo Horizonte : Mazza Edições, 2009.

272 p. ; 16x23 cm.

ISBN: 978-85-7160-493-3

1. Literatura brasileira. 2. Crítica literária. I. Título.

CDD: B869.09
CDU: 821.134.3(81)-09

MAZZA EDIÇÕES LTDA.
Rua Bragança, 101 | Pompeia
30280-410 | BELO HORIZONTE | MG
Telefax: (31) 3481-0591
edmazza@uai.com.br | www.mazzaedicoes.com.br

Impressão e acabamento: Yangraf Gráfica e Editora

Agradecimentos

Laroiê, Exu!
Odoiyá, Iemanjá! / Kabiencille, Xangô!

Agradeço a Edimilson, pela contribuição com o material, as entrevistas e a disponibilidade de tempo, e a Isaac Rivera-Campos, pelo auxílio com a tradução dos poemas, originalmente publicados em espanhol. A Eustáquio Neves, que nos permitiu usar a fotografia da capa, e a Lúcio Dias, pelas outras fotografias dos Arturos, aqui registro o meu apreço. As análises dos poemas "Três Tambores Sagrados", "Missa Conga", "Tiradentes", "Avisos de Praça" e a segunda parte de "Instrução do homem pela poesia em seu rigoroso trabalho" haviam sido publicadas em *Luso-Brazilian Review*. As leituras dos poemas "Visitação" e "Emissários" foram publicadas em *Brasil afro-brasileiro* (organização de Maria Nazareth Soares Fonseca). As análises dos poemas "Santo Antônio dos Crioulos", "Sumidouro", "Lapassi", "Monjolo" e Pilão" e as partes 1 e 3 do poema "Instrução do homem pela poesia em seu rigoroso trabalho" foram incluídas em *Poéticas afro-brasileiras* (organização de Maria do Carmo Lanna Figueiredo e Maria Nazareth Soares Fonseca). Aproveito alguns trechos da entrevista que conduzi com Edimilson em 1996 e que foi publicada em *Brasil/Brazil: Revista de Literatura Brasileira / Journal of Brazilian Literature*. A todos meus sinceros agradecimentos. Todas as análises previamente publicadas foram acrescidas de outras informações e sofreram extensas revisões para melhor dialogar com os novos posicionamentos, com as novas abordagens críticas e com as leituras inéditas dos outros poemas.

Dedico este livro a

Dos Anjos e a sua casa da palavra;
a Luiz e os seus pés vassalos.
Nos riscos da memória,
minha ternura.
Sempre.

"Para que serve um poema? Talvez para insistir que há sempre restos, equívocos, lapsos, fraturas na sintonia do homem com o real. Ignorá-los é acreditar na adequação entre palavras e coisas, na vigência de um discurso homogêneo que negasse a cada um a possibilidade de negociar com as palavras as frestas de perturbação e mudança de que elas e nós necessitamos para continuarmos vivos."

Antonio Carlos Secchin

SUMÁRIO

Prólogo

"UM ATO DE ESPIONAGEM"[1]

"E na dextra do que estava sentado no trono um livro escrito por dentro e por fora, selado com sete selos. E vi um anjo forte, bradando com grande voz: 'quem é digno de abrir o livro e de desatar os seus selos?' E ninguém no céu, nem na terra, nem debaixo da terra, podia abrir o livro ou olhar para ele."[2]

Apóstolo São João Batista

---

[1] Vide PEREIRA, Edimilson de Almeida. A letra e a voz. In: _____. *Casa da palavra: obra poética 3.* Belo Horizonte: Mazza Edições, 2003, p. 231.

[2] Vide BATISTA, João. *Apocalipse* 5.1-3. In: BATISTA, *et al. Novo testamento. Bíblia Sagrada*. Tradução de João Ferreira Almeida. Edição revista e corrigida. 43. impressão. Rio de Janeiro: Imprensa Bíblica Brasileira, 1980.

A letra e a voz

O que ouço é o texto ou a voz de quem o leu? Um e outra atravessam os moradores da casa só rumores. Pardais no teto, rusga entre os netos. O chão vocifera, um vaso se parte. Cada um, à sua maneira, engorda os cômodos, quando conversa. As plantas e as pedras nos ocupam com seus dialetos. Mas ouvimos, no meio de tudo, talvez um texto e a voz que o lê. Se é notícia rude ou sorte, se é nossa gente, como saber? No rascunho da tarde, escutar é um ato de espionagem.[3]

Em 1995, encontrei, em bibliotecas universitárias norte-americanas, dois livros que me levaram a Edimilson de Almeida Pereira: *Negras Raízes Mineiras: Os Arturos,* um projeto de antropologia cultural em parceria com Núbia Pereira de Magalhães Gomes, e *Árvore dos Arturos,* poemas também sobre essa comunidade afrodescendente.[4] Motivada pelo desejo de trilhar os caminhos literários do autor, em julho de 1996, visitei-o em Juiz de Fora, cidade onde nasceu e vive, e durante uma semana conduzi uma entrevista que me viabilizou uma percepção mais ampla do seu imaginário poético e da

[3] Vide PEREIRA, A letra e a voz, *op. cit.*, p. 231.

[4] A comunidade dos Arturos está situada em Contagem, Minas Gerais (a 12 quilômetros de Belo Horizonte). Para maiores informações, vide PEREIRA, Edimilson de Almeida e GOMES, Núbia Pereira de Magalhães. *Negras raízes mineiras: os Arturos*. Juiz de Fora, Ministério da Cultura/EDUFJF, 1988; e PEREIRA, Edmilson de Almeida. *Árvore dos Arturos*. Juiz de Fora: Ed. D'Lira, 1989.

sua trajetória pessoal e intelectual.[5] Daquele colóquio ficaram bem marcadas a clareza do discurso de Edimilson, a leveza dos seus tons e a delicadeza com que trata a vida e a morte.

O desejo de agraciar o público leitor com algo inusitado parece ser uma das razões por que entrevistadores buscam a resposta buliçosa e/ou distinta nas conversas com os entrevistados. Sobre isso já se pronunciara João do Rio, quando registrou que o público "[quer] saber em que deuses crêem os seus profetas e o que realmente pensam e quem são os seus pensadores e os seus artistas".[6] (Por essa característica pragmática da entrevista, Mário Ventura considera-a um gênero literário em que há "um trabalho de perseguição e caça".[7]) Para o contato inicial com Edimilson, não fugi à regra e cheguei a Juiz de Fora com a postura comum em entrevistas em que se busca desvendar mistérios e descobrir intenções que possam ajudar os leitores a entender de forma mais detalhada o escopo e o conteúdo da obra do autor. Talvez pela extensão tanto da conversa quanto do material colhido e registrado, a entrevista divergiu de outras que eu já havia conduzido. Naquela semana, satisfazendo a curiosidade que leva ao "trabalho de perseguição e caça", desmanchei alguns nós da escrita "selada com sete selos",[8] mas me tornei menos uma "caçadora" em busca de algo noticioso e mais uma iniciada nos percursos literário-culturais de Juiz de Fora.

Após transcrever todas as partes gravadas da entrevista, percebi que o volumoso material coletado não caberia no parco espaço de um artigo-entrevista (como era o plano inicial). Resolvi, então, selecionar as conversas que versavam sobre literatura e publicá-las, fazendo-as acompanhar de uma pequena antologia poética de Edimilson.[9] Reservei todo o outro material das entrevistas que ficara inédito (principalmente a parte que versa sobre o universo linguístico, sociocultural e religioso mineiro) para incluir em um livro que

---

[5] Conversei apenas com Edimilson, pois, por ocasião da entrevista, Núbia já havia falecido, vítima de um acidente rodoviário em 26 de outubro de 1994. Para observar em primeira mão o contexto sociocultural que Edimilson descreve na sua poesia e no Projeto *Minas e Mineiros*, visitei também algumas comunidades afro-mineiras e entrevistei algumas pessoas da Comunidade dos Arturos.

[6] Vide RIO, João do. *Momento literário.* Curitiba: Criar Edições, 2006, p. 16-17.

[7] Vide VENTURA, Mário. *Conversas.* Lisboa: Publicações Dom Quixote, 1986, p. 12-13.

[8] A expressão "selada com sete selos" é uma referência à passagem do *Apocalipse* citada na primeira página deste prólogo. Vide também, PEREIRA, Edimilson de Almeida. Sete selado. In: _____. *As coisas arcas: obra poética 4.* Juiz de Fora: Funalfa Edições, 2003, p. 186.

[9] Vide BARBOSA, Maria José Somerlate. Edimilson de Almeida Pereira: com modos e truques de ouvir (entrevista). *Brasil / Brazil: Revista de Literatura Brasileira / Journal of Brazilian Literature,* n. 19, 1998, p. 98-130.

comecei a esboçar em 1999 e cuja escrita, por razões diversas, só agora pôde tomar forma e corpo.[10] Ao longo desses anos, mantive um diálogo com Edimilson e sua obra[11] e, muitas vezes, eu me senti apadrinhada de uma forma muito especial, por ter acesso tão constante ao seu acervo literário e pela disponibilidade de Edimilson para a troca de ideias.

No intuito de ilustrar e explicar o próprio processo da escrita e traçar uma estratégia de representação, esta análise apresenta vários dos poemas de Edimilson na íntegra, além de alguns fragmentos poéticos (versos soltos ou expressões), partes das entrevistas e conversas esparsas que tivemos desde 1996. Para facilitar a análise dos registros gerais da sua produção artística, o veio analítico se entrelaça ao poético e a voz da intérprete dialoga com a obra do autor. Assim, a voz de Edimilson cumpre também o papel de elemento mediador, estabelecendo uma ponte entre "o texto e a voz que o lê", como descrito no poema "A Letra e a Voz", previamente citado. Em sintonia com a corrente da crítica pós-modernista – que abriu espaço mais amplo para interpretações nas quais se estabelece um diálogo entre as experiências pessoais dos autores e sua criação literária – ao longo deste estudo, entrelaço as minhas análises com as explicações que Edimilson me ofereceu, na esperança de esboçar um perfil simultaneamente abrangente e detalhado de sua poesia e vida, de seu espaço e tempo.

Portanto, busco no diálogo com o escritor as referências que possam facilitar o entendimento dos textos e uma maior compreensão das características gerais da sua produção poética e da relação poeta-antropólogo, especialmente no exame das raízes afro-mineiras e da diáspora africana presentes na sua literatura. Durante o processo da escrita, muitas vezes, eu me perguntei: "Como podemos distinguir o poeta da poesia?"[12] E acabei por compreender que talvez

---

[10] Considerando-se a defasagem de tempo decorrido entre a entrevista inicial e a publicação deste estudo, sempre que necessário, acrescento às entrevistas de 1996 outros comentários, outras informações e reformulações de ideias que Edimilson me forneceu posteriormente, ou que atualizei por meio de pesquisa e análise.

[11] Vide BARBOSA, Maria José Somerlate. Strategies of poetic language in Afro-mineiro discourses. *Luso-Brazilian Review*, v. 37, n.1, p. 63-82, 2000; BARBOSA, Maria José Somerlate. Exu: verbo devoluto. In: FONSECA, Maria Nazareth Soares (Org.). *Brasil afro-brasileiro*. Belo Horizonte: Autêntica, 2000, p. 153-171; e BARBOSA, Maria José Somerlate. Dicionário de forquilhas: a poesia de Edimilson de Almeida Pereira. In: FIGUEIREDO, Maria do Carmo Lanna; FONSECA, Maria Nazareth Soares (Org.). *Poéticas afro-brasileiras*. Belo Horizonte: Mazza Edições; PUC Minas, 2002, p. 159-190.

[12] Esta frase é uma paráfrase do verso "How can we know the dancer from the dance?" Vide YEATS, William Butler. Among School Children. In: _____. *The poems of W. B. Yeats*. New York: Thistle Press, 1970.

não seja este o caminho a trilhar, pois interpretar não significa necessariamente definir, delimitar ou demarcar, mas embarcar numa viagem de aprendizagem pelo universo simbólico e linguístico que o autor escolheu.

Não resta a menor dúvida de que é um privilégio escrever sobre a obra de alguém com quem se pode manter um contato amistoso e frequente. A desvantagem é que, dada a profusão criadora de Edimilson e o fato de que é um escritor ainda bastante jovem, nem bem terminara este livro e sentia que ele já se tornara, de certa forma, inconcluso. Esse desejo de ancorar uma obra no tempo e o medo da omissão que, em geral, acompanham qualquer estudo crítico-literário acabam por salientar "a ansiedade da incompletude que acompanha o ato de escrever"[13] e que se torna ainda mais proeminente quando se escreve sobre uma obra em andamento. Por outro lado, essa "ansiedade da incompletude" tende a se atenuar quando levo em conta que este é o primeiro estudo de fôlego largo sobre a obra de Edimilson e que, por conseguinte, poderá servir de roteiro a outros pesquisadores.

Considerando-se a diversidade, a complexidade e o volumoso acervo de textos publicados por Edimilson, optei por selecionar alguns aspectos da sua obra poética para esta análise. Muitos foram os fatores que influenciaram a escolha dos textos literários aqui discutidos, mas, de maneira particular, falaram mais alto os poemas em que notei deslocamentos linguísticos e a criação de metáforas inusitadas. Chamaram-me a atenção também aqueles textos em que há um forte anseio de decifrar a escrita (seu âmago e processo) e que enfatizam o ritmo da dúvida, do espanto, do conflito e da articulação do desejo. Escolhi os textos em que pressenti uma ebulição poética muito nítida e com os quais consegui palestrar de forma mais prolongada ou que tocaram a minha sensibilidade estética mais de perto. Os poemas que dialogam em maior proximidade com sua obra de antropologia também receberam destaque neste estudo.

Como leituras textuais geralmente se baseiam em preferências, a própria seleção do material examinado, a escolha de certos aportes teóricos ou a ênfase em determinados aspectos da obra revelam o teor subjetivo de qualquer análise literária e mostram que nenhuma interpretação está livre de omissões e/ou exclusões. No entanto, sabe-se também que, nos "truques e modos"[14] de olhar

---

[13] Tomo emprestada a expressão, usada em outro contexto. Vide BHABHA, Homi K. *O local da cultura*. Tradução de Myriam Ávila, Eliana Lourenço de Lima Reis e Gláucia Renate Gonçalves. Belo Horizonte: Ed. Universidade Federal de Minas Gerais, 1998, p. 14.

[14] Adaptei esta expressão do verso "com truques e modos de ouvir". Vide, PEREIRA, Edimilson de Almeida, Instrução do homem pela poesia em seu rigoroso trabalho. In: _____. *Casa da palavra, op. cit.*, p. 188.

e de sentir os textos, nem tudo são marcas e escoriações, já que as análises podem revelar nuanças que poderiam passar despercebidas até ao próprio autor. No afã da escrita, pratico um "ato de espionagem", como diria a voz poética de "A Letra e a Voz", pois esforço-me para salientar sentidos escondidos nos vãos das palavras e escavar veios impregnados de matéria poética. Mas não o faço em busca de um sentido transcendental, tentando chegar a uma essência ou me esforçando para ancorar a "presença", visto que, nos textos de Edimilson, o significado está sempre adiado no infinito jogo de significações.[15]

A estrutura deste estudo está definida pelo roteiro da própria obra de Edimilson, por isso o corpo analítico foi surgindo de maneira orgânica, à medida que a análise dos poemas conseguia estabelecer uma relação dialógica com os textos. Ainda que esta leitura seja também uma litura – já que ler e interpretar são atos de estriar um texto para mapear outras cartografias –, a melhor explicação para a metodologia que apliquei a este estudo pode ser encontrada no pressuposto que a última estrofe do poema "Ranhuras" exemplifica:

> Entro nessa direção
> sem roteiros.
> O que aí se mostra
> são mapas
> de outros mapas. [16]

"A RECITAÇÃO DA PASSAGEM"

Escolhi a expressão "Recitação da Passagem"[17] para título deste livro porque sugere tanto os contornos de uma linguagem reinventada pelo ludismo poético como o desdobramento epistemológico e ontológico do jogo textual. A palavra "recitação" pode ser facilmente associada à poesia, pois "recitar" comunica

---

[15] Para discussões sobre os conceitos "presença" e "significado transcendental", vide DERRIDA, Jacques. *Writing and difference.* Translated by Alan Bass. Chicago: University of Chicago Press, 1978.

[16] Vide PEREIRA, Edimilson de Almeida Pereira. Ranhuras. In: _____. *As coisas arcas, op. cit.*, p. 133.

[17] Vide PEREIRA, Edimilson de Almeida. Fábula. In: _____. *Zeosório blues: obra poética 1.* Belo Horizonte: Mazza Edições, 2002, p. 164.

os sentidos de ler em voz alta, bem como de pronunciar, contar, narrar e referir. É também longa a lista de significados vernáculos que a palavra "passagem" adquiriu e que podem ser associados à poética de Edimilson. "Passagem" refere-se ao ato ou efeito de passar, local por onde se passa, um corredor de uma casa, um caminho e uma caminhada. Significa também comunicação ou ligação; tem ainda as conotações de trecho de uma obra citada, bilhete de viagem, fragmento de uma escala musical, acontecimento, episódio, mudança e transição. Todos esses significados estão presentes nas análises que apresento neste estudo e são partes integrantes das metáforas inusitadas e das bifurcações de sentido da poesia analisada. Esses significados exemplificam também o palimpsesto linguístico-cultural do qual Edimilson se nutre, bem como a versatilidade e a volatilidade das palavras nas suas estratégias poéticas. Os cabeçalhos de cada divisão deste livro também foram recolhidos dos poemas do autor, estabelecendo assim um elo maior entre a análise crítica e a obra analisada.

Em linhas gerais, além da parte de referências, este trabalho se reparte em um prólogo e cinco capítulos que apresentam análises da obra poética de Edimilson. O primeiro segmento, "O Timbre da Vogal", oferece um apanhado geral da poética, discutindo também várias intertextualidades e os aspectos metapoéticos dos seus textos. O segundo capítulo, "A Recitação da Passagem", analisa os "efeitos-vestígios" da sua poesia, tanto em relação à linguagem quanto aos traços e às cicatrizes da História e da diáspora africana. O terceiro segmento, "Bagagem de Mutáveis Espelhos",[18] enfoca alguns poemas do *Livro de falas* e dialoga com a herança linguística africana que Exu representa. Discute a influência da mitologia africana na sua produção poética (Dikishi, Dangbé, Ananse, *iteques* e sereias, como Iemanjá e Kianda). Traçando vários paralelos com outros textos, o quarto capítulo, "A Pele em Transe", examina o livro-poema *Caderno de Retorno*. Esta parte serve de ponte de ligação entre os capítulos anteriores e o último capítulo e apresenta também alguns aspectos da relação vida-obra do autor. O quinto capítulo, "O Rastro das Cidadelas",[19] oferece uma análise da sua poesia no contexto afro-brasileiro e em relação aos seus estudos de antropologia cultural, enfocando Minas Gerais e suas cidades históricas.

Tanto pela abrangência como pelo enfoque, esta leitura também tem como objetivo revelar passagens, expor canais condutores e abrir espaços

---

[18] A expressão "bagagem de mutáveis espelhos" foi tirada do poema "Visitação". Vide PEREIRA, *Casa da palavra, op. cit.*, p. 21.

[19] A expressão foi pinçada de um poema de Edimilson. Vide PEREIRA, Edimilson de Almeida. Andações. In: _____. *Casa da palavra, op. cit.*, p. 24.

para outras leituras críticas dos textos de Edimilson. De modo que, visando ajudar futuros pesquisadores da sua obra, a última parte do livro, "Referências", apresenta uma pequena biografia do autor e um diagrama que cataloga as publicações individuais dos poemas em livros e antologias. Reúne também a bibliografia do autor e a fortuna crítica sobre sua produção literária e cultura. Para facilitar o percurso do leitor por este estudo, encontra-se nas referências um índice onomástico e temático. Considerando-se a extensão da obra de Edimilson e a recepção crítica dela, optei por reunir na bibliografia apenas os textos do autor e os estudos sobre sua obra, deixando as referências a outros autores nas notas de rodapé. Para ilustrar visualmente lugares, pessoas e eventos mencionados, inclui algumas fotografias e outras ilustrações. Como esta obra tem por objetivo atingir tanto um público especializado quanto leitores fora do circuito acadêmico, nas notas de rodapé, encontram-se comentários explicativos que poderão servir de glossário do léxico específico e melhor facilitar a compreensão da obra.

TRUQUES E MODOS DE INTERPRETAR

No seu livro de memórias, *If This Be Treason: Translation and Its Dyscontents,* Gregory Rabassa teoriza sobre a experiência de traduzir e pondera que traduzir e trair são faces da mesma moeda. Baseia seu argumento em um dito popular italiano que considera o tradutor um traidor ("traduttore, traditore") e conclui (parafraseando uma frase de Patrick Henry que ele cita como epígrafe) que, se for mesmo um ato de traição, o tradutor deve ao menos tirar o máximo proveito dessa estratégia.[20] Rabassa também questiona se, à medida que o tradutor transforma o texto, pode, de fato, sentir o que o autor escreveu.[21] Esta é uma interrogação que perfaz as páginas deste estudo, pois, de certa maneira, analisar e interpretar a obra de um(a) escritor(a) é tanto uma "traição" (apropriando-me também do jogo de palavras do clichê italiano) com um "ato de espionagem" (no sentido que Edimilson confere à expressão no poema "A letra e a voz").

Na sua longa trajetória de tradutor, Rabassa descobriu que, se analisasse uma palavra exaustivamente, ela se tornaria algo estranho, jocoso e sem significado,

[20] Vide RABASSA, Gregory. *If this be treason: translation and its dyscontents: a memoir.* New York: New Directions Books, 2005, p. 3.

[21] *Idem, ibidem*, p. 4.

como se a essência da palavra houvesse sido sangrada e só restasse algo duro e sem vida.[22] Ainda que haja muita semelhança entre traduzir e interpretar, parece-me que o trabalho do(a) crítico(a) literário(a) perfaz um movimento contrário ao do(a) tradutor(a), pois, quanto mais se "sangra" o texto poético, mais se entende a "caligrafia" da palavra,[23] e mais perto se chega da urdidura do texto. Este posicionamento se assemelha à postura crítica de Antonio Carlos Secchin, que define a poesia como "o sangramento inestancável do corpo da linguagem" e que considera o texto como "um espaço de potencialidade [...] de sentido, que lhe será declarado por uma voz de fora".[24]

No entanto, mesmo que a atuação crítica e o discurso analítico sejam importantes para o melhor entendimento do texto, não se pode negar que nem sempre tradutores e críticos literários conseguem estabelecer um diálogo proveitoso com a obra. Muitos escritos não tocam a sensibilidade dos seus intérpretes por duas razões básicas: ou os leitores não têm a experiência, o critério e o discernimento para saber correr o arado pelos eitos mais profundos das palavras e negociar com as potencialidades da escrita, ou os textos podem ser ligeiros, superficiais e carentes de profundidade estética, o que desestimula o diálogo interpretativo.

Buscando a melhor forma de dialogar com os textos, em diversas partes deste estudo, uso, conscientemente, uma linguagem metafórica para falar dos poemas. É uma estratégia de decifração que me permitiu aplicar o "ardil da imagem"[25] e a ginga poética para me aproximar dos poemas de uma maneira mais sutil. Principalmente por causa das artimanhas dos textos e das esquivas do próprio processo de interpretação, escolhi utilizar uma via poética para desnudar alguns significados e esclarecer os jogos textuais tão comuns na poesia de Edimilson. Percebi que, se usasse a linguagem metafórica, poderia aproximarme da obra de soslaio e penetrar nos recônditos minuciosos das entrelinhas. No entanto, mesmo quando desço às profundezas dos poemas, não busco ancorar um significado único ou transcendental, pois sei que não poderia totemizar os

---

[22] *Idem, ibidem*, p. 9.

[23] Vide PEREIRA, Edimilson de Almeida. Caligrafia. In: _____. *Lugares ares: obra poética 2.* Belo Horizonte: Mazza Edições, 2003, p. 72.

[24] Vide SECCHIN, Antonio Carlos. *Poesia e desordem: escritos sobre poesia e alguma prosa.* Rio de Janeiro: Topbooks, 1996, p. 18 e 22.

[25] Tomo este empréstimo de um dos títulos de Edimilson. Vide, PEREIRA, Edimilson de Almeida; GOMES, Núbia Pereira de Magalhães. *Ardis da imagem: exclusão étnica e violência nos discursos da cultura brasileira.* Belo Horizonte: Mazza Edições/ Ed. PUC Minas, 2001.

poemas ou localizar a sua essência. Esforço-me apenas para captar as nuanças e a pluralidade dos textos, analisando os polos de tensão, os desdobramentos verbais, o ludismo e a acumulação de significados. Interessam-me também as ressonâncias e as mutações que individualizam os matizes e os fluxos da sua obra literária, pois, na poética de Edimilson, as oposições são instáveis e reversíveis e os significados são capazes de subverter e desestabilizar hierarquias dominantes.

Muitos foram os aportes teóricos que usei para dar forma à leitura crítica dos textos bailarinos de Edimilson e cunhar uma coreografia analítica capaz de traduzir o jogo poético ou "dançar o nome",[26] como ele costuma postular. O critério usado para discutir os textos não segue parâmetros específicos, combinando várias teorias pós-estruturalistas e cruzando barreiras interdisciplinares. A pluralidade de abordagem analítica combina e enfatiza aspectos mais aparentes na Desconstrução, na Linguística e na Nova História, salientando também questões relacionadas com a antropologia, a sociologia e os estudos culturais. É, portanto, uma leitura eclética, não na acepção de "desgovernado" que a palavra ecletismo passou a ter no meio teórico-literário (em que o termo é visto com um "vale tudo" ou um "balaio de gatos"), mas conforme definição vernácula em que significa a reunião de teses de sistemas diversos escolhidos dentre diferentes gêneros e opiniões que dialogam entre si.

Considerando a porosidade e a permeabilidade dos textos poéticos, ancoro a minha leitura crítica no diálogo com a obra de Edimilson, explorando estímulos e diálogos sem forçar um enquadramento para os textos. As análises são sedimentadas nas relações entre texto e contexto e exploram as tensões, as instabilidades e as oposições culturais que a obra enfatiza. De maneira que as leituras que seguem trilham atalhos e caminhos onde sobressaem os conceitos que a sedução das palavras, a polissemia e a polifonia textuais dos próprios poemas ressaltaram. De certa forma, este estudo se estrutura segundo as normas ditadas pela poética de Edimilson, em que "a poesia comparece" de forma independente para marcar "o ritmo dos carros indo sem os bois".[27]

---

[26] A expressão "dançar o nome" foi retirada do verso "dançar o nome com o braço na palavra berço". Vide PEREIRA, Edimilson de Almeida. Orelha Furada. *Casa da palavra, op. cit.*, p. 167. A expressão é também o título de um dos seus livros, publicado em conjunto com dois poetas de Juiz de Fora. Vide FURTADO, Fernando Fábio Fiorense; PEREIRA, Edimilson de Almeida; e FREITAS, Iacyr Anderson. *Dançar o nome: poemas.* Juiz de Fora: Edições da UFJF, 2000.

[27] Vide PEREIRA, Edimilson de Almeida. Santo Antônio dos crioulos. In: _____. *Lugares ares, op. cit.*, p. 128.

Para incitar a comunicação com os textos e desatar o nó interpretativo, muitas vezes senti-me forçada a lacerar as palavras e fiquei "encordoada" sob a cerca das plurissignificações poéticas, pois à medida que a força interpretativa jogava com a envergadura do corpo textual, os sentidos pareciam se desvencilhar da armadilha da interpretação. Nesse jogo, foi necessário negociar com cada poema, usando, às vezes, um sistema toureador às avessas, em que, para atrair os significados à arena verbal, apostei a cada passo na força da interpretação e na sedução lúdica. Esta tensão entre as forças do texto analisado e do interpretante atravessa um processo semelhante ao que Edimilson exemplifica no poema "Cor".

> O touro não ameaça
> o coração: encordoados
> ambos
> (sob qual cerca)
> mastigam o nó.[28]

Na expectativa de construir uma sinergia com os poemas ou de escutar o chamado para o ritual da celebração poética, este estudo estabelece também pontos de referência com o espólio cultural afro-brasileiro. Visando definir um rumo de análise e uma metodologia flexível para a leitura dos textos, esta análise da obra poética de Edimilson se esforça para salientar os dialetos, as dicções e os ritmos dos seus textos literários, enfatizando e explicando a diversidade de falas do autor e a marcação temporal que a visão histórica imprime aos seus textos. No entanto, ainda quando este estudo discute as referências à experiência, à cosmologia, à história e à geografia humana da diáspora africana, não tem por objetivo essencializar a poética do autor traçando a "africanidade" do discurso; busca mostrar que tanto o poeta como o antropólogo se nutrem do mesmo veio cultural e os dois bebem na fonte da linguagem, da tradição e da sabedoria popular.

Não há, portanto, o desejo de classificar ou enquadrar os textos poéticos de Edimilson em cânones específicos, mesmo porque sua obra prima pela versatilidade e pelo viés da escrita e não se sujeitaria a camisas de força. Além disso, o

---

[28] Vide PEREIRA, Edimilson de Almeida. Cor. In: _____. *As coisas arcas, op. cit.*, p. 74.

resgate histórico-cultural do discurso afro-brasileiro que aparece na sua poética constitui apenas uma das várias vertentes da sua escrita e dialoga com outras geografias, histórias e experiências. A sua estética está virada para o mundo ancho, que celebra diversas culturas e, por isso, essa busca do local e do global, sempre se faz presente na sua escrita literária. Está descrita, por exemplo, no poema "Porta-Voz", em que a voz poética explica:

> Trafego a rua
> egresso de Cuba.
> Danço independente
> nos joelhos do mundo.[29]

Na análise dos textos e na organização de características gerais da poesia de Edimilson, levo também em consideração o que Secchin expressou sobre poesia brasileira ao observar que os autores que permanecem além dos cânones da sua época são aqueles que injetam na sua escrita "um suplemento de sentido" ou "notas dissonantes" que, apesar de "pouco perceptíveis a olhares contemporâneos", são capazes de construir "a precária ponte por onde um texto assina e encara a própria posteridade".[30] Ainda que veja as notas dissonantes como elemento inovador e edificante, Secchin também admoesta contra os excessos, já que "a tentação do avesso condena o fascínio e o declínio das vanguardas".[31] É neste tipo de contexto que analiso a obra de Edimilson, posicionando sua produção poética na ala do experimental e do novo, mas assinalando também as pontes e as conexões que sua poesia estabelece com a tradição literária e cultural do Brasil e de muitos outros países.

No poema citado no início deste prólogo, o eu-lírico pergunta: "O que ouço é o texto ou a voz de quem o leu?" Considerando-se que toda leitura é um ato de reescritura, confio que as lituras que se fizeram necessárias permaneçam superficiais e suaves e que sejam vistas pelos leitores e pelo poeta como rasuras delicadas. Espero também que os sulcos abertos para a interpretação tenham canalizado as falas e os dialetos textuais, de forma a permitir que as dicções da obra de Edimilson tenham voz e ritmo próprios. Concluo

---

[29] Vide PEREIRA, Edimilson de Almeida. Porta voz. In: _____. *Lugares ares, op. cit.*, p. 70.

[30] Vide, SECCHIN, *op. cit.*, p. 74.

[31] *Idem, ibidem.*

este prólogo invocando a pergunta retórica que o narrador em *Dom Casmurro* utilizou para resumir a indefinição ou a impossibilidade de conclusão da sua história: "E bem, e o resto?".[32] E busco a resposta numa possível explicação do próprio Edimilson, na voz poética de "Sebastião Minerador":

> Tudo quanto diremos
> foi mencionado.
> Só a palavra vista por dentro
> traz algum proveito.[33]

---

[32] Vide, MACHADO DE ASSIS, Joaquim Maria. E bem, e o resto? Capítulo CXLVIII. In: ______. *Dom Casmurro* (1900). São Paulo: Edição Saraiva, 1966.

[33] Vide PEREIRA, Edimilson de Almeida. Sebastião minerador. In: _____. *Lugares ares, op. cit.*, p. 107.

Capítulo 1

"O TIMBRE DA VOGAL"[34]

[34] A expressão é do autor. Vide PEREIRA, Edimilson de Almeida. Esquiva. In: _____. *Casa da palavra*, *op. cit.*, p. 228.

Esquiva

O timbre da vogal me espreita. Se estendo as pernas, ela intui minha fuga. E não é, pois seu miolo há muito me adula. E a sinto ponta de lança, caneta. Uma ferramenta que o pai encava e oferece ao filho. Enquanto se trava o embate, cereais apodrecem. Por fim, sitiados em nossa própria altura, nos tocamos. E outro círculo, mais estreito, nos consome.[35]

Tematicamente eclética, a obra poética de Edimilson se vale de recursos formais variados: há textos rimados e outros de verso livre e existem deslocamentos sintáticos, elementos concretistas, uma livre associação de ideias e o uso de técnicas surrealistas.[36] A estilística, a estrutura e os temas se diversificam. Sua produção literária distingue-se pela abrangência do olhar voltado, de um lado, para o mundo e para outras letras, e de outro lado, para a literatura nacional, os costumes e as riquezas da cultura popular brasileira. Considerando-se que a sua formação educacional é sedimentada na literatura luso-brasileira e que há na sua poesia ecos claros de diálogos com autores que se tornaram clássicos das nossas letras, não é difícil sintonizar sua poética com a de outros escritores brasileiros. A sua produção poética apresenta traços da engenharia de João Cabral de Melo Neto, dialoga com a ironia machadiana e com o humor drummoniano.

---

[35] *Idem, ibidem.*

[36] Compare, por exemplo, o pequeno poema-síntese "Desejo" com *Caderno de retorno*, poema de fôlego épico. Vide PEREIRA, Edimilson de Almeida. Desejo. In: _____. *Lugares ares*, *op. cit.*, p. 7. Vide também PEREIRA, Edimilson de Almeida. *Caderno de retorno*. In: _____. *As coisas arcas*, *op. cit.*, p. 195-241.

Afilia-se também aos deslocamentos linguísticos de Manuel Bandeira, à argúcia vocabular de João Guimarães Rosa e à "familiaridade com o insólito"[37] de Murilo Mendes. À semelhança da temática cabralina, predomina na poesia de Edimilson uma fascinação com a geometria do corpo e com a matemática das palavras. Pele, poros, ossos, esqueletos e outras partes da anatomia humana participam da sua celebração da vida e da morte. Como nos poemas de Bandeira e de Carlos Drummond de Andrade, há uma ênfase na efemeridade do corpo, que também é percebido como espaço *sine qua non* da aprendizagem e da celebração do amor.

A tensão, o conflito, o pudor e o desejo que caracterizam muitos dos seus poemas podem manifestar-se, quase que simultaneamente, de forma recatada e destemida. Se, por um lado, os sentimentos parecem ser resguardados pelo pudor da revelação ou pelo repúdio aos rompantes, são, por outro lado, dominados por tudo aquilo que só pode ser apalpado com os sentidos. Desejado e questionado, o amor é um sentimento que desponta e desaparece nos versos, quase nunca se revelando por completo. Esta é uma observação que até mesmo o próprio Edimilson realça ao discutir o seu estilo e analisar as poéticas de Drummond e de Bandeira nas conversas que tivemos.

Enquanto o trajeto comparativo costuma selar "o local da cultura", como diria Bhabha, e salientar as interseções onde se dá a confluência do novel com o paradigmático, pode também gerar inquietações. De modo que, na entrevista de 1996 e nas conversas que mantive com Edimilson ao longo de mais de uma década, busquei a aproximação pelas semelhanças ("a demanda da identificação"), enquanto ele se sentiu mais inclinado a demarcar as dissonâncias e frisar as diferenças, pois, para ele, o momento poético emerge do "espaço de cisão".[38] Talvez essa necessidade de se afastar dos modelos canonizados seja também uma forma de evitar que a marca da sua originalidade acabe sendo, pelo menos em parte, relegada à sombra das gerações que o antecederam. O seu esforço para se afastar dos seus antecessores brasileiros, salientando a marca original da sua poética, parece ter suas vertentes na necessidade de estabelecer a própria

[37] Para uma breve comparação da poética de Edimilson com a de Murilo Mendes, vide CHAVES, Rita. As coisas arcas. Prefácio. In: PEREIRA, Edimilson de Almeida. *As coisas arcas, op. cit.* p. 18. Um dos livros mais conhecidos de Pedro NAVA (*Baú de ossos: memórias*. Rio de Janeiro: Sabiá, 1972) pode ter servido de inspiração tanto ao título do livro de Edimilson (*As coisas arcas*) como à coletânea de poesia, *Baú de letras: antologia poética de Juiz de Fora* (Juiz de Fora: Funalfa, 2000), organizada por José Alberto Pinho Neves, e da qual Edimilson participou.

[38] As expressões "a demanda da identificação" e "espaço de cisão" são empréstimos que tomei de BHABHA, *O local da cultura, op. cit.*, p. 76, e que aqui adaptei para resumir minha interpretação do pensamento de Edimilson.

esteira e no desejo de enfatizar os matizes das raízes africanas. Ao escolher pontuar a originalidade da sua obra e enfatizar a relação entre a trajetória poética e a pesquisa antropológica (que o aproxima das matrizes africanas), Edimilson se esforça para se apartar da genealogia da produção poética brasileira e da relação poeta/tradição, sem no entanto rejeitar algumas confluências literárias. Essa "ansiedade da influência" (em relação aos modelos brasileiros) pode ser explicada, pelo menos em parte, pelo arcabouço teórico desenvolvido por Harold Bloom, em que este descreve como os poetas se relacionam ou evitam relacionar-se com os seus precursores. Analisa esse aspecto de luta e conflito no tocante à tradição literária e à ambivalência do discurso dos poetas "efebos" que se esforçam para afastar-se de tudo aquilo que pode comprometer sua originalidade, mas que acabam por estabelecer um vínculo com a tradição.[39]

Ainda que existam traços da "ansiedade da influência" nos posicionamentos de Edimilson, é evidente que a sua maior preocupação é enfatizar o lado insurgente da sua poética, que vai além do axioma da tradição literária luso-brasileira, pois também está ligada à África, à diáspora africana e a muitas outras tradições literárias, como se nota no poema "Sumidouro", em que a voz poética afirma: "[...] danço independente nos joelhos do mundo".[40] O autor prefere posicionar-se na fronteira enunciativa onde as vozes dissonantes e dissidentes têm o poder de pôr em xeque o conceito da homogeneidade de culturas e literaturas nacionais e canibalizar o que se costuma conceituar como "tradição literária". O resultado é que tanto nas conversas como nas abordagens teórico-literárias Edimilson questiona o passado como um "precedente estético" e o reconfigura como o "espaço de interseção" e de enunciação, a partir do qual se recria e se negocia com o presente histórico-cultural.[41] Nos seus textos, tanto a história como a cultura brasileiras são descritas como palimpsestos de vários povos e mosaicos de citações de muitas origens, estabelecendo o que se pode chamar de uma "poética da tansnacionalidade".[42]

---

[39] Usando o paradigma freudiano para discutir essa "ansiedade da influência", o autor considera que a busca de uma originalidade leva a relações dialéticas entre o poeta mais jovem e seu(s) precursor(es) e pode adquirir um traço agonístico. Vide BLOOM, Harold. *The anxiety of influence: a theory of poetry*. London, Oxford, New York: Oxford University Press, 1973.

[40] Vide PEREIRA, Edimilson de Almeida. Sumidouro. In: ______. *Águas de contendas:* a poesia. Curitiba: Secretaria de Estado da Cultura, 1998, p. 32.

[41] Para as expressões citadas, vide BHABHA, *op. cit.*, p. 27. Naquele texto, o autor as utiliza para discutir "a estética híbrida *chicana* do *rachaquismo*". Adaptei a discussão para analisar o espaço intermediário em que Edimilson se posiciona (entre tradição e vanguarda).

[42] A expressão é de Silvina Carrizo. Navegación de la palabra. Prefácio. In: PEREIRA, Edimilson de Almeida. *Variaciones de un libro de sirenas*. Belo Horizonte: Mazza Edições, 2009.

A referência à África (que é muitas vezes apenas um elemento simbólico) tem levado os estudiosos a estabelecerem algumas comparações entre a obra poética de Edimilson com textos de autores africanos, principalmente aqueles que escrevem em língua portuguesa. No entanto, ao traçar as semelhanças e revelar os vestígios africanos, os críticos literários da sua obra se preocupam em mostrar essas matrizes não como o manancial em sua forma de origem, mas em termos de uma "vestimenta da linguagem" que o poeta usa para discutir "a textualidade da história".[43] Maria Nazareth Soares Fonseca, por exemplo, examina a poesia de Edimilson como o espaço onde há um "ritual de reverência à palavra", pois "os poemas se constroem em íntima relação não apenas com a tradição popular de que se nutrem, mas – talvez principalmente – com a recolha de heranças deixadas por diferentes tradições africanas, nas quais a palavra viva, os gestos e os ritmos têm função importante".[44] Nessa mesma linha de pensamento, Jussara Santos analisa a "palavra poética em transe/trânsito", discutindo várias instâncias do *Livro de Falas* e de *Árvore dos Arturos* em que "[...] as múltiplas acepções da entidade poeta-Exu-cavalo-palavra traduzem-se em uma 'bagagem de mutáveis espelhos'".[45] (O desdobramento e a multiplicação do significado que essa expressão especular representa são desenvolvidos no terceiro capítulo deste estudo.)[46]

A poética de Edimilson prima pelo artesanato da linguagem e se destaca pela escolha caprichosa de vocábulos ricos de detalhes sonoros e sintáticos. Como previamente referido, encontra-se nos seus textos uma preocupação ontológica e epistemológica com a "palavra", o que desencadeia o processo metalinguístico e evidencia as transgressões miméticas. Assim, a poética de Edimilson revela características dessa quase obsessão pós-moderna de se auto-analisar e tematizar seu próprio corpo textual. Edimilson se debruça sobre o ato de escrever como um exercício da busca de autodecifração, identificável, por exemplo, no poema "Esquiva" em que o eu-lírico atribui ao processo poético a força de

[43] *Idem, ibidem*, p. 69.

[44] Vide FONSECA, Maria Nazareth Soares. Autores afro-brasileiros contemporâneos. In: SOUZA, Florentina; LIMA, Maria Nazaré (Org.). *Literatura afro-brasileira.* Salvador: Centro de Estudos Afro-Orientais; Brasília: Fundação Cultura Palmares, 2006, p. 137.

[45] Vide SANTOS, Jussara. Palavra poética em transe/trânsito: manifestações pelos sete buracos da minha cabeça. In: ALEXANDRE, Marcos Antônio. *Representações performáticas brasileiras: teorias, práticas e suas interfaces.* Belo Horizonte: Mazza Edições, 2007, p. 90.

[46] A expressão "bagagem de mutáveis espelhos" é de Edimilson. Vide PEREIRA, Edimilson de Almeida. Visitação. In: PEREIRA. *Casa da palavra, op. cit.*, p. 21.

uma entidade viva, capaz de seduzir o poeta e aprisioná-lo no jogo da sedução e nas malhas da sua narcísica reflexividade: "O timbre da vogal me espreita. Se estendo as pernas / ela intui minha fuga".

Se esse poema ilustra a preocupação em analisar o processo da escrita enquanto objeto de si mesma, também esboça o perfil de um escritor que vive o dilema de querer representar o mundo mesmo sabendo que só pode "[...] representar os discursos do mundo".[47] Nesse caso, o texto se dobra sobre si mesmo e o poeta participa do estreito círculo em que "o timbre da vogal" agencia a luta/jogo da criação. Esses posicionamentos estão também bastante visíveis na segunda estrofe da primeira parte de "Instrução do Homem pela Poesia em seu Rigoroso Trabalho", em que o poeta confere uma independência e uma autonomia à escrita e à criação poética, metonimicamente representada pelo lápis:

> O lápis, mais que a vontade, quer o nome e a
> coisa, a família da palavra num corpo. Escla-
> recido.[48]

Primando pela busca da pluralidade de sentidos, nutrindo-se da ambivalência que a escolha de palavras se encarrega de criar, a voz poética brinca com as potencialidades conotativas que a palavra "esclarecido" estabelece. Ao dividi-la, separando-a do resto do verso, o poeta enfatiza tanto ao labor da escrita, representado pelo lápis, quanto estabelece uma mediação entre o signo, o seu referente (os vários significados do vocábulo "esclarecido", que pode ser interpretado como claro, iluminado, elucidado, desvendado e dotado de ilustração). Os exemplos mencionados ilustram que os poemas de Edimilson se examinam como sistema, método, conjunto de variáveis, instrumento e produto, interrogando o próprio processo criativo e a sua existência formal. Essa reflexividade palpável da sua estilística insere-se também no contexto multidimensional e autoquestionador da pós-modernidade.

Hilary Lawson pondera que, embora a reflexividade – como um retorno a si mesmo ou como forma de autoconsciência – tenha sempre sido parte da história da filosofia ocidental, o questionamento reflexivo destacou-se nas últimas

---

[47] Esta expressão é de WAUGH, Patrícia. *Metafiction: the theory and practice of self-conscious fiction*. New York: Methuen, 1984, p. 3.

[48] Vide PEREIRA. Instrução do homem, *op. cit.*, p. 186.

décadas, ocupando um papel relevante nos conceitos relacionados à linguagem, à teoria e ao signo. Por isso, termos como metalinguagem, metatextualidade e metapoesia reaparecem em diversos campos de estudos contemporâneos.[49] Baseando sua análise nos trabalhos de Friedrich Nietzsche, Martin Heidegger e Jacques Derrida, porque são filósofos que se preocuparam com o conceito e a aplicação da reflexividade da linguagem e do signo, Lawson mostra como as teorias mais conhecidas dos autores mencionados se baseiam tanto no paradoxo que "o saber é linguístico"[50] como no conceito da reflexividade[51]. Esses filósofos não consideram a reflexividade como algo erradicável. Para eles, como discute Lawson, a relação do texto com o que é dito é sempre uma relação de autoquestionamento:

> O texto nunca é um objeto estático que pode ser examinado como se examinássemos uma estátua. Pelo contrário, há um movimento, uma tensão, entre o que pode ser dito e o não pode dito. [...] Nenhuma afirmativa é uma mera afirmativa, pois carrega consigo uma consciência muda daquilo que não pode ser afirmado. Neste sentido a reflexividade não é mais uma forma auto-referencial, um enigma paradoxal, ou um argumento filosófico, mas um movimento inescapável que se faz presente nos momentos de uma (aparente) imobilidade. É como se para explicar a metáfora, ficássemos presos na malhas da linguagem metafórica e não houvesse maneira eficaz de ancorar o significado flutuante.[52]

Já Linda Hutcheon alerta para o fato de que a metalinguagem é uma representação da linguagem, e por isso é um sistema ambíguo, ou seja, o texto se vira

---

[49] Vide LAWSON, Hilary. *Reflexivity: the post-modern predicament.* La Salle, Illinois: Open Court, 1985, p. 28.

[50] *Idem, ibidem*, p. 21.

[51] Em inglês, a maioria dos estudiosos usam o termo "self-reflexivity", o que poderia ser considerado uma tautologia em português, já que, por definição, a palavra "reflexividade" indica que um elemento se relaciona consigo mesmo ou se reflete e, portanto, não há a necessidade de se usar a palavra "auto". Levando este parecer em consideração, a não ser que esteja citando, adoto o termo "reflexivo" ou "reflexividade" para me referir ao processo metapoético. Esta é também a posição adotada por John A. LUCY, ao definir a reflexividade como a tendência da linguagem "pressupor, estruturar, representar e caracterizar a sua própria natureza e funcionamento". Vide LUCY, John A. Reflexivity. In: DURANTI, Alessandro (Ed.). *Key terms in language and culture*. Malden, Massachussetts: Blackwell Publishers, 2001, p. 208.

[52] Vide LAWSON, *op. cit.*, p. 10. A tradução é minha.

para dentro e para fora, pois é ao mesmo tempo reflexivo e dirigido a um leitor.[53] Comenta que a reflexividade obriga o leitor a direcionar seu foco de atenção para o próprio ato de ler e para "a textura semântica, sintática, e até mesmo fonética das palavras"; a reflexividade do texto força o leitor a se tornar ciente do seu papel participativo e, por isso, a metalinguagem serve como um "puxão centrípeto".[54] Patrícia Waugh, por sua vez, considera que, embora a metalinguagem não seja nem um conceito seminal nem uma prática nova, é nas tendências do mundo contemporâneo que a necessidade da linguagem se autoexaminar (como sujeito e objeto de sua própria criação) adquiriu proporções de grande significância. Acredita que as razões para a ênfase contemporânea na reflexividade podem ser explicadas pelo fato de que nosso período histórico se tem caracterizado pela incerteza e insegurança e porque tem sido uma época particularmente autocrítica e culturalmente pluralística.[55] Ao teorizar sobre o inevitável paradoxo moderno, Tony Tanner afirma que a existência de um livro, um conceito, um sistema ou uma pessoa depende de uma "moldura" e que a única maneira de sair deste enquadramento é examinando e expondo a própria moldura.[56]

Essas são preocupações formais e filosóficas que estão presentes na poesia de Edimilson e que a segunda parte de "Instrução do Homem pela Poesia em seu Rigoroso Trabalho" exemplifica, apresentando um eu-lírico profundamente envolvido no labor da escrita e preocupado em apontar a característica polissêmica das palavras.

2.

Porém, escrevo. Para cem cartas mil lagartas.
Quando a dúvida imagina sentidos a terra já
se viu madrinha de meus provérbios.

Verbos provados, de camisa, colete e sapato.
Assim como no ir à missa à procissão para ser
mais amado do que o santo.

---

[53] Vide HUTCHEON, Linda. *Narcissistic narrative: the metafictional paradox*. New York: Methuen, 1980, p. 7. A tradução é minha.

[54] *Idem, ibidem*, p. 119. A tradução é minha.

[55] Vide WAUGH, *op. cit.* Ela se refere à metaficção; aqui faço a adaptação do conceito aos termos.

[56] Vide TANNER, Tony. *City of words: American fiction 1950-1970*. New York: Harper and Row, 1971, p. 17. Vide também WAUGH, *op. cit.*, p. 31.

Quem não risca não sabe os rios da palavra, o
labirinto de haver escrito sem estremecer. Eu
mesmo me avio: parceiro da chuva, do capim
cebola preparo um livro de cortar.

E se me perguntam: ainda não é manhã? É quando
eu no verbo faço manhã ou noite. A treva é a
escrita nem mais, nem pois. Deus não

entortou linhas porque escrevia canhoto?
Medo o só da escrita com leitor viajante. Mas
se há leitor de lidas, a e b são histórias infernas.
Com modos e truques de ouvir.[57]

Nesta parte do poema, Edimilson usa uma das suas marcas poéticas (subverter conotações já estabelecidas para certas palavras e expressões) para questionar o conceito de significados estáveis na língua e no imaginário cultural e religioso. Ancorando-se no provérbio "Deus escreve certo por linhas tortas", a voz poética reescreve o aforismo no verso "Deus não entortou linhas porque escrevia canhoto?", questionando a ideia de Deus como escritor ou artesão absoluto. A dúvida inscrita leva o leitor a reexaminar a infalibilidade de Deus e a humanizar a divindade, visualizando um Ser Superior mais capaz de compreender e simpatizar com os erros humanos, porque ele, também, desvia da norma, já que é uma divindade canhota, inábil e desajeitada. O autor critica e questiona a ideia de um Deus onipotente, perfeito, destro, ancorado no conceito do "referente supremo".[58] Ao reescrever o provérbio e transformá-lo numa pergunta, de tom irreverente, audaz e brincalhão, o eu-lírico transgride normas teológicas e subverte significados linguísticos canonizados.

A voz poética convida o leitor viajante a embarcar no processo de criação com o autor e a popular o poema com a sua própria intenção semântica. Enquanto a invocação de elementos naturais (lagartas, terra, chuva, capim cebola, manhã e noite), o uso de provérbios populares e a preocupação com a escrita constituem poderosos sintagmas, a interação que o poema se esforça

[57] Vide PEREIRA, Instrução do homem, *op. cit.*, p. 187-188.

[58] A expressão ("ultimate referent") foi cunhada por DERRIDA, ao se referir ao conceito de logocentrismo. Vide HAZARD, Adams; SEARL, Leroy. Introduction. *Critical theory since 1965*. Tallahassee: University Press of Florida, 1986.

por estabelecer com o leitor gera uma outra rede de significados flutuantes. Por isso, a palavra "lidas" (no verso "Se há leitor de lidas, a e b são histórias infernas") pode ser analisada não só como particípio do verbo ler, mas também no sentido vernáculo de "leituras mais ou menos ligeiras"; ou pode ainda ser interpretada como ato e efeito de lidar e trabalhar o texto. Tomando-a como amostra do processo metapoético de Edimilson, nota-se que ele não descreve o poeta como um eremita esclarecido nem transforma o poema em instrumento de redenção, pois não vê os leitores como meros exegetas ou decifradores do enigma poético, já que eles são coautores das decifrações do texto e participantes das buscas poéticas. Ainda quando a obra de Edimilson enfatiza a interação entre autor, leitor e texto, o relacionamento do autor com o poema e com o leitor nem sempre é pacífico, podendo ser interpretado como o "furioso recurso da contemplação"[59] ou como um estado de contenda, pois há também, na sua poesia, tensões e fricções nem sempre resolvidas.

Sua poesia cultiva a ocorrência de mais de um sentido em palavras, frases ou proposições e explora até às últimas consequências outros fenômenos lógico-linguísticos como a conotação, a denotação, a polissemia e a ambiguidade lexical. Faz referências a provérbios populares, usa expressões triviais e vocabulário corriqueiro sem perder de vista o apuro da linguagem erudita. Utilizando uma esmerada articulação linguística e uma combinação engenhosa de vocábulos, o autor apresenta uma sintaxe intencionalmente truncada para avivar matizes poéticos e extrair sentidos novos e diferenciados dos versos que elabora. Edimilson emprega vários recursos estilísticos para descrever o labor da escrita e para inventariar sua preocupação metapoética. No poema "Monjolo e Pilão", por exemplo, as referências botânicas, as citações zoológicas e as alusões à área rural são usados como metáforas e metonímias do processo da escrita e da própria biografia do poeta:

> Não é pela cinza de um boi que pára o carro.
> Não saí monjolo, mas a ervas-verbo me disse-
> ram lição de sua senhora minha.
>
> Sei a caligrafia da fome, os melros, coisas dos
> homens? E as quê?

[59] Expressão do poema "Rapto". Vide PEREIRA, *As coisas arcas, op. cit.*, p. 67.

O rosmanim, o alecrim miúdo, a sambaíba? E
o milho plantado no gato? A gameleira em que
o espírito diamba especula?

Não nasci monjolo nem pilão: as herbas-verbo
iluminaram. Montei e desmontei quimeras de
meu pai, o que não sabia intuí pensando.

O tempo no dos sonhos e a senhora amou das
águas. Digo instruído: menos careço mudar
bastão em vespa, mais me estrago nas mudas
da palavra.

Eu morador desse lugar, sabedor de sabedoria,
filho da bênção.

Fome escrita de deus e o homem.[60]

Examinando o processo de tornar-se escritor, a voz poética descreve o seu encanto com as palavras, ao mesmo tempo em que se apresenta como aquele que é aprendiz e instrumento da poesia ("monjolo e pilão"). Sente-se abençoado por ter ido além dos sonhos que a tradição lhe legara e por saber montar e desmontar quimeras, intuindo o que não sabia e iluminando-se pelo encanto com as palavras. Sentindo-se instruído ou o "sabedor da sabedoria", o poeta harmoniza-se com a procura do veio poético: "Fome escrita de deus e o homem". Aqui também, o mesmo jogo vocabular já mencionado torna-se evidente. Quando se pensa que o poema vai chegar a uma conclusão, equiparando a escrita de "deus" com a do ser humano (e vice-versa), o verso omite a preposição, deslocando o sentido e deixando a palavra solta. Não é a semelhança que se instaura; antes, o que fica é a suspensão da analogia e o estabelecimento da distância, pois a escrita é "de deus" e o ser humano aparece como um apêndice ao processo de criação.

Ao quebrar intencionalmente o ritmo dos versos e ao desmembrar o conteúdo dos poemas, Edimilson cria uma brusca tensão, que também é levada a cabo pelas rupturas, cortes, deslocamentos linguísticos e jogos vocabulares. Os

[60] Vide PEREIRA, Edimilson de Almeida. Monjolo e pilão. In: _____. *Casa da palavra*, *op. cit.*, p. 170.

poemas de Edimilson costumam desarmar as expectativas dos leitores, pois a relação explícita entre as palavras, sentenças e ideias é escassa e nem sempre se encontram as conexões esperadas entre o títulos e o corpo dos poemas. (Os títulos raramente resumem tematicamente o poema ou se referem diretamente às manobras semânticas e linguísticas dos textos.) O resultado é que esses deslocamentos e quebras semânticas provocam um estranhamento e dificultam um roteiro ou um guia de interpretação para os leitores, forçando-os a analisar os desdobramentos linguísticos e a tensão entre a densidade do mundo material – representada pelo grifo ou pela parte mecânica da escrita – e a leveza poética transmutada na qualidade etérea do significado.

Na entrevista de 1996, na parte em que falamos sobre o livro *Ô Lapassi & Outros Ritmos de Ouvido*, perguntei-lhe o porquê da frequente dissociação entre o título e o corpo dos seus poemas. Explicou-me que tem interesse em construir um discurso mais abrangente, que possa mostrar as fraturas e fissuras que existem no universo cultural afro-brasileiro, capazes de apontar os aspectos de dissonância e de inquietação, bem como as mutações dos processos históricos, sociais e estéticos que fazem parte do mundo contemporâneo. Mais recentemente, acrescentou outros posicionamentos teóricos àquela conversa:

EAP: Esse procedimento me permite abordar, simultaneamente, duas margens de experiência estética: a primeira, relacionada ao diálogo com a tradição lírica do Ocidente e a segunda, vinculada ao recorte das culturas afrodescendentes que foram reconfiguradas no cenário do mundo ocidental. No tocante à primeira margem, pode-se dizer que alguns aspectos de minha poética interagem com aquele traço que Hugo Friedrich chamou de dissonância, ou seja, a "junção de incompreensibilidade e fascinação.[61] A tensão gerada no embate desses elementos leva o leitor a uma certa inquietação, uma vez que o discurso poético já não se articula como um lugar de tranqüilidade, mas, sim, de deslocamento e indagação. No livro *Ô Lapassi & outros ritmos de ouvido*, por exemplo, a relação entre palavras, sentenças e idéias se articula de maneira velada, apontando para uma "obscuridade intencional", para citar novamente Friedrich.[62] Tal intencionalidade advém do

[61] Vide FRIEDRICH, Hugo. *Estrutura da lírica moderna*. São Paulo: Livraria Duas Cidades, 1991, p. 15.

[62] *Idem, ibidem*, p. 16

> fato de que esse eu poético, com o qual me identifico, já não se sente o portador da mensagem capaz de resolver os dramas dos outros sujeitos.[63]

Em *Águas de Contendas*,[64] título inspirado no nome de uma cidade mineira, Edimilson utiliza a metáfora das águas revoltas para indicar a tensão, o conflito, a ambiguidade e a ambivalência que caracterizam as relações humanas. Para ele, a expressão "águas de contendas" representa "[...] os choques que existem nas relações amorosas, nos vínculos afetivos, onde nem tudo é harmonia e o conflito é parte da convivência".[65] Considera também que o sentimento amoroso se assemelha às grandes águas por onde circulamos sempre, "[...] mas em estado de permanente contenda, seja com o outro, seja conosco mesmo, seja com o sentimento".[66] A sua poesia revela conflitos, desencontros e embates humanos e as águas poéticas jorram rio-abaixo, rio-acima, afiando algumas rochas, limando outras, num percurso, sempre novo, de redemoinhos e sorvedouros.

Uma das características mais marcantes e atraentes dos textos de Edimilson é a exploração sistemática da versatilidade das palavras nos seus "rebojos" poéticos. Em nível da linguagem, essa tensão e esses embates semânticos produzem a movimentação do signo, geram o desvio do sentido original e causam o colapso do significado literal das palavras. Nesse sentido, as metáforas dos seus textos dialogam com a definição que Paul Ricoeur conferiu ao termo. Para este pensador, a metáfora é um procedimento linguístico no qual se deposita o valor simbólico da palavra e tal procedimento se converte num método de cognição e relacionamento, pois o papel principal desta figura de linguagem é o de transferir a semelhança de uma ideia inicial para o novo conceito. Ela se torna, assim, tanto o veículo de conexão quanto a transformação na ordem semântica: indica a substituição, aponta o deslocamento e transcende o âmbito da palavra para se inserir no fenômeno do discurso.[67] Ricoeur

---

[63] Edimilson adicionou esse posicionamento ao revisar esta parte da entrevista em junho de 2008. Para o texto da entrevista de 1996, vide BARBOSA, "Com modos e truques de ouvir", *op. cit.*, p. 101.

[64] Vide PEREIRA, *Águas de contendas*. In: ____. *Lugares* ares, *op. cit.*, p. 125-204.

[65] Vide BARBOSA, Com modos e truques de ouvir, *op. cit.*, p. 115.

[66] *Idem, ibidem.*

[67] Vide RICOEUR, Paul. *The rule of metaphor: the creation of meaning in language*. Translated by Robert Czerny, Kathleen McLaughlin and John Costello. London and New York: Routledge, 2003, p. 99, 204-205, 212-213.

considera que a metáfora não está alojada no substantivo ou na capacidade de entender semelhanças; ela é criada no colapso dos desvios semânticos, pela mutação léxica e pela tensão (entre variações de significado e interpretações) e pela "[...] relação existente entre a referência suspensa e a referência deslocada" que forma uma contracorrente.[68] Ricoeur também analisa a metáfora em termos de "cópula" entre palavras posicionadas nas zonas de interseção dos sentidos.[69] Esse sentido de "copular" e de impregnar as palavras para dar origem a novos significados está, segundo ele, embutido no sistema original da metáfora, nas suas interseções e nas dobras dos significados. O estudo de Ricoeur busca compreender como a produção do significado está impregnada pela tensão entre a semelhança (que leva à formulação do sentido metafórico) e à suspensão da referência no significado metafórico.

A linguagem figurada da poesia de Edimilson revela que as conversas e as tonalidades do texto vão além dos jogos vocabulares ou da aparente desconexão frásica, o que leva os leitores a vislumbrarem as esquinas e os becos dos versos, e "dançar o nome"[70] nos intervalos dos tons e nos ritmos variados. O autor exercita o intermitência das coisas, as interseções e o espaço das entrelinhas na sua poesia. O momento poético brota das frestas, esquinas, valas e cantos miúdos, fotografando olhares, passeando por ruas desertas e viajando por muitos "lugares ares".[71] Nos seus textos é comum que as palavras sejam recrutadas de campos semânticos diversos e que, por isso, pareçam, às vezes, desconectadas e imponderáveis.

Seus poemas tematizam os enlevos do amor, segredam desvelos de crente e abraçam a alegria da fé, mas mostram também momentos de suspensão da crença e o grito mudo de quem sente a dor da perda e os senões da vida. A linguagem dos poemas, muitas vezes, flui em tons suaves e descontraídos, revelando os delicados momentos da ternura e do carinho. Outras vezes, essa mesma linguagem se apresenta de forma dura ou nervosa, expondo os

---

[68] *Idem, ibidem*, p. 167-168, 175-179, 183, 190, 193, 194, 261, 292-293. A tradução é minha. Ricoeur atribui esses conceitos mais amplos à definição da metáfora, em geral, mas apresenta também várias distinções, como, por exemplo, a diferença entre "metáforas conceituais" e "metáforas referenciais". Examina também várias outras diferenças, analisa paradoxos e posiciona questionamentos sobre a definição da metáfora em relação a outras figuras de linguagem (tais como a sinédoque) e levanta dúvidas sobre a aceitação da metáfora com "uma metonímia de duplo curto-circuito". Vide, por exemplo, p. 63-68, 194, 239-241.

[69] *Idem, ibidem*, p. 292, 293.

[70] Vide, PEREIRA, *Casa da palavra*, *op. cit.*, p. 167.

[71] Esta expressão é o título de um dos seus livros. Vide, PEREIRA, *Lugares ares*, *op. cit.*

rompantes do êxtase e da fúria. O resultado é uma tensão verbal muito intensa, que o poeta utiliza para extrair a articulação do desejo na sua "danação" e/ou "fúria", como se nota no poema "Rapto":

> Impossível cavalgar
> as horas.
>
> Há o recurso da fúria:
> moer as perdas,
> moer a moedura
> antes de vê-la.
>
> Há o furioso recurso
> da contemplação:
> encontrar no mesmo
> o centeio.
>
> Imponderáveis as horas.
> Com outros véus
> indicam o campo
> ao campeador devoram.[72]

Em geral, a poesia de Edimilson se afasta dos rompantes e dos grandes dramas, apresentando-se muitas vezes contida numa linguagem aparentemente fria, calculada e estóica, em que o escritor exercita a poética da ponderação. Há ainda o embate entre a qualidade etérea do significado e o apelo real das palavras. O poema "Lapassi"[73], por exemplo, aponta para a dimensão afetiva e imensurável das coisas simples e miúdas e consideradas menos importantes (como "vírgulas") que fazem parte da sua poética. O eu-lírico combina o sinal gráfico (a parte concreta da escrita) com a qualidade etérea do simbolismo da

---

[72] Vide PEREIRA, Edimilson de Almeida. Rapto. In: _____. *As coisas arcas*, *op. cit.*, p. 67. Para os conceitos de "danação" e "fúria", vide também os poemas "Solitude", "Feira", "Carro" (4) e "De Calais". In: PEREIRA, Edimilson de Almeida. *Corpo vivido: reunião poética*. Belo Horizonte: Mazza Edições; Juiz de Fora: Edições D'Lira, 1991, p. 12, 28, 50 e 54.

[73] Edimilson elucida que a palavra "lapassi" é uma forma mais musical de dizer "rapaz" e que é usada em algumas comunidades mineiras. Explicação que me forneceu durante a entrevista de 1996. Vide BARBOSA, Com modos e truques, *op. cit.*, p. 105.

manhã/tempo se esvaindo, indicando a flutuação do significado, em movimento e em transformação:

Não vingou a sorte
aberto o coração.
Há muito não circula
a grande dama.

Sou de ver o baile.
Não danço não compreendo
a coisa rara
devorada.

Não escrevo melhor que antes.
Escrevo.
Coleciono vírgulas
manhãs em fuga.

Depois do sétimo véu
setecentas perguntas.
Um só sentimento
ilude a fortuna.

Quem respira ao lado
não sabe o eterno enigma.
O que sei está aqui
incapturável.[74]

O paradoxo desconstrucionista manifesta-se na última estrofe em que o poeta discute o enigma das palavras e uma certa impotência diante da impossibilidade de se encontrar vocábulos para explicar o que é indefinível e "incapturável". Tal impossibilidade é demonstrada por meio de algumas das já mencionadas marcas poéticas de Edimilson: a ruptura, o estranhamento e os deslocamentos linguísticos, que refletem também os conflitos gerados pela "devoração da coisa rara". Para ele, a "coisa rara" é um conjunto de aspectos essenciais da

---

[74] Vide PEREIRA, Edimilson de Almeida. Lapassi. In: _____. *Lugares ares, op. cit.*, p. 186.

convivência humana "[...] tais como a solidariedade, o respeito, o afeto, a serenidade, a compreensão, a alegria, a liberdade, que vão escasseando à medida que forjamos um modelo de vida excessivamente pragmático, competitivo e materialista".[75]

Muitas vezes, o momento poético emerge do convívio, nem sempre pacífico, entre a dança delicada das palavras e o peso da sua moldura vernácula. A concretude dos vocábulos se manifesta, por exemplo, na abundância de verbos e substantivos em sua poesia e na escolha de palavras duras e secas, nos cortes, nas bruscas mudanças de sentido, bem como no uso de algumas técnicas de filmagem. Os fatos são, na maioria das vezes, apenas sugeridos e as parcas explicações podem parecer, às vezes, fraturas expostas de uma poesia marcada pelo que é apenas intuído ou sugerido pelos gestos, pessoas, coisas e lugares. De modo que o momento poético surge como bicho acuado que, prestes a dar um bote, espreita em silêncio, captando as dobras do tempo e do espaço e insinuando-se nas nesgas da escrita. Há lacunas, pausas e silêncios intencionais entre as palavras; no entanto essas pausas são formadas de um "silêncio grávido" que, quando rompido, pode soar ao mesmo tempo como um beijo ou como um tapa.

Mas nem tudo é tensão e corte na poesia do autor, pois há também a dimensão etérea e leve da sua poética. Se há na sua obra um conhecimento profundo dos sulcos, cicatrizes, fendas e rugas que marcam as perdas e os vazios humanos e que definem os encontros e desencontros do cotidiano, existe também a celebração dos grandes ápices do amor e da solidariedade. Há ainda uma deferência profunda ao afeto, à ternura e à serenidade que unem as pessoas e que marcam a suavidade das coisas belas, como se pode ver nos versos do poema "Angústia Voa Como Garça":

mas não é leve
seu flautim.

Fico meio fera
meio anjo
atento
à sacola dos viajantes.

---

[75] Vide PEREIRA, Edimilson de Almeida. Trechos de uma entrevista que me concedeu por e-mail, em 7 de outubro de 2001.

> Noticio a notícia
> que tira o fundo
> às cadeiras.
>
> Me habituei a colecionar
> o que tivesse
> inclinação
> para a eternidade.
>
> Asa de borboleta
> dentro do livro.
> O livro.
> O texto do livro.
> A tinta do texto.
> A sombra da tinta.
> A sombra.
>
> A luz que passa atrás
> da garça
> enquanto penso.[76]

Assim, um mesmo momento poético, que num primeiro instante pode parecer duro e seco, no momento seguinte, pode desdobrar-se numa ternura ímpar, tornando-se capaz de captar os momentos líricos com uma delicadeza de mão que acaricia um filho amado, como os versos do poema "Finco" exemplificam:

> O texto sobre mim e os outros rasurou. Dois parentes (irrigação secreta) ocuparam cômodos que não ocupei. Numa conversa, sem que os víssemos, reaparecem: Lúcia e José chegados de que viagem. Irmãos de meu pai? tios-meninos que teriam hoje a nossa idade? A ordem de passagem permanece. O corpo que esqueceu

[76] Vide PEREIRA, Edimilson de Almeida. Angústia voa como garça. In: _____. *As coisas arcas, op. cit.*, p. 104.

o tato assume sua porção e arde, risos. Cresce na mesa
a árvore que ainda lhe resta. O silêncio entre as palavras
grávido.[77]

Seus textos abordam tanto os pequeninos acasos e a simplicidade das coisas e das pessoas, quanto as grandes inquietações existenciais. Poetizam também as coisas voláteis, efêmeras e imprecisas e homenageiam os traços indeléveis da História, das relações afetivas, amorosas e familiares, como o poema "Lote" ilustra:

A correspondência respira
na arca.
O coração (tojo
suicida) arruma-se.

Para viagens
não há cartas, talvez
adiamento
ou registro de meia palavra.

E o barco transporta
o campo: letra
e espuma.[78]

Apesar das evidências marcantes de que existe uma preocupação com a reflexividade poética nos textos de Edimilson, seus poemas exploram várias formas, contextos e estilos, apostando sempre na multidimensionalidade da palavra. A voz poética também se encanta com as nesgas do cotidiano, com a candura das coisas e das pessoas e com a poeticidade embutida na fala popular. A sua poesia evoca a multiplicidade dos significados presentes nas dobras textuais da História e nos interstícios dos contextos culturais que a pluralidade brasileira representa e que a globalização conclama. Edimilson salienta o hibridismo da cultura ou o momento-espaço da interseção, que não deve ser interpretado como "[...] a soma de todas

[77] Vide PEREIRA, Edmilson de Almeida. Finco. In: _____. *Casa da palavra, op. cit.*, p. 198.

[78] Vide PEREIRA, Edimilson de Almeida. Lote. In: _____. *As coisas arcas, op. cit.*, p. 47.

as coisas, mas a sua tessitura, o seu embicamento, o seu diálogo", como pondera Ana Boff de Godoy.[79] Por isso seus textos nem examinam a criação poética como mero sistema catalisador de sentimentos nem tentam explicá-la em termos de pureza ou essência ou à luz da teoria da emoção. O autor utiliza a linguagem, a estrutura sintática e os temas como se o poema fosse um sorvedouro de águas infinitas. A expressividade do *logos* está retratada nessas constantes mutações: como o movimento da água ou o do vento, a potencialidade das palavras gera um infinito fluxo e refluxo polissêmico. De modo que, por baixo da face polida e contida dos versos e das palavras, num sorvedouro de significações e sentimentos, Edimilson insere a ebulição do "rebojo" poético no movimento do significado que abriga em si a possibilidade de, simultaneamente, arranhar os nervos do poema e cicatrizar os cortes da tensão e da dor.

Em toda a obra de Edimilson, pode-se verificar a ânsia pela decifração dos nós "selados" e do canto "cifrado" das coisas, pessoas, memória e tradição, mas nota-se também uma quase angústia existencial de saber que a resposta se desdobra em outra pergunta. Sua poesia prima pela argúcia do questionamento e está marcada pela dúvida e pelas frequentes interrogações, como o poema "Não-receitas" exemplifica:

Cerveja do
campo rima os
rins mas a vida
não é sem
ritmo?

Cipó cainana
mata
reumatismo e
não se morre
para agradar
o destino?

Folha santa
tira dor de

[79] Vide GODOY, Ana Boff de. "Identidade crioulizada: a (re)construção de um novo homem". In: BERND, Zilá e LOPES, Cícero Galeno (Orgs.). *Identidades e estéticas compósitas*. Canoas: Centro Universitário La Salle / Porto Alegre: UFRGS, 1999, p. 79.

cabeça quem
tira o santo de
guerra?

Raiz cinco chagas
ordena o coração o
amor sabe linha
reta?

João Burangui afina
os dentes são espessas
nossas vontades?

Tantos males
seus
benefícios
raízes faltam
valem os
bichos.

Mocotó de veado
e fel de pato amansam
os nervos.

Sorte não sermos eternos
nem passageiros.[80]

Algumas vezes os poemas terminam em versos que parecem querer chegar a uma conclusão. No entanto, mesmo quando utiliza esse artifício estilístico, o poeta garante ao leitor apenas a formulação de uma hipótese sobre o texto (uma hipótese que permanecerá em nível de conjetura, já que não há nem conclusões absolutas nem o poema se organiza como uma estrutura fechada). Assim, até nos casos em que o eu-poético busca um fechamento, o texto subverte tal posicionamento e questiona suas próprias medidas ao adotar uma poética de interrogação e ao esboçar um perfil relacional e relativo das coisas e seres. Como

[80] Vide PEREIRA, Edimilson de Almeida. Não-receitas. Terceira parte do poema "Eu Raimundo Barbosa de Azevedo deito tarde e acordo cedo". In: _____. *As coisas arcas*, *op. cit.*, p. 129-130.

um ponto de arguição dos conceitos investigados, os textos levantam dúvidas sobre as conclusões e questionam o próprio centro interpretativo bem, como as verdades que eventualmente se haviam estabelecido. Portanto, a poesia de Edimilson costuma cultivar o anticlímax, a ausência de respostas absolutas, de "expectativas residuais" ou do "fechamento poético".[81]

Muitas vezes, ao deslocar os significados e as imagens de maneira inusitada, os poemas tomam um rumo próprio, descartando as estruturas previsíveis e estabelecendo, assim, uma forma surpreendente de "improviso". Ao insinuar-se na dança/jogo/ritual da escrita literária, os textos também desenvolvem articulações estéticas inesperadas, comparáveis, por exemplo, à criatividade e ao improviso existente em formas musicais como o *jazz* e o *blues* moderno[82] e em outras expressões culturais e religiosas afrodescendentes (como as rodas de capoeira e os pontos riscados da Umbanda). A relação da poesia de Edimilson com a música é destacada não só por vários pesquisadores, mas também pelo próprio autor. Na entrevista que me concedeu em 1996, considerou que a referência à música está muito presente no seu texto e que lhe interessa produzir a "ambiência", mesmo que não consiga reproduzir nem a mesma sonoridade nem o mesmo ritmo.[83] Quase dez anos mais tarde, numa entrevista concedida a Fabrício Marques de Oliveira, Edimilson torna a salientar a presença que a música tem na sua criação literária:

> O samba, o jazz, o blues estão presentes nos meus textos porque são música, antes de tudo. Os outros sons que curto também: desde os dobrados [...], passando pelo chorinho, pelas alusões aos minuetos e suítes, até os embalos do reggae e da MPB. Na verdade, tenho lugar para muita música nos ouvidos: os ritmos do baião, catira, Folia de Reis, Congado, candombe, canto de roda, ciranda, bumba-meu-boi, maracatu – só para citar alguns – me tocam muito, sobretudo quando executados por pessoas das comunidades onde são uma prática social, e não apenas evento em datas comemorativas.[84]

---

[81] Para as expressões "expectativas residuais" ("residual expectations") e "fechamento poético" ("poetic closure"), vide PREMINGER, Alex *et al.* (Ed.). *Princeton encyclopedia of poetry and poetics*. Princeton, New Jersey: Princeton University Press, 1974, p. 964-965.

[82] Vide PEREIRA, Edimilson de Almeida. Saudade em blues. In: _____. *Lugares* ares, *op. cit.*, p. 224.

[83] Vide PEREIRA, trecho inédito da entrevista que me concedeu em 1996.

[84] Vide OLIVEIRA, Fabrício Marques de. Conversa com Edimilson de Almeida Pereira. In: _____. *Dez conversas: diálogos com poetas contemporâneos*. Belo Horizonte: Gutenberg Editora, 2004, p. 65-66.

> De fato o blues toca alto no *Zeosório*, embora a música de gafieira esteja soando n'*O velho cose e macera* e o samba em *Ô lapassi*. No caso de *Zeosório*, me interessava raptar algumas experiências que o blues exprime muito bem, algo como estar em um beco sem saída e cantar porque não tem mesmo saída. Vejo aí não a tragédia como ponto final do homem, mas a possibilidade de macerá-la a fim de que possamos digeri-la e sair para outra esquina, se houver chance. É uma das linhas poéticas que venho tentando desenvolver, vivida por um orfeu na rua, desnorteado e lúcido.[85]

Os movimentos sinuosos das palavras são coreografados pela multidimensionalidade do jogo semântico e pela ambivalência do processo criativo. O improviso e a fala dupla dos seus textos poéticos assemelham-se à oscilação dos movimentos gingados e à malícia do "jogo bonito" da Capoeira Angola. Originalmente usada para se referir às jogadas imaginativas e aos movimentos de dança do futebol brasileiro, a expressão "jogo bonito" foi adaptada e atualmente é usada nas rodas de capoeira em que a malícia, a malandragem e a astúcia predominam sobre a violência e a acrobacia e em que o espírito de competição é desencorajado. Esse "jogo bonito" vai além de um simples sistema binário (luta ou jogo), ou de um mero processo racional de oposição (ataque e defesa), visto que enfatiza a pluralidade de um sistema de troca, como os últimos três versos do poema "Indicios"/ ["Indícios"] elucidam:

> "[...] Si alguien
> provoca un verbo, es lo que basta
> para desgarrar los sentidos."[86]
>
> ([...] Se alguém
> provoca um verbo, é o que basta
> para soltar os sentidos.)[87]

A organização frásica de grande parte dos poemas do autor parece, à primeira vista, manhosa, lenta e contemplativa, semelhante ao processo desenvolvido no jogo de Capoeira Angola. No entanto, essa simplicidade é enganosa, já

[85] *Idem, ibidem.*

[86] Vide PEREIRA, *Signo cimarrón*, *op. cit.*, p. 23.

[87] A tradução é minha.

que, por detrás da aparente lentidão dos movimentos (na Capoeira Angola) e do aspecto emoldurado das palavras (na poesia de Edimilson), há uma grande força de expressão e um agudo sentido de alerta. Além dessa característica caprichosa e observadora, encontra-se nas rodas de capoeiras um sistema complexo de interação entre a dança das palavras (as jogadas semânticas, os sentidos metafóricos, irônicos e a ambiguidade das letras das cantigas) e a gramática do corpo (a movimentação sinuosa, calculada e precisa dos jogadores).[88] De maneira semelhante, Edimilson manipula as jogadas poéticas, articulando as manobras estéticas e estabelecendo o ritmo e a cadência semântica.

O contínuo desdobramento da jogada semântica ilustra o encadeamento, a pujança verbal e as articulações criativas dos textos de Edimilson. Comparando-se esse ludismo poético com as rodas de Capoeira Angola, pode-se dizer que os textos de Edimilson coreografam a dança das palavras, revelando o estado relacional entre as coisas, pessoas, natureza e cultura. Os seus poemas exprimem uma bifurcação permanente, transformando-se no que Greg Downey definiu (em relação à capoeira) como uma "[...] conversa em que cada resposta a uma pergunta é, em si mesma, uma nova pergunta".[89] Por conseguinte, também forjada como um ritual de luta, dança e jogo das palavras (as "águas de contendas" ou os "rebojos" literário-culturais), a poesia de Edimilson busca no ponto de interrogação o espaço para ancorar as jogadas poéticas. Talvez essa seja a medida encontrada pelo autor para fugir do "fechamento poético" e para escapar do "círculo hermenêutico", já que sua poesia define o signo como uma cadeia infinita de significações. Enfim, num jogo intencionalmente marcado pela malícia semântica e pelas manobras poéticas que a ambivalência e a ambiguidade frequentemente expressam, o autor entra na roda da poesia enfatizando a bifurcação de sentidos, a malandragem das palavras e a ginga dos significados.[90] Existe, portanto, uma relação metafórica entre o passo fundamental da capoeira e as forquilhas semânticas da poesia de Edimilson.

---

[88] Para uma análise mais detalhada da relação corpo-palavra no jogo de capoeira, vide BARBOSA, Maria José Somerlate. Capoeira: a gramática do corpo e a dança das palavras. *Luso-Brazilian Review*, v. 42, n. 1, p. 78-98, 2005.

[89] Vide DOWNEY, Geg. A música. Apresentação. In: *Capoeira Angola: grupo de Capoeira Angola Pelourinho*. CD, Smithsonian Folkways, 1996, p. 21-22. A tradução é minha.

[90] A própria palavra ginga – que passou a representar a oscilação dos movimentos básicos da capoeira – tem uma conotação metafórica de amplo alcance. Segundo o *Novo Dicionário Aurélio*, no Nordeste colonial brasileiro, significava um caneco de cabo longo que, nos engenhos de banguê, era usado para baldear o caldo de cana de uma tacha para outra. A baldeação dos significados e as astutas manobras semânticas ligam os textos de Edimison ao sentido original da palavra "ginga".

Como o próprio Edimilson enfatiza, o aspecto lúdico é muito importante na sua criação literária, pois sua poética está fundada na ambivalência do jogo das palavras, na precisão dos sentidos, nas variações tonais, no improviso e na técnica medida e calculada. Parece válido dizer que a baldeação, o bamboleio e a ginga da poesia do autor dialogam com o contexto afro-brasileiro, resgatando o ritual das palavras e as articulações criativas do discurso popular. É, portanto, por meio da manipulação linguística, da combinação engenhosa de vocábulos, de expressões inusitadas ou aparentemente incongruentes e paradoxais, que Edimilson aviva matizes culturais e linguísticos, extraindo novos sentidos das palavras, das situações, da memória cultural e do contraponto histórico.

Capítulo 2

"A RECITAÇÃO DA PASSAGEM"[91]

[91] A expressão é do autor. Vide PEREIRA, Edimilson de Almeida. Fábula. In: _____. *Zeosório blues*, *op. cit.*, p. 164.

Fábula

Esquina não é parte da rua, nem cotovelo de faca. Nem caverna onde um se esconde, se perseguido. Nem macio para o amor de quem não tem leito. Nem igreja ou teatro, mesmo que aí tantos representem. Esquina não é bar nem feira nem seta indicando desvio. Mais que um lugar é a recitação da passagem.[92]

A estilística de Edimilson prima pelas pausas, traços e vestígios daquilo que é apenas inferido e/ou vislumbrado na sua marca ou na sua sombra. Há nos seus textos uma característica pictórica tão forte que as palavras parecem ilustrar graficamente as coisas, pessoas, lugares e tempos. Este desejo de definir, explicar e desenhar o momento vivido para apreendê-lo pode ser notado no poema "Fábula", em que uma esquina de rua evoca outros tipos de quinas e encontros, tornando-se um objeto de meditação e um palimpsesto onde várias inscrições culturais ocorrem. A geometria e a geografia da esquina constroem um espaço híbrido, do qual surge o elemento poético para registrar as marcas da presença e da energia de tudo aquilo que restou no espaço-teatro-templo onde a vida cotidiana deixou seus vestígios. A esquina emerge no poema como um espaço híbrido, no sentido que Homi K. Bhabha confere ao termo, na qual a cultura está em permanente estado de transição e incompletude.[93] Talvez, por isso,

[92] *Idem, ibidem.*

[93] Para o conceito de "in-betweeness", vide BHABHA, *O local da cultura, op. cit.* Esse conceito combina aspectos do *dialogismo* de Bakhtin e de *différance* de Derrida. Compare DERRIDA, *Writing*

o título do poema seja "Fábula", pois é tanto a narração de espaços imaginados como a fabulação do próprio momento poético.

As imagens produzidas por algumas expressões do poema (como "cotovelo de faca" e "seta indicando desvio") unem-se aos outros elementos que fazem parte do "escondido" da esquina, transformando-a em um lugar multidimensional. Uma esquina é muito mais do que a sugestão de tudo aquilo que ela evoca na sua forma angular ou pelo uso do seu tempo e espaço (leito de amor, cama, igreja, teatro, bar ou feira), já que se define principalmente pela energia de tudo e de todos que por ali passaram, deixando seu sinal ou traço. Nota-se a preocupação do autor em analisar aquilo que não é visível ou marcadamente físico. O rastro ou o sinal encaixado na estrutura profunda do poema torna-se mais palpável nas pausas e nos intervalos da enunciação. (Convém salientar, no entanto, que essa "estrutura profunda" não é o lugar da "essência", mas a relação entre a língua e o vazio.) Portanto, é no silêncio do que está aparentemente imóvel que o eu poético capta o vestígio, o traço, a marca das coisas e dos seres na "recitação da passagem". Por exemplo, as relações temporais e espaciais que o poema "Fábula" organiza geram uma cadeia de significados coindexados e assinalam os vazios preenchidos pelas formas preexistentes.

Há, portanto, na poesia de Edimilson, ecos da teoria do "efeito-vestígio" ("trace effect") de Noam Chomsky, que teorizou a possibilidade de se verificar a estrutura profunda ou subjacente de uma oração, porque um elemento sintático, quando movido, sempre deixa um traço (uma categoria vazia ou um vestígio lacunar) de si próprio na posição de origem. O vestígio fica regido pelo elemento deslocado e é com ele coindexado.[94] Essa noção de "categoria vazia" e de "efeito-vestígio" acrescentou outras significações à Sintaxe, pois projetou a relação entre a linguagem e o vazio, e deixou de ser "[...] uma lacuna, uma falta, a intuição de uma ausência, um acontecimento exterior à própria língua, para se transformar numa propriedade intrínseca da estrutura sintática".[95] Adotando-se uma leitura linguística (na linha desenvolvida pela teoria do "efeito-vestígio", de Chomsky), pode-se afirmar que a poesia de Edimilson avalia os vestígios lacunares marcados

---

and difference, *op. cit.*; e BAKHTIN, Mikhail M. *The dialogic imagination: four essays*. Translated by Caryl Emerson and Michael Holquist. Austin: University of Texas Press, 1981.

[94] Alguns aspectos dessas teorias foram inicialmente publicados em CHOMSKY, Noam. *Syntatic structure*. The Hague: Mounton & Co., 1957.

[95] Vide MARTINHO, Fernando Jorge dos Santos. A elipse nominal em português e em francês. Disponível em: <http://sweet.ua.pt/~fmart/tese/ch/ tx12.htm>. Portal visitado em 18 de dezembro de 2007.

na língua, bem como as suas relações socioglotas e histórico-culturais, refletidas nos traços coindexados da língua transformada em linguagem.[96] A conexão entre o elemento regente e o regido (o elemento relacional) supre a ausência e estabelece a permanência da "recitação da passagem" a que se refere Edimilson no poema "Fábula". Como consequência, a capacidade rebelde e mutante do significado brota nos intervalos e entremeios das palavras, deixando a sua marca ou a sua energia quântica na tessitura do poema.

A coindexação de vários elementos na obra de Edimilson e o "efeito-vestígio" dos elementos poetizados também dialogam, de certa forma, com a articulação linguístico-filosófica que Derrida definiu como "espaçamento", ou seja, o espaço construído entre termos, "[...] o período regular do branco no texto (pausa, pontuação, intervalo em geral) que retorna e re-marca infalivelmente na cadeia textual".[97] Esse espaçamento também "[...] faz com que um elemento só funcione e signifique a partir do *traço* nele dos outros elementos da cadeia, sendo necessário que um intervalo o separe daquilo que não é ele próprio para que ele possa ser ele próprio".[98] Mesmo não sendo diretamente análogas, as teorias do linguista americano, do filósofo francês e a poética da "recitação da passagem" de Edimilson têm pontos em comum.

Em geral, a poética de Edimilson pode ser classificada de "dialógica" (segundo o conceito de "dialogismo", de Mikhail M. Bakhtin), já que enfatiza o traço do movimento dinâmico dos significados no tempo-espaço da linguagem e na aferição social que ela demarca. O momento poético surge da fricção entre a simplicidade vocabular e seu desdobramento de significados. À medida que o eu-lírico vai extraindo a poeticidade da linguagem, os significados vão se desdobrando tanto como sujeito operacional quanto como objeto receptivo do significado. A força da poesia de Edimilson está também na multidirecionalidade que um termo, expressão ou estrutura gramatical ganha em novos contextos e em proximidade com outros termos, formando uma cadeia de significados ou a coindexicação.

---

96 Utilizo aqui o conceito de linguagem desenvolvido por BAKHTIN, *The dialogic imagination, op. cit.*, em que direciona a atenção para os aspectos ideológicos, as redes sociais e as condições históricas que fazem da língua a linguagem.

97 Vide DERRIDA, Jacques, *Positions*. Paris: Minuit, 1972, p. 38-39. Segundo a equipe do Departamento de Letras da PUC/RJ, supervisionada por Silviano Santiago, Derrida tomou emprestado o conceito de "espaçamento" de Mallarmé (Prefácio a *Um coup de dês*). Vide SANTIAGO, *et. al. Glossário de Derrida, op. cit.*

98 Vide SANTIAGO, *et al.*, op, cit., p. 33.

Nos seus versos, as referências a pessoas, coisas, objetos, animais, plantas, acontecimentos, lugares, tempo e espaço são, muitas vezes, expressas pela fragmentação metonímica e por "metáforas radicais".[99] Veja-se, por exemplo, o poema "Bichos e Plantas", em que os animais e insetos (marimbondos, siriema, guará, calango), plantas (baru, *trançage*, cardo, pequizeiro, cipó são joão), objetos (moringa, mesa, jarro, cadeira, amuleto, fogão), as ações e reações (fiação, mau-olhado) são aliados também às cores (o amarelo do pequizeiro e do cardo e o vermelho do fogão e do guará).[100] O poema estabelece elos semânticos entre bichos, plantas e objetos, e explora a relação metafórica entre os elementos, criando forquilhas de significados, ao mesmo tempo em que percorre os caminhos da depuração linguística. Desse modo, o poema "Bichos e plantas" se tece como um glossário em que o eu-lírico indexa vínculos, instala contatos e fia uma correspondência entre seres, objetos, fatos, ações e reações. No processo, as palavras vão interagindo e cardando várias redes de significações:

1. BICHOS E PLANTAS

O marimbondo em tempo de oferenda.
O baru instruído na linguagem de morcegos e
bois.
Um moringa de três caras onde a miséria
governa.
A siriema intrigada com o engenho.
O dicionário das forquilhas com tantos verbos.
A garganta do guará.
A trançage mais senhora que o céu.

Esses negócios de mesa como jarro e de fiação:
cardo e carda, cadeira e costela.

---

[99] Para uma análise do termo "metáfora radical", que, segundo Edimilson, "navega nas águas primordiais do mito", vide PEREIRA, Edimilson de Almeida. *Os tambores estão frios: herança cultural e sincretismo religioso no ritual do Candombe*. Juiz de Fora: Funalfa Edições / Belo Horizonte: Mazza Edições, 2005. Vide também CASSIER, Ernest. "Visões e percepções tradicionais". In: _____. *Introdução à cultura africana*. Lisboa: Edições 70, 1980. Cassier cita Max Müller como aquele que cunhou o termo "metáfora radical".

[100] Em geral, o guará do cerrado tem coloração pardo-avermelhada, pés e focinhos pretos e manchas brancas na garganta. Cardo é uma planta de flores amarelas e folhas acinzentadas.

O olho do guará antes da morte.
E depois da morte amuleto.

Um pequizeiro no pensamento do amarelo.

As unhas como enxadas e esses aparelhos que
dão no terreiro, na estrada: em vereda.
O calango escolhido a dedo.
A santura selvagem do cipó são joão.
Um fogão vermelho.

E o mau-olhado no olho do guará morto.[101]

A "fiação" dos significados das coisas vivas e mortas, animadas e inanimadas que "dão no terreiro, na estrada, em vereda" – tão presentes neste texto – é uma das marcas da poética de Edimilson. O poema instala uma conexão metafórica e metonímica entre vários elementos, o que contribui para enriquecer a postura semântica dos vocábulos. Por exemplo, no nível da relação metafórica, é íntimo o diálogo entre a "carda" (aparelho usado para desembaraçar fibras e outros materiais têxteis) e o "cardo" (uma planta espinhosa),[102] já que os dentes de uma e espinhos do outro se assemelham. Essa é uma relação que o autor parece fazer questão de salientar ao colocar os dois vocábulos, lado a lado, no mesmo verso. No entanto, mesmo quando essas palavras compartilham a proximidade do espaço do texto e do sentido metafórico, distinguem-se ao nível semântico, criando assim uma tensão entre o sentido sugerido pelo poema e o registrado no dicionário. O poema constrói também um liame entre o calango "escolhido a dedo" e a "santura selvagem do cipó são joão", marcando a relação pictórica entre os dois termos que a aparência física engendra. Tece ainda uma fiação cromática e semântica com outros termos do poema, pois "o cipó são joão" tem flores multicoloridas – algumas espécies têm flores de cor avermelhada – e,

[101] Vide PEREIRA, Edimilson de Almeida. Bichos e plantas. In: NEVES, *Baú de Letras*, *op. cit.*, p. 241-242. Reimpresso como a primeira parte do poema "Livro da Irmandade com as palavras sobre vivas à devoração do monstro esquecimento". In: PEREIRA, *Casa da palavra*, *op. cit.*, p. 179.

[102] Segundo o *Novo Aurélio*, carda é um "banco ao qual se apóia uma espécie de grande pente com dentes de madeira, compridos e bastante próximos e que serve para desembaraçar o linho, a lã, e outras fibras têxteis. A carda é também um antigo instrumento de tortura usado para triturar a carne". Vide, FERREIRA, Aurélio Buarque de Holanda. *Novo Aurélio século XXI: o dicionário da língua portuguesa*. 3. ed. revista e ampliada. Rio de Janeiro: Nova Fronteira, 1999.

como a *trançage*, o cipó também é usado para remédio (daí a sua "santura"). A energia vital do guará, preservada no amuleto em que ele se transforma depois de morto, passa também a representar a própria poeticidade do texto.

Perguntei a Edimilson por que, em "Bichos e Plantas", havia usado a forma masculina para a palavra moringa, em vez do feminino padrão ("Um moringa de três caras onde a miséria governa"), e quais os significados da palavra *trançage* no verso "A trançage mais senhora que o céu". A sua resposta traduz muitos dos conceitos que considero fundamentais para entender sua poética e serve de guia para o leitor intuir a maneira como ele trabalha a linguagem, aproveitando os "ritmos de ouvido"[103] que a pesquisa de campo coloca ao seu dispor:

EAP: Em linhas gerais, em "Bichos e Plantas", procuro trabalhar com os conceitos de um sujeito vinculado ao mundo rural, mundo esse permeado pelas relações entre todas as formas. A linguagem utilizada, penso eu, é compatível com esses conceitos, por isso nem sempre ela pode se resumir à língua considerada padrão. Trata-se, portanto, de uma abertura do sujeito para os diferentes conceitos expressos através das linguagens do mundo. Segundo a norma, o substantivo moringa é realmente feminino. Porém, às vezes, certos conceitos, para serem explicitados, levam o sujeito a desmontar e a remontar a língua ou, ainda, a estendê-la para além dos seus limites habituais. Assim, o sujeito daquele universo a que me referi acima tem a intenção de alterar a expectativa dos usuários da língua. "Um moringa" é um modo de sinalizar essa intenção. O que vale para esta expressão vale para toda uma estrutura discursiva, responsável pela tessitura dos diálogos entre os sujeitos.

Segundo a língua padrão, a palavra é "tanchagem". Porém, minhas viagens ao interior dos gerais me permitiram conhecer a reinvenção do vocábulo. Assim, de tanchagem se chegou a *trançage*. O termo *trançage* abre duas portas de sentido: a) *trançage* significa um tipo de cordão trançado com fio encerado; b) *trançage* (ou tanchagem) é uma erva medicinal, de largo uso entre as populações rurais [usada para combater a diarréia e inflamações

[103] A expressão "ritmos de ouvido" é da segunda parte do poema "Instrução do homem pela poesia em seu rigoroso trabalho". Vide PEREIRA, *Casa da palavra*, *op. cit.*, p. 188.

> variadas – de dor de garganta a úlceras – e depurar o sangue]. Quando empreguei a palavra no poema, pensei sobretudo no segundo sentido.
>
> [Quanto à comparação das unhas às enxadas,] a intenção é indicar o vínculo profundo entre o sujeito e os objetos que utiliza para moldar o seu mundo. Nesse caso, assim como a enxada talha, aplaina, acerta e, de certo modo, inventa "um espaço" para o plantio e, conseqüentemente, para a sobrevivência do sujeito, também as mãos e, mais particularmente, as unhas se convertem em instrumento que ajudam o sujeito a interferir no mundo, criando ou ceifando os espaços. As unhas são como enxadas, portanto. Ou seja, são instrumentos, mediadores na relação do sujeito com o mundo.[104]

Numa leitura que segue o "traço" ou o "efeito-vestígio" das palavras, percebe-se que o poema não necessita nomear muitos verbos de ligação e conjunções, pois a escassez dessas classes de palavras força os outros vocábulos a construírem uma polivalência suplementar de significados. Ao usar a conjunção aditiva ("e") de maneira insistente e ao apresentar a organização vocabular de forma descritiva e enumerativa, o eu-lírico engendra uma entonação oracional que reúne a observação poética do movimento energético dos bichos, das plantas e dos objetos e se torna elo de ligação entre os elementos regidos pelas "categorias vazias" do texto. Os significados dilatados dos substantivos e dos verbos promovem, assim, um tipo novo de adjetivação, gerando um "rebojo"[105] de conotações que subvertem a ordem aparentemente estática dos bichos, das plantas e dos objetos.

Tanto os sentimentos mais delicados, como as emoções mais ardentes e impetuosas parecem estar encadernados na escultura rigorosamente talhada da escolha precisa das palavras e na economia verbal dos poemas, como visto em "Bichos e Plantas", texto em que o autor estabelece uma relação dialógica entre a contenção vocabular e a expansão dos significados.[106] Essa disputa operacional entre a economia de palavras e a dilatação semântica é bem visível entre a

[104] Conversa eletrônica de 13 de fevereiro de 2008.

[105] "Rebojo" é o título de um dos seus poemas e de um dos seus livros. Vide PEREIRA, Edimilson de Almeida. Rebojo. In: _____. *Lugares ares, op. cit.*, p. 121-123.

[106] Edimilson analisa essa parcimônia vocabular como uma aprendizagem advinda da vida simples e regrada da infância.

escassez de verbos e a abundância de significados. Estão também ausentes do poema conexões claras entre os elementos oracionais e faltam termos que poderiam oferecer ao leitor uma explicação mais direta dos fatos. Existem ainda poucos verbos de ligação e faltam alguns termos sintáticos acessórios (por exemplo, há poucos adjetivos e apenas a conjunção aditiva "e" se destaca como termo conectivo). Essas lacunas contribuem para configurar um sentido dormente ao texto ou podem sugerir a ideia de imobilidade dos elementos do poema. A parcimônia poética (no referente ao uso de adjetivos qualificativos), bem como a disposição e a proximidade dos substantivos nos versos produzem um efeito de deslocamento complementar, pois os substantivos são forçados a se adjetivar, tal como se pode verificar no seguinte verso: "Um pequizeiro no pensamento do amarelo".

Edimilson analisa como, até certo ponto, suas experiências com a carência material na infância acabaram se transformando em algo construtivo, visto que aprendeu a utilizar a economia de recursos da primeira fase da vida como traço estilístico. Essa técnica está refletida, por exemplo, nos versos enxutos e sem muitos enfeites e na parcimônia vocabular dos seus textos poéticos, como explica em um depoimento que concedeu a Neide A. de Almeida:

> **EAP:** Eu venho de família pobre, mas a pobreza – eu me lembro bem –, na minha experiência de família, nunca foi um percalço intransponível, nunca foi um obstáculo para as realizações, sobretudo de experiências coletivas. [...] Essa inversão da ordem da miséria para uma ordem da competência construtiva do discurso sempre foi algo que me chamou muito a atenção e, de algum modo, isso está presente no meu texto poético: uma economia de recursos, de linguagem, um verso seco, antimusical. A tentativa é, justamente, provocar no leitor essa pesquisa por um sentido que está lá, mas que não é dado gratuitamente.[107]

Portanto, Edimilson transforma a "ordem da miséria" e a "economia de recursos" em uma rede de conexões relacionais, ao explorar os vários significados

[107] Vide PEREIRA, Edimilson de Almeida. "Movimentos, livros e autores que influenciaram a formação dos poetas"; "Por que poesia negra"? Parte do evento "Negras palavras: encontro de gerações: [Oswaldo de Camargo e Edimilson de Almeida Pereira]. Depoimento no Museuafrobrasil. Moderadora: Neide A. de Almeida. São Paulo, mar. 2008. Disponível em <www.museuafrobrasil.com.br/ museu.>

das palavras e suas relações semânticas. Vê-se, assim, no poema "Bichos e Plantas", o guará morto – tão inanimado quanto a carda e a cadeira – mesclando-se à paisagem, e tanto o "cipó são joão" quanto o calango cumprindo sua semelhança. Entretanto, as forças centrípetas e centrífugas[108] de "Bichos e Plantas" não formam oposições marcadas (vivo/morto, estático/em movimento, animal/vegetal), porque a malha textual (a coindexação) leva esses contrários a estabelecerem redes de ligações que bloqueiam a força antagônica, nutrindo a suplência das palavras, imagens e figuras. A relação dos bichos e das plantas com os objetos e com os outros seres (representados metonimicamente por partes do corpo como costela, unha e garganta) também contribui para a interação entre todos os elementos.

É exatamente na energia do espaço "devoluto"[109] ou do espaço-vestígio que Edimilson busca a marca da origem pela via da autoanálise e da metalinguagem. No entanto, ao salientar as plurissignificações vocabulares, o poema (representado pelo guará-amuleto) revela que não existe como um objeto hermeticamente fechado em si mesmo, pois ele se esparge no seu "traço-vestígio". Observe-se nesse sentido que é, exatamente quando perde a vida, que o guará condensa a sua força no símbolo que o representa ("o mau olhado no olho do guará-morto"). A permanência energética ou quântica do guará é perpetuada na sua existência iconizada e na representação que o amuleto e suas conotações passam a ser/ter de tudo aquilo que o guará foi e será ("O olho do guará antes da morte. / E depois da morte amuleto").

Edimilson explora a dimensionalidade espacial, enfatizando o arranjo das palavras no texto e a sua relação cromática, semelhante à projeção de objetos num quadro. Para incluir os animais na relação simbiótica com os objetos e as plantas que os circundam, o poeta seleciona palavras secas e medidas, dispondo-as espacialmente no texto de maneira que se assemelham a uma fotografia ou pintura. O aspecto documental, formalístico e pictórico deste poema sugere que os elementos retratados parecem ter sido longamente observados pelo autor para registrar a imobilidade, a neutralidade e o silêncio dos animais, das plantas e dos objetos. Nota-se que, além do elemento contemplativo, como no estilo de pintura "natureza morta", ao destacar-lhes a luminosidade e as cores,

---

[108] Os termos "forças centrípetas e centrífugas" são empréstimos da teoria de BAKHTIN. Vide *The dialogic imagination*, *op. cit.*, p. 258-422.

[109] Inspirei-me na expressão de Edimilson, "verbo devoluto", citada nos versos "O verbo devoluto / era o verbo que amavas / noutros dias de tua vida". Vide PEREIRA, Edimilson de Almeida. "A pessoa e o termo". In: _____. *Lugares ares*, *op. cit.*, p. 42.

também põe em xeque a aparente inércia dos objetos e dos seres retratados. Mesmo quando, superficialmente, os elementos do texto parecem estáticos, comunicam uma energia que se expande na representação dos seres animados e inanimados, vivos e mortos (que o guará-amuleto simboliza).

Como "Bichos e Plantas" revela, a produção de enunciados multissignificativos no poema obriga os leitores a explorarem um sistema de signos que, mesmo quando parecem ambíguos, não são necessariamente contraditórios ou excludentes, pois fazem parte da mesma cadeia de significados. Portanto, Edimilson enfatiza essa relação dialógica entre a visível imobilidade e a movimentação da energia subjacente. Há nos poemas do autor uma exigência poética quanto ao "desempenho" das palavras, cujos significados são reforçados pelas pausas e pelos silêncios textuais, o que também pode levar os leitores a outros enunciados e repertórios, configurando-se o que o poema "Bichos e Plantas" define como "o dicionário de forquilhas com tantos verbos".[110] O vazio criado pela ausência de certos vocábulos contribui para estabelecer uma cadência poética de "variações emocionais significantes", que Celso Cunha e Lindsey Cintra considerariam uma "entonação oracional".[111]

Os termos essenciais (os substantivos e verbos) que se destacam e a operação relacional das palavras (ou o seu diálogo sintagmático) criam um ritmo próprio, no qual a entonação e a melodia poética desempenham a função linguística de conectar os significados. O ritmo singular ou a "fala expressiva"[112] de "Bichos e Plantas" são levados a cabo pelo relacionamento das palavras. Avaliando-se a energia subjacente e as "águas de contendas" deste poema, pode-se inferir que, até nos momentos em que sua poesia parece enxuta e sem muitos acessórios, revela também grandes ritos de passagem e uma intensa energia criativa. Por conseguinte, pela esmerada articulação linguística e da combinação engenhosa de vocábulos, Edimilson consegue comunicar a "fala expressiva" a que se referem Cunha e Cintra, criando uma "curva melódica"[113] bastante e audível.

---

[110] Vide PEREIRA, Bichos e plantas, *op. cit.*

[111] Vide CUNHA, Celso; CINTRA, Lindsey. *Nova gramática do português contemporâneo*. Lisboa: Edições João Sá da Costa, 1984, p. 167-168. Segundo estes autores, ao contrário do tom de voz monótono, pobre de inflexões, "[...] a fala expressiva exige variedade de tons e sua adequação ao pensamento".

[112] A expressão é de CUNHA & CINTRA. Usam o termo ao discutir entonação oracional. Vide *Nova gramática, op. cit.*, p. 167.

[113] *Idem, ibidem*, p. 167.

Vários outros textos de Edimilson poetizam esse "efeito-vestígio" que se encontra na "recitação da passagem" de tudo e de todos que fazem parte da memória coletiva de um povo, das suas origens, das suas cicatrizes, da sua trajetória, ou seja, da sua narrativa pessoal. Por exemplo, ao analisar a suposta ausência da diáspora africana em Buenos Aires, Edimilson redefine o conceito de "História" e questiona a extinção dos sinais que fazem a narração de um povo, de uma nação, de um tempo ou espaço. Se a História pode ser definida em termos do estudo da ação humana, das origens, dos processos e dos eventos ocorridos, pode também ser vista como uma forma seletiva de salientar alguns desses aspectos e/ou arquivar outros. Por isso a voz poética põe em xeque a não-existência de afrodescendentes em Buenos Aires, ao perguntar e responder no poema tripartido, "Desaparición de Rosendo Mendizábal y Otros" / [Desaparecimento de Rosendo Mendizábal e Outros]:

ENIGMA

Los negros de Buenos Aires
se fueron. Después de una
y muchas guerras o comidos

[Os negros de Buenos Aires
foram-se. Depois de uma
e muitas guerras ou comidos]

por la fiebre amarilla, se dice.
¿Sacados de la calle por fuerza
de la muerte o de los vivos?

[pela febre amarela, diz-se.
Arrancados da rua à força
da morte ou dos vivos?]

¿Dónde están los negros de
Buenos Aires? ¿Cómo
explicar que la gente de bailes

[Onde estão os negros de
Buenos Aires? Como
explicar que a gente de danças]

se murió más que el alba?
Quizás tomó el destino de un
tango: oído en noche furiosa

[morreu mais que a alvorada?
Talvez tomou o destino de um
tango: ouvido em noite furiosa]

se pierde luego que otro
empieza en el fondo de la sala.
¿Cómo hicieron para olvidar

[perde-se logo que outro
começa no fundo da sala.
Como fizeram para esquecer]

a los negros de Buenos Aires?
¿Abrieron un hueco poniendo
allí una caja? ¿Desaparecieron

[aos negros de Buenos Aires?
Abriram uma cova, pondo
ali uma caixa? Desapareceram]

así los negros de Buenos
Aires? ¿Más que sacados del
día, exiliados de la memoria?

[assim os negros de Buenos
Aires? Mais que retirados do
dia, exilados da memória?]

INSCRIPCIONES

[INSCRIÇÕES]

Los negros de Buenos Aires
desaparecieron. Queda su
desaparición. Donde no hay

[Os negros de Buenos Aires
desapareceram. Fica seu
desaparecimento. Onde não há]

vendedores callejeros, las
calles son como bibliotecas.
Lo que hicieron los negros
[vendedores ambulantes, as
ruas são como bibliotecas.
O que fizeram os negros]

está presente aunque ausente:
panaderías casa de muebles
funcionan si las movieron
[está presente embora ausente:
padarias casas de móveis
funcionam se fossem movidas]

otros nombres: congos zedas
loangos basundis y abujás.
Esos y otros (ya que pobres
[outros nomes: congos zairenses
loangos basundis e abujás.
Esses e outros (já que os pobres]

son distintos pero iguales)
llevaron agua comida y sus
cuerpos a través de la ciudad.
[são diferentes mas iguais)
levaram água comida e seus
corpos pela cidade.]

(su rumor y su contrato con
la vida son otra pampa)
donde corre el silencio de
[(seu rumor e seu contrato com
a vida são outro pampa)
aonde corre o silêncio de]

quien fue silenciado y canta.
No la canción que ilusiona
sino la que fija hombres. Pero
[quem foi silenciado e canta.
Não a canção que iluda
senão a que fixa homens. Porém]

no hay callejeros, tampoco los
que mataban insectos: el absurdo
casi los redujo a la sombra.

[não há rueiros, tampouco os
que matavam insetos: o absurdo
quase reduziu-os à sombra.]

DESCIFRAMIENTO

[DECIFRAÇÃO]

Los negros de Buenos Aires
no se apagan aun cuando las
actas mudan su piel: pasteles

[Os negros de Buenos Aires
não se apagam mesmo que as
atas mudem sua pele: pastéis]

aceitunas escobas plumeros
cosas de lechería servicios
de lavanderas y almacén –

[azeitonas vassouras espanadores
coisas de leiteria serviços
de lavanderias e armazém –

todo supera el olvido, es
lenguaje que escribe la urbe.
Escritura como un tango:

[tudo supera o esquecimento, é
linguagem que escreve a urbe.
Escritura como um tango:]

una vez empezada no cesa
aunque el baile se pierda.
Escritura que los de Buenos

[uma vez começada não cessa
ainda que a dança se perca.
Escritura que os de Buenos]

Aires fijaron como ruta
desde Bahía y Río dc Janeiro
hasta el Río de la Plata.

[Aires fixaram como caminho
desde Bahia e Rio de Janeiro
até o Rio da Plata.]

Su desaparición es tatuaje
en los nervios de la ciudad.
Si vibra es rueda sin frenos,

[Seu desaparecimento é tatuagem
nos nervos da cidade.
Se vibra é roda sem freios,]

si calla es exigente, pues
¿cómo explicar que hombres
con aciertos errores y deseos

[se cala é exigente, pois
como explicar que homens
com acertos erros e desejos]

desaparecieron de la historia?
A menos que la historia sea
un artificio de calendarios.

[desapareceram da história?
A não ser que a história seja
um artifício de calendários.]

Pero la ausencia de negros
en Buenos Aires sigue
narrando otras historias.[114]

[Mas a ausência de negros
em Buenos Aires segue
narrando outras histórias.][115]

Em comparação com a visibilidade da influência africana no Brasil, que está enraizada na cultura, na história e na formação fenotípica do país, a popu-

[114] Vide PEREIRA, Edmilson de Almeida. Desaparición de Rosendo Mendizábal y otros. In: _____. *Signo cimarrón.* Belo Horizonte: Mazza Edições, 2005, p. 66-69. O poema foi originalmente publicado em espanhol.

[115] A tradução para o português é de Isaac Rivera-Campos.

lação da Argentina e, mais especificamente a de Buenos Aires, destaca-se pela aparente ausência de traços africanos. Este discurso costuma levantar polêmicas, pois é sabido que houve uma população procedente do tráfico de escravos africanos durante os séculos de dominação espanhola no Vice-Reinado do Rio da Prata e que essa população exerceu um impacto sobre a cultura nacional. As indicações da passagem africana pela Argentina e/ou da sua permanência podem não ser vistas na pele das pessoas de Buenos Aires (clareada pela ideologia do branqueamento, da suposta superioridade racial europeia e das imigrações, principalmente de italianos),[116] mas estão presentes na língua, na história, na arqueologia, na música e em outros domínios da cultura popular da Argentina.

O sucessivo número de guerras em que a Argentina se envolveu costuma ser citado como razão para o desaparecimento da população de origem africana naquele país, tendo em vista que uma quantidade considerável de soldados afrodescendentes participou desses embates, lutando na linha de frente dos exércitos argentinos.[117] Também a epidemia de Febre Amarela, que se abateu sobre os bairros pobres e negros de Buenos Aires em 1871 e a negligência das autoridades são frequentemente mencionadas como um dos motivos pelos quais a população argentina é predominantemente branca ou embranquecida.[118]

Em *Buenos Aires Negra: Arqueología de uma Ciudad Silenciada*, Daniel Schávelzon argumenta que, no início do século XIX, cerca de 35% da população daquela cidade tinha descendência africana e havia estabelecido "sua própria cultura, língua, costumes e religião".[119] Para o autor, tanto a memória quanto o esquecimento são construções sociais, por isso convida o leitor a reconstruir

[116] A abolição da escravatura na Argentina começou em 1813, foi confirmada pela Constituição de 1853, e antecipou-se ao Brasil em quase três décadas. Para uma ampla análise do elemento africano em Buenos Aires, vide ANDREWS, George Reid. *The Afro-Argentine of Buenos Aires, 1800-1900*. Madison: The University of Wisconsin Press, 1980. Para um apanhado geral da história da escravidão negra na América Latina e no Caribe, vide KLEIN, Herbert. *La esclavitud africana en América Latina y el Caribe*. Madrid: Alianza, 1986.

[117] No século XIX, por exemplo, ocorreram invasões inglesas e francesas, a Guerra da Independência, a luta dos caudilhos pelo poder e a Guerra do Paraguai. Vide MORRONE, Francisco C. *Los negros en el ejército: declinación demográfica y disolución*. Buenos Aires: Centro Editor de América Latina, 1995.

[118] Vide ANDREWS, *op. cit.*

[119] Vide SCHÁVELZON, Daniel. *Buenos Aires negra: arqueología de uma ciudad silenciada*. Buenos Aires: Emecé, 2003, p. 13. O autor assinala também que, no final do século XVIII, 64% dos habitantes de Tucumán, 54% de Santiago de Estero, 52% de Catamarca, 46% de Salta e 44% de Córdoba eram de origem africana (p. 18). Para análises comparativas com outros países falantes de espanhol, vide ROUT, Leslie B. *The African experience in Spanish America: 1502 to the pre-*

a memória coletiva de Buenos Aires e a imaginá-la como fora outrora, ou seja, uma cidade em que um terço da população tinha a pele escura. Sugere-lhe trafegar pelos documentos históricos e analisar os materiais arqueológicos escavados para ao final se perguntar por que Buenos Aires deixou de ser uma cidade multirracial:

> Buenos Aires teve escravos desde sua primeira fundação, uma vez que Pedro de Mendoza os trouxe consigo.[120] [...] Os mercados negreiros estavam nos arredores do que era o antigo centro; e os ranchos dos escravos dos jesuítas estavam a uma quadra da Plaza de Mayo, os dos dominicanos há quatro quadras.[121] [...] Por que foi necessário esquecer, apagar, desaparecer? Foi tão forte o darwinismo social que não cabia nenhuma possibilidade de que a grande civilização branca pudesse conviver com os outros? Os índios massacrados; os afrodescendentes esquecidos; o mestiço da fronteira – logo idealizado em um gaúcho inexistente – transformado em folclore e poesia. O desaparecimento se deu por branqueamento, por marginalização e pela leva imigratória europeia nos fins do século XIX.[122]

É sabido que, durante a colonização da Argentina, como no Brasil e em outras partes da América Latina e do Caribe, os trabalhos domésticos eram delegados aos africanos e/ou aos indígenas que formavam a mão de obra escrava. A influência africana infiltrou-se na comida, nos costumes, na música e na língua, e mesmo que tenha sido diluída pelo contato com outros povos e recebido novas configurações através dos séculos, não desapareceu completamente. Esses são questionamentos que Schávelzon também posiciona no seu estudo:

> Pensar que uma boa parte dos seus habitantes – bem mais que 30% – era de outra cor de pele, que eles falavam línguas estranhas, que tinham sua música, seus bairros, seus templos, seus edifícios de reunião com grandes praças para os bailes; que tinham suas próprias capelas, sacerdotes, cemitérios, médicos, dias de festa, autoridades eleitas e cerimônias públicas; que esses habitantes tinham seus alimentos, gastronomia, formas de cozinhar, de fazer e

sent day. Cambridge: Cambridge University Press, 1976. É minha a tradução deste e de todos os outros trechos citados desta obra.

[120] Vide SCHÁVELZON, *op. cit.*, p. 21.

[121] *Idem, ibidem*, p. 22.

[122] *Idem, ibidem*, p. 28.

> usar pratos e panelas, sua arquitetura doméstica, seus jogos e até um idioma comum que permitia àqueles provenientes de diferentes culturas da África – os que falavam a chamada língua boçal[123] – comunicar-se entre si é algo que por certo ultrapassa nossa capacidade de imaginar.[124]

Ainda que a presença física da África em Buenos Aires se tenha apagado a olho nu, está visivelmente presente nas marcas deixadas na sua trilha de passagem pela cidade e em tudo que os afrodescendentes imprimiram naqueles espaços urbanos.[125] A escritura da sua trajetória em Buenos Aires está espalhada pela cidade e, por isso, segundo Edimilson, as ruas denunciam essa presença transformando-se em "bibliotecas" onde se pode ler/sentir seus "textos". Esse posicionamento do poema "Desaparición de Rosendo Mendizábal y Otros" dialoga com a pesquisa histórica e arqueológica de estudiosos como Schávelzon:

> Eis aqui quando nos surgem várias perguntas: a primeira é por que as evidências arqueológicas e os documentos históricos que se estão descobrindo em Buenos Aires a cada dia mostram um panorama diferente do que impera na literatura da época? A segunda pergunta surge de uma concepção profundamente imersa no imaginário histórico dos portenhos: por que nada restou dessa população e de sua cultura material –, evaporadas por um sortilégio misterioso e inexplicável? E o que quase ninguém se pergunta é por que nossa linguagem – hoje, no século XXI – está abarrotada de termos africanos: a mulher é uma *mina* (grupo étnico africano), a música popular urbana é o *tango* (de *tangó*: dançar, no Congo); para alguns os sapatos são os *tamancos*, nosso serviço doméstico é a *mucama* (derivado de outro grupo étnico africano) [...]; *quilombo* é a palavra que em toda América indica as povoações de *cimarrones* (africanos que fugiram

---

[123] Também no Brasil, "boçal" se referia ao escravo negro não-ladino, recém-chegado da África e que não sabia nem a língua nem os costumes da terra. Já "ladino" referia-se aos escravos negros ou índios que "falavam português, tinham instrução religiosa e sabiam fazer o serviço ordinário da casa ou dos campos". Derivado do latim vulgar, "boçal" conserva o significado de estúpido, rude, grosseiro e ignorante, em contrapartida com "ladino" (astuto, manhoso e esperto). Vide FERREIRA, O *novo Aurélio*, *op. cit.*

[124] Vide SCHÁVELZON, *op. cit.*, p. 17-18.

[125] Vide PICOTTI, Dina V. *La presencia africana en nuestra identidad*. Buenos Aires: Ediciones del Sol, 1998.

> para as montanhas).[126] [...] É evidente que a cultura da negritude está em nossa memória coletiva claramente inserida e profundamente enraizada, mas é transparente e não a podemos ver.[127] [...]
>
> Podemos seguir fazendo-nos perguntas: acaso é sequer possível imaginar que no exército até cerca de 1900 não só a maioria das tropas, mas também grande parte dos suboficiais e até mesmo de oficiais – até a patente de coronel – eram afro-argentinos? [...] Ficaram registrados os vinte periódicos e diários para a população afrodescendente que havia na cidade desde 1880? [...]; quem recorda a luta abolicionista na Argentina e suas epopeias?[128] [...]

Os historiadores costumam indicar a música afroplatina como um desenvolvimento dos ritmos tocados nas festividades e nas cerimônias que os escravos faziam nas casas de reuniões, ou nos chamados "tangos". Se o tango nasceu no século XIX, advindo de várias formas musicais e da crioulização desses ritmos em contato com os batuques africanos (como os ritmos do Candombe, por exemplo), foi no começo do século XX que se espalhou em diversas formas, tornando-se o ritmo/dança de Buenos Aires e um símbolo da Argentina.[129] O poema de Edimilson alude indiretamente às origens do tango (andaluz) que muitos pesquisadores relacionam à palavra *milonga*, derivada do quimbundu, língua na qual significa "palavras".[130] Possivelmente, por causa desse sentido original, *milonga* acabou sendo usada para se referir à música dos afrodescendentes, cantada e dançada nos bairros pobres de Buenos Aires[131] e que Edimilson reaproveita no poema "Desaparición de Rosendo Mendizábal y Otros". Neste texto o autor utiliza o nome desse músico, compositor e pianista afrodescendente argentino

---

[126] Vide SCHÁVELZON, *op. cit*, p. 18-19.

[127] *Idem, ibidem*, p. 19.

[128] *Idem, ibidem*, p. 20.

[129] Vide GOBELLO, José. *Breve história crítica del tango.* Buenos Aires: Ediciones Corregidor, 1999. Para um estudo sobre o Candombe (em Minas Gerais com referências à Argentina e ao Uruguai), vide PEREIRA, Edimilson de Almeida; GOMES, Núbia Pereira de Magalhães. *Os tambores estão frios: herança cultural e sincretismo religioso no ritual do Candombe*. Belo Horizonte: Mazza Edições; Juiz de Fora: Funalfa Edições, 2005.

[130] Para uma análise da palavra "milonga", vide GOBELLO, *op. cit.*, p. 17-19. FERREIRA, *O novo Aurélio, op. cit.* confirma esse significado da palavra *milonga* em Buenos Aires e no Rio Grande do Sul, mas também indica que, em outras partes do Brasil, significa "macumba, feitiço, sortilégio e bruxedo".

[131] Além da *milonga*, a *chacarera* e a *payada* também podem ser ligadas a esta influência. Vide GOBELLO, *op. cit.*, p. 19.

como ponto de referência para trafegar pelos saguões da História, reposicionar o elemento africano em Buenos Aires, considerando que Mendizábal e outros são "a linguagem que escreve a urbe".

De certa maneira, ao traçar a presença vigorosa de Anselmo Rosendo Mendizábal,[132] músico da "Velha Guarda" do tango, o eu-lírico acaba por posicioná-lo como um traço metonímico do ritmo/dança, já que faz parte da história musical da Argentina e é marca simbólica de Buenos Aires. Nota-se que a única referência a Mendizábal está no título. O poema, não é, portanto, uma biografia do homem, mas uma alusão a sua presença no diapasão que as confluências históricas e musicais retratam. Por isso, a voz poética afirma o traço cultural indelével e a marca histórica que os africanos deixaram naquele país.

Ao questionar a construção da História, suas trajetórias e reescrituras, os paradigmas hegemônicos impostos e a administração dos silêncios impressos na memória coletiva do povo argentino, Edimilson posiciona perguntas semelhantes as que Schávelzon levantou no seu estudo. A História, para Edimilson, é muito mais do que o que está catalogado nos livros, nos documentos e nos arquivos: ela é a "recitação da passagem" tanto daquilo que foi escrito para narrar fatos, organizar cronologias, entender processos ou salientar pessoas notáveis, como os fatos e as narrativas pessoais que nunca se arquivaram nas páginas dos textos oficiais. Para ele, a narração de um povo é também o que se escondeu nos vãos e eiras do seu tempo-espaço e que se tornou recuperável porque, na sua passagem, deixou a marca da sua existência ou o vestígio de seus traços indeléveis, "como uma tatuagem nos nervos da cidade". Portanto, a preocupação com o que foi silenciado ou pouco notado, porque está às margens da História e da cultura dominante, é um traço poético visitado pelo autor de muitas formas e em vários poemas. Talvez, esta seja uma das razões por que Edimilson poetiza a força semântica e os matizes da palavra, considerando-a um "verbo devoluto", já que, por não estar demarcada e por ser ocupável, a palavra pode designar diferentes significados históricos, culturais e linguísticos.

Como mencionado, a poética de Edimilson se preocupa com o tempo, dobrando-se sobre o momento presente sem perder de vista o passado histórico. Este é um aspecto presente no poema "Antiode Marítima", em que "a acusação sem sintaxe" do poeta se volta para os nomes dos navios, "Flor do Brasil" e "Boa Viagem":

---

[132] Para detalhes da sua biografia e trajetória artística, vide GOBELLO, *op. cit.*, p. 20-22, 24, 26, 29, 56, 80, 113, 143. O livro oferece também uma excelente introdução crítica à origem e ao desenvolvimento do tango.

> Vistos pelo mercado, Flor do Brasil & Boa Viagem são barcos levando tecido aguardente tabaco. A memória, porém, vê nesses nomes traição à linguagem. Entre escorbuto e fezes uma denúncia espuma para fugir aos peixes. Flor do Brasil & Boa Viagem são mais que barcos. Abri-los é saber quem sustenta suas carcaças: um senhor de rendas, um país vendado, uma religião que explora. Quando foram a pique e a ninguém interessava suas farpas, por fim se revelou a traição à linguagem. Nada de flor, nenhuma alegria entre as algas. Já não há escravos, contratadores não há, nem contratos. O silêncio é que enerva, acusação sem sintaxe.[133]

Em "Antiode Marítima", Edimilson analisa como os navios representam simbólica e metonimicamente a exploração comercial e religiosa, bem como a destruição cultural de vários povos. "Boa Viagem" e "Flor do Brasil" eram navios negreiros que faziam a rota entre a África e o Rio de Janeiro e há registros das suas viagens em outubro de 1827, saindo do porto do Rio com destino a Angola, carregando volumes de fazendas, pipas de aguardente e rolos de fumo que seriam usados para fazer escambo. (Havia nessa época uma intensa demanda de produtos brasileiros e uma oferta congo-angolana de seres humanos.)[134] A ironia é que os nomes das embarcações mencionadas no poema sugerem tanto alegria e uma jornada aprazível (Boa Viagem) como suavidade, pureza e beleza (Flor do Brasil), quando na realidade são uma subtração dos significados vernáculos que seus nomes insinuam. Segundo o poema, "a memória vê nesses nomes traição à linguagem", visto que as rotas entre a África e o Brasil estavam marcadas pelas farpas históricas e morais e até mesmo pelas condições de viagem nos tumbeiros. (As tripulações marinheiras pereciam de doenças como o escorbuto e os escravos viajavam acorrentados entre fezes e carcaças e pereciam de doenças e tristeza.)

---

[133] Vide PEREIRA, Edimilson de Almeida. Antiode marítima. In: _____. *Casa da palavra*, *op. cit.*, p. 220.

[134] Vide GOBELLO, *op. cit.*, p, 131, 133 e 181. Vide também FLORENTINO, Manolo Garcia. *Em costas negras: uma história do tráfico atlântico de escravos entre a África e o Rio de Janeiro (séculos XVIII e XIX)*. Rio de Janeiro: Arquivo Nacional, 1995, p. 133.

"Boa Viagem" e "Flor do Brasil" (bem como numerosos outros nomes de navios)[135] posicionam-se em contraste direto com a exploração humana que por séculos forjou a construção do Brasil colonial e imperial. Ao apontar a ironia e a hipocrisia que os nomes das embarcações revelam, a voz poética leva o leitor aos porões da História oficial brasileira. O poeta busca, nas dobras da linguagem e no passado histórico, os vestígios e as cicatrizes do que restou dos navios que participavam do escambo. O que permanece, registrado na ironia dos nomes, é a marca histórica representada pela energia eletromagnética de tudo aquilo que – na sua radiação e permanência indivisível – marca o tempo-espaço que os navios estabeleceram na sua rota entre o Brasil e a África.

Em meio à carência e à dureza do discurso seco e "sem guelras" em que denuncia a exploração humana, ou que se insere no contexto crítico, muito frequentemente o eu-lírico dos poemas de Edimilson se comove com os pequenos e os menos notados.[136] A voz poética apresenta um discurso que poetiza tudo o que enternece pela singeleza, como os "rios que não chegam ao mar" ou a interrogação nos "olhos de viajante sentado na terceira classe" do poema "Dedicatória". Essa preocupação com as margens e com a tessitura da vida (a "intriga das coisas") está bem visível neste texto que mostra também o momento dinâmico em que a conscientização se manifesta e contrasta com a aparente imobilidade observadora do eu-lírico.

DEDICATÓRIA

Rios que não chegam ao mar
enternecem. Minha natureza
está na intriga das coisas, nem
sal nem fel. A margem me
propicia os meios. Quero ter
um lápis se a terra exaurir e

[135] Outros nomes que oferecem esse contraste são "Amizade", "Boa União", "Feliz Dia", "Estrela do Mar", "Flor do Mar" e "Flor da América". Vide FLORENTINO, *op. cit.*, p.131, 134, 135, 136, 147, 180, e 217.

[136] Este posicionamento é semelhante à ótica teórica de Frantz Fanon, ao discutir alteridade; também encontra paralelos no discurso elaborado por Bhabha, ao falar da "alteridade da identidade" e de "línguas bifurcadas". Para uma discussão desses tópicos, vide FANON, Frantz. *Black skin, white masks*. London: Pluto, 1986; e BHABHA, *O local da cultura, op. cit.*

olhos de viajante sentado na
terceira classe. Se o mormaço
aborrece a paisagem, esfrego
lagartos nele, arranho ardósias.
Essa carência é um discurso.
Seco sem guelras, mas presente.[137]

Em muitos outros textos, Edimilson volta o olhar para as margens e para a ambivalência das relações humanas. É o que se nota no poema "Câmara Clara" em que o eu-lírico toma um instântaneo fotográfico como ponto de partida para a análise de relações sociais, examinando quem se destaca na fotografia (aqueles que ocupam posição central) e quem foi relegado às margens. Utilizando a faceta simbólica e metonímica que a fotografia representa, o poeta revela um retrato singular da alteridade cultural brasileira e da diáspora africana. Convida os leitores a analisarem as configurações humanas e sócio-históricas estampadas no retrato em branco e preto que o poema exemplifica e a questionarem o sentido de margem como um espaço vazio:

CÂMARA CLARA

Nos habituaram a ver retratos da beirada para o centro, isto é, das mucamas para as senhoras; do menino de serviços para os bigodes arqueados. Foi um modo para adiar as mãos que ordenavam o gado, a bicicleta e os lençóis. No inverno da foto, tudo se dissolve, exceto a sensação de alguém quase caindo da imagem. Seguro o seu braço, mas é ele quem me puxa para outra paisagem.[138]

O poeta capta também o instantâneo espaço-temporal que a fotografia revela e os interstícios históricos articulados à experiência de deslocamento. Examinando a (des)centralização dos elementos subalternos e a posição do eu-lírico – enquanto agente do discurso, da memória e da reflexão histórica –, o

[137] Vide PEREIRA, Edimilson de Almeida. Dedicatória. In: _____. *As coisas arcas*, *op. cit.*, p. 160.

[138] Vide PEREIRA, Edimilson de Almeida. Câmara clara. In: _____. *Casa da palavra*, *op. cit.*, p. 209.

autor ironicamente enfatiza a "cadeia de elocução" e os "sobretons dialógicos"[139] que o jogo simulado dos contrários assinala, haja vista o título do poema ("Câmara Clara"), em comparação com a câmara escura que a máquina fotográfica representa. O título parece também ter sido cuidadosamente selecionado para captar uma multiplicidade de significados sócio-históricos. Se, por um lado, a palavra "câmara" alude a recintos fechados, compartimentos e divisões, por outro, estabelece a associação metafórica do olhar com a máquina fotográfica. Já que "câmara" também é usada para se referir à parte do olho entre a córnea, a íris e o cristalino, o título sugere a observação minuciosa do poeta, que pela câmara branca do olhar se posiciona como estudioso dos corredores escuros da História. O poema, simultaneamente, reflete a feição mimética que o retrato simboliza e põe em xeque o "inverno da foto" sugerido pelas cores sombrias do diapasão racial e pela escuridão das hierarquias sociais, estampadas no espaço da margem ou da alteridade que a fotografia revela.

Ainda que discutindo aspectos diferentes, o texto de Edimilson dialoga também com *Margins of Philosophy*, de Derrida, em que o filósofo francês define "margem" como o "transbordamento de um limite" pois, "[...] não há uma margem branca, virgem, vazia, mas um outro texto, um tecido de diferenças de forças, [...] já que a margem não prescreve o limite, pois há sempre a passagem por onde o que está dentro e o que está fora podem interagir".[140] A energia-cicatriz que sempre deixa a marca ou o traço da sua passagem também se aplica à própria definição que Edimilson dá ao conceito de poesia. Refutando conceitos normativos e canonizados que costumam relacionar a criação poética simplesmente ao sublime e à inspiração, ele considera que, na sua capacidade quase metafísica de captar "o rastro de carros indo, sem os bois", a poesia se autodefine como força motriz e autônoma. O poema "Santo Antônio dos Crioulos" ilustra este posicionamento, pois aponta para a evasão, a mobilidade, o intervalo e o relacionamento dos elementos da cadeia poética. Revela ainda os significados flutuantes e camaleônicos e o encadeamento dos signos e sua coindexação à concretude das palavras:

---

[139] Para o conceito de "cadeia de elocução" e "sobretons dialógicos", vide BAKHTIN, Mikhail M. *Speech, genres, and other late essays*. Translated by Vern W. McGee. Caryl Emerson and Michael Holquist (Ed.). Austin: University of Texas Press, 1986, p. 90-95.

[140] É minha a tradução para o português. Para o conceito de "margem", vide DERRIDA, Jacques. Tympan. In: _____. *Margins of Philosophy*. Translated by Alan Bass. Chicago: University of Chicago Press, 1982, p. ix-xxix. Derrida cita Hegel (*The science of logic*) como a fonte inspiradora da sua discussão sobre margem, marginalidade e alteridade. Vide, também, SAID, Edward W. *Culture and imperialism*. New York: Vintage, 1994; e SPIVAK, Gayatri Chakravorty. *In other worlds: essays in cultural politics*. London and New York: Routledge, 1987.

Há palavras reais.
Inútil escrever sem elas.
A poesia entre cãs e bichos
é também palavra.
Mas o texto captura é o rastro
de carros indo, sem os bois.
A poesia comparece
para nomear o mundo.[141]

Neste poema, como em muitos outros, ao discursar sobre a intangibilidade da essência poética enquanto síntese, a voz textual delineia o momento poético como aquele rasgo de tempo em que se nomeia o mundo nos entremeios e nas dobras das palavras. Para o eu-lírico, a poesia existe numa posição "entre", aquilo que separa, mas também une. Se, por um lado, este estar/ser preposicionalmente colocado da poesia (numa posição intermediária "entre cãs e bichos", entre o sublime e o real) indica uma ambivalência, por outro lado, revela uma relação entre estado e lugar, tempo e espaço, presença e ausência. Não se trata, portanto, de um essencialismo, pois, como o próprio título do poema indica, é um ser/estar no meio, mesmo porque o Santo Antônio não é patrono nem dos pretos, nem dos brancos, mas dos crioulos. Como um paradigma da obra poética de Edimilson, o texto indica ainda a impossibilidade de se formular definições palpáveis de poesia, pois ela é um empreendimento de descobertas que se manifesta na dicção poética que o escritor escolher e na leitura que os leitores lhe derem.

[141] Vide PEREIRA, Edimilson de Almeida. Santo Antônio dos crioulos. In: _____. *Lugares ares, op. cit.*, p. 128.

Capítulo 3

"A BAGAGEM DE MUTÁVEIS ESPELHOS"[142]

[142] A expressão é do autor. Vide PEREIRA, Edimilson de Almeida. Visitação. In: _____. *Casa da palavra, op. cit.*, p. 21.

Rito

[...]
La boca vence el desierto,
Eleguá baja a la casa
y si nos mata, nos enciende.[143]

[A boca vence o deserto
Elegebará baixa à casa
e se nos mata, nos incendeia.][144]

PADÊ DE EXU LIBERTADOR

[...] Ofereço-te Exu
o ebó das minhas palavras
neste padê que te consagra
não eu
porém os meus e teus
irmãos e irmãs em
Olorum
nosso Pai
que está no Orum
Laroiê![145]

---

143 Vide PEREIRA, Edimilson de Almeida. Estrofe do poema "Rito". In: _____. *Signo cimarrón, op. cit.*, p. 55.

144 A tradução é minha.

145 Estrofe do poema "Padê de Exu libertador". Vide NASCIMENTO, Abdias do. In: BERND, Zilá (Org.). *Poesia negra brasileira: antologia*. Porto Alegre: AGE / IEL / IGEL, 1992, p. 120.

No panteão dos deuses africanos, Exu é considerado uma força motora, criativa e onipresente, cuja existência se faz nas margens, nos limites e nos espaços liminares. Na cosmologia africana, Exu recebe as honrarias de senhor dos encontros e dos desencontros, pois é o dono dos caminhos, das encruzilhadas e das bifurcações. A ambiguidade e a ambivalência também caracterizam Exu, que representa o princípio e o fim, transita entre o céu e a terra e incorpora a dualidade do Bem e do Mal, dependendo da energia de quem o invoca. Por isso, Roger Bastide considera que Exu é tanto "o embaixador dos mortais", quanto a mensagem e o veículo de comunicação.[146] Já Volney J. Berkenbrock atribui a esta entidade o *status* de "ministro" dos Orixás.[147] Monique Augras confirma este posicionamento ao indicar que "[...] Exu não é orixá, mas sim a personificação do princípio de transformação".[148] Renato Ortiz também enfatiza a característica de "intermediário" que Exu incorpora e vê nesta relação mediadora o seu maior traço diferencial. Baseia sua análise no fato de que, na mitologia iorubá, "[...] o deus não figura na lista dos orixás que nascem do ventre de Iemanjá".[149] Essa multiplicidade de papéis que Exu desempenha está também refletida no elevado número de nomes que recebe: é Esu-Elegbara na Nigéria; Legba em Benin; Echu-Elegua em Cuba; Papa Legba no Haiti; e Papa Las Bas e Signifying Monkey nos Estados Unidos.[150]

Na África, Legba é respeitado, sobretudo, por encarnar o princípio do *logos* e, assim, ter o poder da palavra. Na mitologia fon, por exemplo, é caracterizado como uma entidade poliglota que desempenha o papel de tradutor, intérprete e emissário do despacho linguístico.[151] Esta é a interpretação de Everardo Rocha ao considerar que

---

146 Vide BASTIDE, Roger. 4. Exu. In: _____. *O Candomblé da Bahia: rito nagô*. Tradução de Maria Isaura Pereira de Queiroz. Edição revisada e ampliada. São Paulo: Companhia das Letras, 2001, p. 161-186.

147 Vide BERKENBROCK, Volney J. *A experiência dos orixás: um estudo sobre a experiência religiosa no Candomblé*. Petrópolis: Vozes, 1997, p. 230.

148 Vide AUGRAS, Monique. *O duplo e a metamorfose: a identidade mítica em comunidades nagô.* Petrópolis: Vozes, 1983, p. 95.

149 Vide ORTIZ, Renato. Exu, o anjo decaído. In: _____. *A morte branca do feiticeiro negro: Umbanda e sociedade*. São Paulo: Brasiliense, 1988, p. 126-127.

150 Vide GATES, Henry Louis, Jr. *The signifying monkey: a theory of Afro-American literary criticism*. New York, Oxford: Oxford University Press, 1988, p. 4-6, 7-9. Na Umbanda, Exu recebe vários apelidos; os mais populares são Capa Preta, Ventania, Rompe Mato, Tranca Ruas, Zé Pilantra, Sete Covas e Gira Mundos. Neste capítulo usarei, de maneira intermitente, as formas Exu e Legba.

151 Vide GATES, *op. cit.*

> Exu é também símbolo de individuação, estando afirmado em todas as coisas. Daí sua possibilidade infinita de desdobramento, de ser uno e ser em toda parte. [...] Exu é aquele que comunica o sistema, transporta oferendas, redistribui Axé. Ele desempenha o papel de reparador através de todos os pontos do sistema, realiza sua checagem e, distribuindo Axé, equilibra diversas relações.[152]

Muitas das características frequentemente associadas a Exu, como complexidade, sistema escorregadio, transformações espontâneas e multiplicidade de significados, podem ser também atribuídas à linguagem, já que essa entidade funciona como um desvio, uma temporalidade ou uma dobra no sistema mediador da palavra. Desenvolvendo essa linha de análise, Henry Louis Gates Jr. considera que Legba desempenha o papel de "crítico literário" e de "linguista divino", porque "[...] fala todas as línguas e interpreta o alfabeto de Mawu para os homens e destes para os deuses".[153] Como Gates salienta, "[...] se Ifá é a metáfora do texto em si mesmo, então Exu é a metáfora das incertezas da explicação", pois representa o próprio processo de interpretação, a abertura do texto e a multiplicidade de significados.[154] Gates também compara Exu a Hermes, cujo nome deu origem à hermenêutica, pois na mitologia grega era considerado o mensageiro da terra aos deuses e o intérprete dos sentidos dos textos sagrados.[155]

Gerado por dinâmicas e processos motrizes diferentes, centrado nas complementações suplementares, Exu é signo de maleabilidade, sedução, criatividade e prazer. Ao ser transplantado para o Novo Mundo, perdeu a característica de mensageiro da palavra para se transformar em figura maléfica, capaz de matar, envenenar e levar as pessoas à loucura. Isso se deve, em parte, ao fato de que seu polo negativo foi destacado e, por isso, ele foi colocado nas margens do permitido e no limiar do proibido. Bastide considera que, no Brasil, essa transformação aconteceu porque, ao ser deslocado, Exu ficou sujeito aos moldes morais e religiosos da Colônia e passou a ser interpretado pela ótica da religião católica.[156] Além de considerá-lo demoníaco, os jesuítas também censuraram a

---

[152] Vide ROCHA, Everardo. Um mito dos orixás. In: _____. *Jogo de espelhos: ensaio de cultura brasileira*. Rio de Janeiro: Mauad, 1996, p. 88. Vide também SANTOS, Juana Elbein. *Os nagôs e a morte: padê, asésé e o culto Égun na Bahia*. Petrópolis: Vozes, 1976, p. 34.

[153] Vide GATES, *op. cit.*, p. 7. A tradução é minha.

[154] *Idem, ibidem*, p. 21.

[155] *Idem, ibidem*, p. 8.

[156] Vide BASTIDE, Roger. *African religions in Brazil*. Baltimore and London: Johns Hopkins University Press, 1978, p. 252-253. Vide também ORTIZ, *op. cit.*, p. 142.

sua sexualidade, que foi vista como uma incorporação do Mal. Foi, portanto, descaracterizado e sincretizado com forças maléficas, provavelmente porque temiam a sua sexualidade.[157] Esta é a posição crítica adotada também por Zeca Ligeiro, ao mencionar que as estatuetas de madeira, que representavam Exu [...] com um falo enorme, assustaram os padres católicos que acabaram associando a entidade ao Diabo".[158] Ao analisar as razões que levaram os missionários a descaracterizarem Exu, enfatizando apenas um aspecto da sua personalidade, Pierre Fatumbi Verger afirma que

> Exu é um orixá ou *ebora* de muitos e contraditórios aspectos, o que torna difícil defini-lo de maneira coerente. De caráter irascível, ele gosta de suscitar dissensões e disputas, de provocar acidentes e calamidades públicas e privadas. É astucioso, grosseiro, vaidoso, indecente, a tal ponto que os primeiros missionários, assustados com essas características, compararam-no ao Diabo, dele fazendo o símbolo de tudo o que é maldade, perversidade, abjeção, ódio, em oposição à bondade, à pureza, à elevação e ao amor de Deus.[159]

No seu estudo sobre religião e sociedade, Ortiz salienta que na Umbanda (uma religião que ele considera híbrida, "embranquecida" e ocidentalizada pelo kardecismo), mesmo quando cultuado como o mestre das encruzilhadas e das aberturas, Exu é temido ou desqualificado porque devotos interpretam sua ambiguidade e ambivalência como símbolos de caos e imprevisibilidade.[160] O autor analisa as circunstâncias, as condições sociais e as transformações a que Exu foi submetido e direciona a atenção para o "branqueamento" cultural e religioso que a entidade sofreu em solo brasileiro. Por exemplo, considera que seu caráter *trickster* levou as pessoas a associá-lo ao Diabo ou ao mundo das trevas.[161] Para não ser expulso da Umbanda (branca), Exu foi "batizado" e sincretizado com Santo Antônio:[162]

---

[157] *Idem, ibidem.*

[158] Vide LIGEIRO, Zeca. Candomblé is religion-life-art. In: GALEMBO, Phyllis (Org.). *Divine inspiration: from Benin to Bahia.* Photographs by Phyllis Galembo. Foreword by David Byrne. Albuquerque: University of New México Press, 1993, p 107. A tradução é minha.

[159] Vide VERGER, Pierre Fatumbi. Exu Elegbará. Èsù ou Elébára. In: _____. *Orixás: deuses iorubás na África e no Novo Mundo.* Tradução de Maria Aparecida da Nóbrega. 5. ed. Salvador: Corrupio, 1997, p. 76.

[160] Vide ORTIZ, *op. cit.*, p. 137-144.

[161] *Idem, ibidem*, 127-128, 142.

[162] Segundo ORTIZ (*op. cit.*, p. 129), em Porto Alegre, Exu é também sincretizado com São Pedro.

> A divindade *trickster* se transforma em Exu-Santo Antônio, espírito em evolução, ao mesmo tempo em que guarda um caráter ambíguo, o do Exu-Pagão [...]. Submetido à dicotomia do bem e do mal, Legba transforma-se em espírito arrependido, obedecendo desta forma ao apelo das entidades de luz. Ele é acorrentado às regras morais da sociedade brasileira, e se por acaso conserva seu caráter sexual, este só se manifesta sob a vigilância atenta de Santo Antônio.[163]

Provavelmente porque é considerado o "senhor dos caminhos" e por estar associado ao poder da palavra (Exu simboliza a energia criadora e desempenha função hermenêutica, pois é intérprete e mensageiro de textos), Edimilson lhe dedicou os quatro primeiros poemas do *Livro de Falas*, obra em que poetisa e homenageia o panteão dos orixás.[164] Valendo-se da fragmentação do discurso e de recursos poéticos como a metonímia, no poema-oferenda "Visitação", o poeta presta homenagem ao dono das encruzilhadas. Assim, no conjunto dos quatro poemas, "Visitação" funciona como um *padê*-verbal, uma oferenda conciliatória para homenagear Exu e para lhe pedir "passagem". A voz poética apresenta um discurso profético de gênesis e apocalipse ao indicar que Exu é o primeiro e o último a nascer e ao enfatizar a versatilidade, a mutabilidade e a ambiguidade deste emissário divino. Usando uma linguagem simbólica, o eu-lírico discute o "cavalo das [suas próprias] indagações", à medida que assume a persona de Exu e se faz arauto dos desdobramentos poéticos:

> "...Quando o mundo começou, da lama e das águas primordiais surgiu um montículo de laterita vermelha. O sopro de Olorum conferiu-lhe a vida. Exu se manifesta em tudo aquilo que vem em primeiro lugar..."

VISITAÇÃO

O cavalo das indagações me prostrará. Tua razão e tristeza talvez me reconfortem. O sol ardeu, agora murmura um lamento de chama e nuvem. Tua vida é nunca mas desde

[163] *Idem, ibidem*, p. 148-149.

[164] Vide PEREIRA, *Casa da palavra*, *op. cit.*, p. 21-24.

> sempre pousada no princípio do mundo. O cavalo sou eu e também a sua negação. Tua paz deixa-me apreensivo. Estás na vertigem, tua bagagem de mutáveis espelhos: – ó nem saíste conhecido de pernas falantes.[165]

Há em "Visitação" uma grande preocupação metapoética: como Exu, o escritor é também um agente intermediário, um intérprete da criação e da transmutação da palavra. No desdobramento do signo linguístico e na exploração poética, Edimilson equipara a maleabilidade da palavra à versatilidade e à ambivalência de Exu. Essas bifurcações ou as encruzilhadas dos sentidos (o "dicionário de forquilhas" na linguagem poética de Edimilson)[166] também apontam para as interseções, as ambiguidades sócio-históricas, os acervos culturais e o simbolismo do vocábulo "forquilhas". Neste texto, Edimilson promove a circulação de sentidos e de perspectivas ao deslocar o ponto de vista (o eu-lírico se move entre a fala em primeira e terceira pessoa) e elabora um jogo de vozes que tanto estão superpostas como correm paralelas umas as outras. Há ainda a troca de papéis entre o poeta e a entidade, aspecto que Jussara Santos enfatiza ao mostrar que o poeta se faz cavalo do orixá-cavaleiro, intercalando a sua voz com a do mensageiro divino: "[...] Exu, cavalo, palavra e poeta vão se incorporando, encontrando-se na multiplicidade e na ambivalência".[167]

Os poemas de Edimilson que homenageiam Legba revelam que tanto o poeta-exu como o Exu-poeta estão centrados na força expansiva e renovadora do verbo. A fluidez e a abertura do discurso poético conferem à entidade africana, simultaneamente, o *status* de mensageiro do signo linguístico e de signo

[165] Vide PEREIRA, *Casa da palavra, op. cit.*, p. 21.

[166] Adaptei a expressão do verso "O dicionário das forquilhas com tantos verbos" de "Bichos e plantas", primeira parte do poema "Livro da irmandade com as palavras sobre vivas à devoração do monstro esquecimento". Vide PEREIRA, *Casa da palavra, op. cit.*, p. 179. Edimilson aproveita a simbologia que o vocábulo "forquilha" adquiriu na África Central e Ocidental e a usa tanto como elemento cultural africano, como metáfora do desdobramento do signo. A forquilha, que era utilizada pelos africanos para construir camas e que foi introduzida no Brasil durante a época colonial, representava uma forma de aproveitamento cultural e um "[...] vínculo dos negros com as suas origens". Como explica Edimilson, essa técnica de fazer cama de forquilhas também refletia as divisões sociais ("a casa do negro pobre" e "a casa-grande do branco rico"). Vide, PEREIRA, *Os tambores estão frios, op. cit.*, p. 365.

[167] Vide SANTOS, J., *op. cit.*, p. 89.

em si mesmo. Exu/*logos* se torna um "verbo devoluto",[168] transformacional, regenerador, camaleônico e proteico. Considerando-se a natureza relacional e diferenciadora do signo linguístico, o poema "Visitação" institui um encadeamento de palavras que ganham significados em relação a outras palavras e em face de outros sotaques culturais. Agraciado sempre com as nuanças linguístico-culturais, Legba é representado no poema como "o mestre das direções, do tempo e do espaço",[169] aquele que representa o signo linguístico no seu jogo de substituições e de forças em movimento. É encarregado da distribuição, da circulação e pela expansão do axé, garantindo assim "as trocas recíprocas entre as esferas da natureza e da cultura".[170]

A referência à "bagagem de mutáveis espelhos", em "Visitação", também serve de elemento de ligação entre Exu-poeta-palavra e o mito de Narciso. Este aspecto narcisista que existe na escrita reflexiva não implica que o poeta esteja consumido de si mesmo; pelo contrário, serve para salientar o desdobramento sucessivo da palavra, voltada para suas entranhas e enamorada da sua própria criatividade. Portanto, as imagens especulares dessa "bagagem de mutáveis espelhos" ajudam a refletir sobre a relação Exu-poeta-palavra que se desdobra em formas complementares resistentes à centralização do discurso. Por meio de manobras astutas, o Exu-poeta e o poeta-exu revertem, deslocam e reinscrevem a sua própria reflexividade, gerando outros signos que se multiplicam e se refazem nas articulações e nos espelhamentos da linguagem.

Para garantir a expansão da mensagem e também a circulação e a expansão dessa força individualizada que Legba simboliza, em "Emissários", um poema tripartido do *Livro de Falas* ("I/O Encontro", "II/Encomenda", "III/Andações"),[171] Edimilson elabora as características da entidade e discute o processo de seu trabalho e de sua obra. Portanto, o primeiro poema deste grupo funciona como um convite a Exu para participar da celebração da palavra e um pedido de licença ao "linguista divino" para também ingressar no seu ofício. Para continuar o diálogo que estabelecera com Legba em "Visitação", Edimilson dedica-lhe os poemas do grupo "Emissário", que estão intimamente conectados às três partes do signo linguístico (referente, objeto e símbolo), as quais, por sua vez, podem

---

[168] Esta expressão é de Edimilson. Vide o segundo capítulo deste estudo.

[169] Esta expressão é de LIGEIRO, *op. cit.*, p. 107. A tradução é minha.

[170] Vide ROCHA, *op. cit.*, p. 80.

[171] Vide PEREIRA, Edimilson de Almeida. Emissários. In: _____. *Casa da palavra*, *op. cit.*, p. 22-24.

ser associadas à trindade Exu-poeta-palavra e aos elementos do ritual religioso nagô (*axé-padê-ebó*).[172]

O número três é usado tanto no Oriente como no Ocidente para especificar sistemas relacionados ao conhecimento, à sabedoria e ao sagrado. Sábios, filósofos, matemáticos e esotéricos conferem-lhe grande importância simbólica porque é tido como o número que representa equilíbrio, complementação, união e versatilidade. Por isso, sempre foi usado em diversas áreas de conhecimento como a Retórica, a Lógica, a Geometria e a Matemática.[173] As relações tríades são utilizadas em várias cosmologias, doutrinas esotéricas e religiões (como o Catolicismo, em que se cultua a Santíssima Trindade). O sistema epistemológico do Candomblé também está baseado numa triangulação, pois, como afirma Zeca Ligeiro, reúne "[...] três conceitos que nos foi ensinado a separar, mas que estão ligados de maneira indissolúvel entre si na tradição dos orixás: religião, vida, arte".[174]

Assim, reaproveitando as bases filosóficas e religiosas que o sistema tripartido sugere, as três partes do poema "Emissários" cumprem a função ritualística de invocar e descrever a palavra-exu em estado de transubstanciação. Esses poemas representam o *axé* (ou seja, a energia dinâmica da escrita), o *ebó* (o sacrifício da palavra-animal substanciada em poesia) e o *padê* (o ritual propiciatório). A primeira parte, "O encontro", define Exu e salienta suas características e sua simbologia, associando-o à morte e à "pedra enigmática" do discurso. O poema apresenta sintagmas de decomposição, destruição

---

[172] O *axé* é energia vital, "a força dinâmica das entidades"; o *ebó* é "o sacrifício, a iguaria feita ao orixá, em especial a Exu"; o *padê* é "o ritual propiciatório, com oferenda a Exu, realizado antes do início de toda cerimônia pública", ou o "despacho de Exu" que é feito antes das cerimônias religiosas do Candomblé e da Umbanda. Vide CACCIATORE, Olga Gudolle. "Axé", "Ebó" e "Padê". In: _____. *Dicionário de cultos afro-brasileiros*. Rio de Janeiro: Editora Forense-Universitária, 1988, p. 56, 107, 205.

[173] Vide BELL, Eric Temple. *Numerology*. Baltimore, The Williams & Wilkins Company, 1933. Quanto à filosofia ocidental, merece nota especial a teoria do signo desenvolvida por Charles Sanders Pierce, fundador da Pragmática e da Semiótica, e cujos subsídios teóricos (sempre em número de três) têm servido de modelo para muitos aportes literários e filosóficos. Pierce usou sempre o número três para elaborar seu argumento sobre o signo. Distinguiu, por exemplo, entre "primeiridade" (*firstness*, o fenômeno em estado puro), "secundidade" (*secondness,* que gera ação e reação) e "terceiridade" (*thirdness*, o processo mediador). Desenvolve também os conceitos de referente, objeto e símbolo e discute ícone, índice e símbolo como partes de um mesmo sistema de representação. Vide PIERCE, Charles Sanders. Letters to Lady Welby. In: ADAMS & SEARLE, *op. cit.*, p. 639-644.

[174] Vide LIGEIRO, *op. cit.*, p. 117.

e falecimento (indicados nas palavras como mofo, morto, raios e incêndio) e descreve despachos e sacrifícios. A repetição da palavra morte constrói uma relação mais íntima com a divindade que transita no reino dos mortos e dos vivos. Relaciona-se também com a tensão poética criada entre os elementos que indicam fim e destruição, em contraste com aqueles (como rosa, jardim e limpeza) que significam vitalidade e beleza.

> "É múltiplo e indômito... Como a própria vida, transforma-se sem parar, e assim faz o universo funcionar. Ficou com o encargo de receber as oferendas e distribuir os dons."

EMISSÁRIOS

1/O ENCONTRO

> Como a cidade no mofo a rosa de um morto sobre os jardins. Estaríamos aliviados se a limpeza dos lustres não rompesse a pedra enigmática que conduzimos. Nossa morte repousa, vontade merecida de um incêndio. Também eles desmontam as flores auxiliados pelos arlequins. E não sabemos porque somos a intenção dos raios. Como a cidade a rosa de um morto nas escolas.[175]

"Encomenda", o segundo poema desse grupo, apresenta um discurso que se manifesta de forma empírica e crítica. É um discurso quase dialético que encarna as funções e as contradições da entidade que é representada pelas ambiguidades, pelos jogos de palavras e pelo contraponto da ordem aparente das coisas, do tempo e da História.

---

[175] Vide PEREIRA, Edimilson de Almeida. O encontro. In: _____. *Casa da palavra*, *op. cit.*, p. 22.

> "Ele transforma tudo, por ter engolido e devolvido tudo. Exu é a vida, com todas as suas contradições e sínteses".

2/ENCOMENDA

Rejeitamos proteção pela ausência do que entregamos. Deveríamos dizer-lhes, mas talvez perdessem a barba na constelação dos esqueletos. As toalhas sobre as marquises, talvez lhes tirássemos a vida. Mas a encomenda nos acompanha e um livro se castiga na manhã das palavras. Se lhes disséssemos arruinariam as esquinas onde se amam as flechas. Passemos sob as árvores.[176]

Em "Andações", o último poema dessa trilogia, Edimilson discorre sobre o poeta-exu no seu papel de encarregado das encomendas espalhadas pela cidade e de emissário do despacho linguístico. Ao intercalar a cosmologia africana com o prosaico do moderno e do urbano, Edimilson aponta para a onipresença espaço-temporal de Exu, que se manifesta no campo da luz e da sombra, no espaço da iniciação e entre as esferas escuras.

> "Exu é a unidade que se multiplica até o infinito... Tudo o que se une, se multiplica, se separa, se transforma, tudo isso, é Exu."

3/ANDAÇÕES

E sob os canais de uma cidade onde o beijo martiriza os bosques. Logo estaremos na estação e nenhum orvalho cederá. As esquinas afiam severamente o destino. Então o abraço, noutra cidade, e elas se sucederão. Não

[176] Vide PEREIRA, Edimilson de Almeida. Encomenda. In: _____. *Casa da palavra, op. cit.*, p. 23.

> contaremos castelos, resíduos, serão tantas humilhações que o medo partirá o perfume das flores. Cada punição há de nos parecer uma indagação sobre a felicidade. E sob as árvores o rastro das cidadelas. Passemos sob as árvores mortas dos canais.[177]

Em uma estrofe de *Caderno de Retorno*, Edimilson retoma a homenagem a Exu, analisando-lhe os atributos e expandindo o diapasão espaço-temporal para apresentá-lo contextualizado, no âmbito da diáspora africana e das literaturas brasileira e inglesa:

> Morremos pela boca, exceto Exu,
>   guia de Tirésias
> que desacata Gregório de Matos
> Macunaíma e François Villon.
>   Exu calibã
> luva insuspeita de Shakespeare
> caçador que tem em si a caça
> e se irrita
> preso a uma dezena de nomes.[178]

No verso "Morremos pela boca, exceto Exu", o eu-lírico reescreve o ditado popular ("O peixe morre é pela boca") para caracterizar a entidade pelo poder da fala. Utilizando para o diálogo intertextual tanto o personagem original de Shakespeare (em *The Tempest*) [179] quanto o que Aimé Césaire recria na peça com o mesmo nome,[180] Edimilson edifica uma ponte entre os processos de colonização de Exu (*vis-a-vis* seu papel de emissário e de intérprete da palavra) e de Calibã (que

[177] Vide PEREIRA, Edimilson de Almeida. Andações. In: _____. *Casa da palavra, op. cit.*, p. 24.

[178] Vide PEREIRA, *As coisas arcas, op. cit.*, p. 210.

[179] Vide SHAKESPEARE, William. *The tempest* (1611). In: _____. *The complete works of William Shakespeare*. New York: Chatham River Press, 1975, p. 1-22.

[180] Para a reescritura da peça de Shakespeare (a qual enfatiza a fala de Calibã e critica o discurso colonialista que Próspero representa), vide CÉSAIRE, Aimé. *A tempest: based on Shakespeare's The tempest: adaptation for a Black Theater.* Tradução de Richard Miller. New York: TCG, 2002.

foi colonizado e escravizado por Próspero).[181] No texto de Shakespeare, a relação entre Calibã e Próspero torna-se uma referência metonímica e metafórica ao colonialismo que este último representa. Calibã é descrito como um homem imoral, fisicamente deformado e ligado às coisas da terra; um posicionamento que remete o leitor a algumas conexões histórico-culturais da Europa com a África. Ilustra ainda a estreita visão colonialista da época, que via os colonizados como seres culturalmente inferiores e moralmente desfigurados. Se Próspero escravizou o indígena do texto de Shakespeare e lhe ensinou outra língua, Legba foi também "colonizado" ou forçado a se aculturar no Brasil e na diáspora africana. Por isso, perdeu muitas das características positivas que tinha na África e ganhou uma roupagem carregada de atributos negativos. Nesse contexto, é possível fazer uma ligação entre a suposta aparência monstruosa, vingativa e maléfica de Calibã e o aspecto demoníaco, ou ao polo negativo, que foi conferido a Exu no Brasil e, talvez, seja por isso que Edimilson colocou os dois, lado a lado, no mesmo verso.

Na peça de Shakespeare e nos poemas de Edimilson, o uso da ambivalência e da ambiguidade na fala dos personagens transforma-se em importante recurso estilístico. Além do efeito polissêmico dos textos e das dobras de sentido que a ambivalência revela, há ainda o apelo histórico que é fundamental para se entender as provocações críticas dos dois autores ao colonialismo. No âmbito do contexto histórico, essa ambivalência descentraliza noções de poder, de autoridade e de valor, porque indica movimento em duas direções (a "língua bipartida", segundo Bhabha).[182] Pode-se inferir também que, neste contexto, Exu e Calibã são símbolos de resistência, pois, mesmo quando demonizados pelos sistemas colonizadores, conservam a fala franca e a linguagem poética.[183]

---

[181] Ao naufragar, o Duque de Milão aporta numa ilha que, na peça de Shakespeare, está localizada em um lugar indeterminado do Mediterrâneo. Já os estudiosos encontram paralelos entre essa peça e a descrição da ilha publicada nos "Panfletos de Bermuda", em 1609, que descrevem naufrágios naquela ilha e que foram muito lidos naquela época. Pensa-se também que o ensaio "De Canibais", de Montaigne, possa também ter sido uma fonte intertextual para o escritor inglês. Vide THORNDIKE, Ashley H. *How Shakespeare came to write 'The tempest*. New York: McMilan, 1916, Vide também FERGUSON, Francis. *Shakespeare: the pattern in his carpet*. New York: Delacourt Press, 1970.

[182] Vide BHABHA, Homi K. "Da mímica e do homem: a ambivalência do discurso colonial". In: _____. *O local da cultura*, *op. cit.*, p. 130-131.

[183] Para diferenciar Calibã de Trínculo (o bufão) e Estéfano (o mordomo bêbado), Shakespeare escreve a fala de Calibã em versos melodiosos e belos, enquanto a dos outros dois é em prosa corriqueira.

Shakespeare acentua a ambivalência do seu personagem ao descrevê-lo como um ser que, apesar do aspecto físico horrífico e da personalidade desagradável, era capaz de articular falas belíssimas. O discurso de Calibã também é ambivalente, pois usa a língua do conquistador para descrever a ilha de forma poética e harmônica, mas vale-se da palavra como arma deletéria (quando insulta Próspero com palavras rudes e torpes, para maldizê-lo).[184] Já Exu, como previamente mencionado, tem características do Bem (é o ponto de ligação entre os deuses e os mortais) e do Mal (é o paradigma do *trickster*) e, por isso, traduz a ambivalência de maneira magistral. Como Calibã, Legba também prima pela ambiguidade, uma vez que é o mestre das bifurcações e, como intérprete e linguista divino, transita entre o céu e a terra. Distingue-se ainda pela indeterminação espaço-temporal, pelo aspecto lúdico e pela construção plurissignificativa da linguagem.[185]

Na citada estrofe do poema *Caderno de Retorno*, Edimilson realça a ambivalência e a ambiguidade do discurso de Calibã e o de Exu ao destacar a personagem de Shakespeare como um adjetivo da entidade africana ("Exu calibã"). Considerando-se que, segundo Gates, na mitologia fon, Exu é o "linguista divino" e que em *Caderno de Retorno*, Calibã é a "luva insuspeita de Shakespeare",[186] pode-se inferir que, para Edimilson, Calibã e Shakespeare estão sintonizados na energia de Exu, formando com ele um consórcio verbal. A referida estrofe também relaciona Exu a Macunaíma, o mais conhecido personagem *trisckster* da literatura brasileira, e busca no discurso franco e sarcástico de Gregório de Matos (o "Boca do Inferno") um paralelo literário para a irreverência de Calibã-Exu/ Exu-Calibã.

No romance de Mário de Andrade, sentindo-se incapacitado de vencer a luta contra o gigante Venceslau Pietro Pietra, que havia roubado seu talismã, "o herói sem nenhum caráter" resolve ir ao Rio de Janeiro "[...] se socorrer de Exu

---

[184] Além disso, se pudesse ter levado a cabo, Calibã teria estuprado Miranda, a filha de Próspero, como uma forma de vingança. Essa tentativa de estupro tem sido analisada como uma vingança do colonizado contra o colonizador, mas também como uma indicação do *status* subserviente da mulher, pois mesmo em sistemas tão hierárquicos e discriminatórios como o colonialismo, a mulher, de qualquer raça ou classe social, estava subordinada à posse e à violência sexual masculinas. Para uma excelente análise desse aspecto, vide DONALDSON, Laura. *Decolonizing feminisms: race, gender, and empire building*. Chapel Hill and London: The University of North Carolina Press, 1992.

[185] Para a definição e o escopo do termo ambiguidade, vide EMPSON, William. *Seven types of ambiguity*. New York: New Directions, 1966.

[186] Vide PEREIRA, *As coisas arcas, op. cit.*, p. 210.

diabo em cuja honra se realizava uma macumba no outro dia".[187] Ao descrever o encontro de Macunaíma com Exu, Andrade revela as várias concepções negativas que a entidade adquirira no Brasil e aproveita o ensejo para questionar tais atributos. Esses detalhes se evidenciam na passagem em que, ao término da cerimônia de Macumba, Macunaíma agradece à Tia Ciata pela ajuda. A mãe de santo se serve da oportunidade para instruí-lo e para alargar sua cosmovisão, explicando-lhe a origem de Exu: "Chico-t era um príncipe jeje que virou nosso padre Exu dos século seculoro pra sempre que assim seja, amém".[188] Portanto, Andrade retrata Exu como o mensageiro da palavra e o intérprete de Ifá e homenageia a entidade, pondo em xeque o conceito de "Exu-Diabo". A homenagem a Legba direciona a atenção dos leitores para a "pedra mágica do discurso", o "amuleto verbal" e a "língua desgeografizada" do seu personagem *trickster*.[189]

Ao conectar Macunaíma a Exu, Edimilson reafirma algumas ligações que Mário de Andrade estabelecera no capítulo VII do seu romance, ao mencionar o nome dos "macumbeiros" que estavam na festa: "[...] Macunaíma, Jaime Ovalle, Dodô, Manu Bandeira, Blaise Cendrars, Ascenso Ferreira, Raul Bopp e Antônio Bento".[190] Esses escritores, folcloristas e músicos foram pessoas que mantiveram contato com o grupo modernista de 1922 e, portanto, faz sentido que tenham ido ao terreiro para prestigiar Exu e lhe pedir ajuda, pois também estavam associados à palavra e/ou à criação artística.[191] Andrade e Edimilson descrevem o escritor ou o artista, em geral, como um negociador entre o espiritual e o terrestre, um exegeta da *performance* poética ou um "macumbeiro" da palavra e dos seus significados.

Esses conceitos também dialogam com a representação simbólica do *iteque*, o pequeno amuleto de madeira ou patuá que o povo banto usava no pescoço para representar o seu pacto com o sagrado ou com um ancestral, quando necessitava de ajuda por estar enfrentando um problema.[192] Durante o processo dessa celebração ou homenagem, a pessoa que se estava recuperando do trauma

---

[187] Vide ANDRADE, Mário de. Macumba. In: _____. *Macunaíma: o herói sem nenhum caráter*. Edição crítica. Telê Porto Ancona Lopez (Coord.). Brasília: CNPq, 1988, p. 56-64. Cap. VII

[188] *Idem, ibidem*, p. 64. A ortografia do texto de Mário Andrade reflete a fala de Tia Ciata.

[189] As expressões entre aspas foram retiradas de SOUZA, Eneida Maria de. "A pedra mágica do discurso". In: ANDRADE, *Macunaíma, op. cit.*, p. 295, 299 e 300.

[190] *Idem, ibidem*, p. 44.

[191] *Idem, ibidem*, p. 64.

[192] Originário do kimbundu, o vocábulo *iteque* significa "boneco", "ídolo" ou "fetiche". Vide LOPES, Nei. *Enciclopédia brasileira da diáspora africana*. São Paulo: Selo Negro Edições, 2004.

ou se livrando do problema usava, no pescoço, uma pequena escultura representando um *inquice* (divindade dos cultos angola-congo com domínio sobre os diversos reinos e elementos da natureza, correspondente ao orixá nagô).[193] O *iteque* é, portanto, a representação antropomórfica da relação da pessoa com um *inquice*. Considerando-se a relação poeta-poesia e o processo de criação metaforizado, pode-se inferir que, para Edimilson, o texto-*iteque* atua no campo de representação estética em que a relação mediadora se forja. Como o poema "Iteques" indica, a fluidez da linguagem permite uma abertura para a construção de novos significados linguísticos, históricos e culturais:

> O sentido das coisas se rebela entre a boca e os ouvidos. Vez por outra, a forma em que é possível roçá-lo pende do pescoço: no couro o animal em fuga, na madeira esculpida uma floresta. O sentido escorrega para as coisas que retemos e nos transformam em textos. Quem tropeça, altera uma frase, se cruza o sinal vermelho desespera os pais da história. Por decisão ou força habitamos alguma paisagem, até que as fronteiras se extingam, as cifras percam a valia. E reste o homem no centro da cave, sem favores, nem mais nem menos que a crispação das árvores.[194]

A África mítica e simbólica tem um lugar especial na obra de Edimilson. Na primeira parte do poema "Instrução do Homem pela Poesia em seu Rigoroso Trabalho", por exemplo, o autor associa os *Di-Kishi* – figuras mitológicas, de duas cabeças, do folclore angolano, comparáveis a Janos da mitologia greco-romana – à ambivalência que caracteriza o processo poético.[195] O poeta apresenta os *Di-Kishi* como seres míticos que espelham uma identidade plural e que passam

---

[193] A palavra *inquice* deriva de "nkisi", espírito do bem, no dialeto dos bakongo. Vide CACCIATORE, Olga Gudolle. Pontos riscados. In: _____. *Dicionário de cultos afro-brasileiros*, *op. cit.*, p. 148-149.

[194] Vide PEREIRA, Edimilson de Almeida. Iteques. In: _____. *Casa da palavra*, *op. cit.*, p. 235.

[195] Ao organizar um glossário sobre os contos recolhidos, Heli Chatélain explica que o vocábulo Di-Kishi se refere tanto à forma no plural quanto no singular. Vide CHATÉLAIN, Heli. *Contos populares de Angola*. Porto: Nova Crítica, 1987, p. 132. Para facilitar a inserção do termo no poema, Edimilson preferiu utilizar as formas adaptadas ao português e usar o singular e plural (o diquixi / os diquixis). Vide PEREIRA, Edimilson de Almeida. Instrução do homem pela poesia em seu rigoroso trabalho. In: _____. Casa da palavra, *op. cit.*, p. 186-189.

a referenciar a cultura afro-brasileira, que está voltada para o presente e para o passado. No ensaio "Inumeráveis Cabeças: Tradições Afro-brasileiras e Horizontes da Contemporaneidade", Edmilson considera que a "transformação" é o elemento básico da *performance* dos *Di-Kishi*, pois representam tanto a vida como a morte, a ruptura e a continuidade:

> Esses seres míticos são eles mesmos e sua transformação e, como numa casa de espelhos, ao olharem para si, se olham com olhos multiplicados. O eixo de sua identidade é plural, pois neles a identidade sobrevive de identidades simultâneas: Eu e o Outro, vivo e morto, dentro e fora, casa e cidade, passado e futuro são realidades e possibilidades de realidades.
>
> De modo particular pretendemos ver os Di-kishi como metáfora para comentar algumas noções de tradição na cultura afro-brasileira e suas perspectivas de significação nos horizontes da contemporaneidade. A partir do mito em que a cabeça e os olhos múltiplos estimulam a idéia de identidade como multiplicidades, pensamos ser interessante verificar de que maneira a tradição pode ser percebida como caleidoscópio de identidades em certos grupos de descendência afro-brasileira.[196]

A metáfora dos *Di-Kishi* pode, assim, emblematizar a própria poética de Edimilson. Por exemplo, no poema "Instrução do Homem pela Poesia em Seu Rigoroso Trabalho", o eu-lírico se empenha em desvendar o sentido das palavras, estabelecendo uma relação dialética com a polissemia vocabular e enfatizando o aspecto *trickster* do significado que o nome *Di-Kishi* (*diquixi*) invoca:

1.

> O nome diquixi se arrumou na sombra. É de
> sua natureza habitar os vãos as eiras: entre o
> que há-de-ser.

[196] Vide PEREIRA, Edimilson de Almeida & GOMES, Núbia Pereira de Magalhães. Inumeráveis cabeças: tradições afro-brasileiras e horizontes da contemporaneidade. In: FONSECA. *Brasil afro-brasileiro, op. cit.*, p. 44.

O lápis, mais que a vontade, quer o nome e a coisa, a família da palavra num corpo. Esclarecido.

E se desejarem que eu testemunhe o viso visto, só de meus olhos? Erma campanha. Eu e o intervalo das coisas com outras onças por dentro.

O diquixi dorme com uma cabeça. Se o escrevo ganha tantas de resto. E se nunca o escrevo terá deveras uma cabeça?

O engaste é de manhã, quando perguntarem. O visto era vivo, visagem de carne e osso? Ou liames de sua letra e sua vista mal cordatas?

Se o diquixi nem fosse, mas coisa reles: fio e pavio, tecido e teia – ainda assim, como furtá-lo em sua mudança.

Melhor escritura a que revela revel.[197]

A estrutura textual se define pelo uso das interrogações insistentes que enfatizam as dúvidas instauradas no questionamento de fundo ontológico. O poema estabelece uma inquirição metafísica em que a voz poética se manifesta nas inumeráveis perguntas que ficam sem respostas. O resultado é que o eu-lírico se serve da ambiguidade e da polissemia dos significados para ancorar a decifração (sempre questionada e adiada) e inaugurando novos rumos na sua estratégia inconclusa. Vê-se, assim, um desdobramento pessoal em que a voz poética tenta testemunhar a veracidade da sua experiência individual, mas acaba apenas questionando o que vira.[198]

---

[197] Vide PEREIRA, Instrução do homem, *op. cit.*, p. 186-187.

[198] Esta parte do poema tem ecos do monólogo de Riobaldo, em *Grande sertão: veredas,* de João Guimarães Rosa. As semelhanças se fazem mais nítidas na terceira e na quinta estrofes do poema de Edimilson: "[...] o viso visto, / só de meus olhos? Erma campanha".

Na terceira parte do poema, mesmo que apenas de maneira indireta, o poeta polemiza a posição da teoria estruturalista, ao apontar para a arbitrariedade da relação significante/significado e ao enfatizar a pluralidade semântica que o vocábulo *diquixi* (ou *Di-Kishi*) invoca. Nesta divisão, o poeta escolhe o termo "ledor", que, por associações fonéticas, transmite de uma forma mais enfática o ato de trabalhar a interpretação do texto.[199] O eu-lírico reconhece o leitor como um participante na produção de significados do texto, delegando-lhe o *status* de coautor da manifestação estética. Se a posição do poeta é a de "entortar a linha" e deixar que a "escrita morda", cabe ao "ledor" encontrar a polissemia dos significados no que for escrito com "letra de não grafar". Esta é uma faceta que Rita Chaves discute no prefácio de *As Coisas Arcas*, ao explicar que a obra poética de Edimilson demanda muita atenção do leitor, mas que também lhe devolve o prazer estético, já que a leitura da sua poesia reivindica "[...] apuro de sentidos, entrega da inteligência e uma sensibilidade que se exercita no contato com a diferença e a multiplicidade do mundo".[200]

Em "Instrução do Homem pela Poesia em Seu Rigoroso Trabalho", o espaço aberto para a participação do leitor leva o poema a rejeitar a possibilidade de um significado fixo ou de uma única interpretação. A transmutabilidade e a pluralidade da palavra desencadeiam um processo no qual a poesia toma as rédeas e a escrita escolhe os meios de embarque no processo criativo do autor. Os significados do poema lutam em campo aberto com o processo de decifração da linguagem, transformando-o numa esfinge tão enigmática e desafiadora quanto os *Di-Kishi* de duas cabeças da mitologia angolana e revelando a preocupação metapoética que é uma característica da poesia de Edimilson. Este texto analisa também o papel do poeta, que não é necessariamente um eremita esclarecido, o poema nem sempre é um instrumento de redenção e o leitor não é um exegeta ou decifrador do enigma poético. O que existe, de fato, é um estado de contenda em que o autor e o leitor perambulam pelos "vãos e eiras" do artesanato poético, conscientes da impossibilidade de demarcar ou ancorar o *logos* que se faz sempre e mais "devoluto" e, por conseguinte, ocupável e sujeito a escorregadelas semânticas.

---

[199] A palavra "ledor" é uma forma menos usada de leitor, semelhante ao "escrivente" (em vez de escritor) do poema "Avisos de praça". Tanto "ledor" como "escrivente" são palavras que enfatizam a ação em progresso.

[200] Vide CHAVES. Prefácio. In: PEREIRA, Edimilson. *As coisas arcas*, *op. cit.*, p. 20.

3.

O nome diquixi escrevo e diquixi não é. Mas cutelo e cutelo também não fica sendo.

O tudo ponho em lápis, fileira formiga de letras certas. E não me alegro porque não chegam miúças na terra pós-chuva.

Escrevo diquixi e não vinga: outra coisa é diquixi escrito. Tudo somenos.

Entorto linha bem procedo e a escrita morde. E se escrevo com letra de não grafar: o ledor resolve?

Como Antão em sua caverna tento.

O bicho no entanto.[201]

A referência a Antão – herói religioso, eremita/cenobita do século IV, protótipo do ser recluso que vivia em ermidas primitivas, espírito ébrio de mistério e descoberta mística – dialoga com a palavra "esclarecido" (da segunda estrofe) e estabelece um elo entre escrita, conhecimento e teologia, pois os chamados "padres do deserto" eram considerados seres iluminados. Se como Antão em sua caverna, o poeta tenta "esclarecer" o leitor, entortando linhas e escrevendo com "letras de não-grafar", o processo de decifração da poesia apresenta filamentos e ramificações que põem em xeque uma convivência pacífica entre o autor, o leitor e a escrita. Assim, o último verso torna opaca a luminosidade e o esclarecimento atribuído ao poeta-antão e à poesia, no verso anterior, ao explicar: "O bicho no entanto". Se por um lado, o eremita da caverna pode ser interpretado como um esclarecido que produz textos e seguidores, por outro, pode ser relacionado a deslocamentos e a rupturas, uma vez que o poeta-antão é também um bicho enclausurado no processo da escrita.

Se a poesia de Edimilson está aberta às potencialidades do signo fugidio e escorregadio que o Di-Kishi-Exu representa, também incorpora a movimentação

[201] Vide PEREIRA, Instrução do homem, *op. cit.*, p. 188.

do signo quilombola, símbolo da diáspora africana. Esta caracterização está muito presente no livro *Signo Cimarrón,* em que a voz poética usa a metáfora a que a palavra *cimarrón* se rende em espanhol,[202] para indicar o movimento do signo e elaborar sobre sua versatilidade e mobilidade. O poeta transforma o texto em amuleto verbal e o poema-*iteque* se torna o símbolo da relação do escritor com a energia da poesia-*inquice*. Esse signo mutante traz em si forças centrípetas e centrífugas que des/centralizam os significados, pois, o *axé* verbal se instaura no movimento e nas dobras do significado. Como Legba, é no jogo verbal, na transgressão dos limites, na ruptura e na mobilidade que o signo organiza seus desdobramentos e sua cadeia de significações.

SIGNO

El signo es cimarrón, el texto
una cimarronada, a veces
[O signo é quilombola, o texto
um quilombo, às vezes]

en los relatos, otras afuera
de la memoria. Preso, no dice
[Nos relatos, outras fora
da memória. Preso, não diz]

nada, libre se esconde
en la plaza. Tiembla el centro
[nada, livre se esconde
na praça. Treme ao centro]

de la página, se extravía
al margen.
[da página, se extravia
a margem.]

---

202 Originária de "maroon", a palavra "cimarrón" significa "fugido ou selvagem", e deu origem a "cimarrón", referindo-se aos africanos que escaparam das plantações e das minas dos colonizadores europeus e estabeleceram comunidades que, no Brasil, são chamadas de quilombos. Significativamente, Cimarron é também o nome de um rio, de 1.123 km, que corre na direção leste, do Kansas ao Oklahoma, nos Estados Unidos.

El signo crea una fortaleza
– quien la asalta se hunde.
[O signo cria uma fortaleza
– quem a assalta se afunda.]

Su laceración no es de la piedra
el signo cimarrón se mueve.[203]
[Sua laceração não é a da pedra
o signo quilombola se move.][204]

A poética de Edimilson revela que todo conhecimento é referencial, pois um signo remete a outro signo, que gera outro signo e assim sucessivamente, criando uma cadeia infinita de significações relacionais. Essa movimentação e a capacidade de renascimento e recriação, a teia de relações e os traços infinitos da cadeia verbal permeiam a arte poética da obra de Edimilson e tecem o sistema de conexões intertextuais do livro *Signo Cimarrón*. Assim a imagem poética do *trickster-cimarrón*-quilombola adquire também um referencial simbólico, pois representa a mobilidade e a versatilidade sígnicas e pode ser relacionada ao próprio processo de criação, como pondera William Luis:

> O *cimarrón* é um signo, um sinal, um olhar, um gesto, uma palavra, mas também é a letra, a escritura, o poema, é a imagem fugaz que por sua natureza se esconde e vive na margem, para logo assomar-se e desmantelar o centro. Mas é também a união e o companheirismo e, por isso, nos poemas de Edimilson se ouvem as vozes de outros quilombolas.[205] [...]
>
> *Signo cimarrón* é a voz silenciada do negro, mas não somente do negro, de qualquer um que tenha sido marginalizado por ignorância, maldade, preconceito, racismo, sexismo ou outra infame, desonesta, vergonhosa, burlesca razão.[206]

---

[203] Vide PEREIRA, Edimilson de Almeida. Signo. In: _____. *Signo Cimarrón, op. cit.*, p. 30.

[204] A tradução do poema é minha.

[205] Vide LUIS, William. Introducción a Signo Cimarrón. In: PEREIRA, *Signo Cimarrón, op. cit.*, p. 13. A tradução do espanhol é minha.

[206] *Idem, ibidem*, p. 19.

O signo *cimarrón*-quilombola estabelece várias mediações no seu percurso transnacional e traja uma vestimenta camaleônica para, no seu exílio itinerante, transformar-se na fênix que renasce das cinzas da História, nos vãos da Poesia e nos desvios da Memória. O conceito do signo *cimarrón* é versátil: encarna tanto o processo de mutação quanto o princípio de resistência, aspectos que podem ser associados às transformações das práticas de origem africana nas suas viagens diaspóricas. Esses aspectos contraditórios de mutação e resistência do signo *cimarrón* encontram um paralelo na criatividade que os africanos escravizados usaram para burlar os sistemas repressores e lutar contra a destruição das suas heranças culturais. Além do princípio regente do signo *cimarrón*-quilombola, do aspecto *trisckster* de Exu e da ambivalência dos Di-Kishi, a poética de Edimilson tem pontos em comum com o princípio regente de Dangbé (a serpente sagrada do atual Benin) e com a simbologia de Ananse (a grande aranha das mitologias africanas).[207]

A sua escrita assemelha-se à discursividade autorreferencial de Dangbé,[208] pois prima pelo questionamento e pelo viés do olhar, voltado para fora e para si mesmo. O próprio Edimilson vê semelhanças entre alguns aspectos da sua poética e a teia de comunicação da grande aranha africana, ao analisar como "a *performance* de Ananse" lhe serve de inspiração:

> **EAP:** Ela gera o fio mas, uma vez tecida a teia, ela se desloca para outro ponto onde, porventura, algum outro signo pode ser capturado. No ato de tecer e movimentar-se, Ananse revela os conflitos da criação, mas também a projeção dessa mesma criação.[209]

---

[207] Ananse está presente na literatura oral das áreas rurais, no teatro, bem como na mitologia de Gana e é associada à fortaleza, à coragem e à sabedoria. Vide CLIFFORD, Greg. *The legendary Kweku Ananse stories*. Mamprobi-Accra, Ghana: Golden Wings, 1995. v. 1-4. Vide também OWOMOYELA, Oyekan. *Yoruba triscker tales*. Lincoln and London: University of Nebraska Press, 1997.

[208] Segundo Cacciatori, Dangbé "[...] simboliza o princípio da mobilidade e da eternidade, representada engolindo a própria cauda, formando um círculo sem princípio nem fim" e que, ao ser incorporada à mitologia nagô, passou a ser Oxumaré, ou a "serpente do arco-íris". Vide CACCIATORI, *op. cit.*, p. 98. Vide, também, NORMAN, Neil L. e KELLY, Kenneth G. Landscape politics: the serpent ditch and the rainbow in West África. *American Anthropologist*, v. 106, n. 1, p. 98–110, 2004.

[209] Vide PEREIRA, trecho da entrevista que concedeu a AGUSTONI. Parte da série de apresentações, "Encontro marcado: bate-papo com autores convidados, no formato de entrevista". Coordenação de Fabrício Marques. Sexto Salão do Livro de Minas Gerais. Belo Horizonte, 19 ago. 2006.

Estes aspectos da tradição africana (as metáforas de teia, tecido e maleabilidade) são incorporados de várias maneiras na obra de Edimilson e estão presentes, por exemplo, no poema "Círculo", em que o poeta homenageia Oxumaré e a sua esfera de representações.

> O arco-íris descobriu a vontade das serpentes. Por isso o céu se deita sobre a terra com os olhos entreabertos. Na manhã em que o sol se atrasar virei com meu colar de cores. Ó, terei o reino dos galos e a cauda esguia dos pássaros. Um círculo de contas inundará o céu tranqüilo.[210]

As confluências dos mitos africanos e as várias transformações que eles sofreram em solo brasileiro servem também de fonte poética a Edimilson e o ajudam a entrelaçar uma conversa bem audível entre a África e o Brasil. Assim, o poeta recontextualiza alguns mitos e a cosmogonia africana, como é o caso da confluência entre as sereias Iara (a ameríndia brasileira),[211] Kianda (senhora dos mares dos kimbundus) e Iemanjá (deusa das águas na mitologia iorubá).

Luís da Câmara Cascudo relaciona a lenda da Iara com a cosmologia e a mitologia africana ao considerar que ela divide atributos com a sereia africana Kianda e outras como Kiximbi (dos makas), Oxum ("orixá dos lagos, lagoas, rios e charcos") e Iemanjá ("deusa da água") na mitologia iorubá.[212] Acredita que os portugueses reconfiguraram o mito indígena e revestiram a sereia amazônica com roupagens e aparência europeia.[213] Cascudo redimensiona o mito ao

---

[210] Vide PEREIRA, Edimilson de Almeida. Círculo. In: _____. *Casa da palavra, op. cit.*, p. 30.

[211] Antonio Houaiss lista a proveniência tupi da palavra "iara", que na mitologia indígena significa sereia dos lagos e a Mãe-d'Água. Segundo Houaiss, há registros que, desde 1716, a figura era usada para se referir ao mito ofídico das águas, como Boiúna ou Cobra-grande, cuja crença ainda sobrevive em certas áreas amazônicas, mas a concepção da Mãe-d'Água, como mulher-peixe, aparece na segunda metade do século XIX. Vide HOUAISS, Antonio & VILLAR, Mauro Salles. *Dicionário Houaiss da língua portuguesa*. Rio de Janeiro: Objetiva, 2001. Talvez por isso Edimilson e sua esposa, Prisca Agustoni, tenham escolhido o nome Iara para sua filha, pois reflete a junção da mitologia europeia, africana e brasileira que, racial e culturalmente, a filha do casal representa.

[212] Vide CASCUDO, Luís da Câmara. *Geografia dos mitos brasileiros*. São Paulo: Global, 2002, p. 157-158.

[213] *Idem, ibidem*, p. 150.

revelar o duplo sincretismo cultural, já que a sereia que os navegadores portugueses levaram ao Brasil e fundiram com o mito ameríndio era o resultado da "convergência das Mouras com as Oceânides e Nereidas clássicas".[214]

Outros pesquisadores também estabelecem um vínculo entre a Mãe-d'Água brasileira e outras mitologias, traçando a transformação que sereias de outras culturas sofreram no Brasil, no seu trajeto via Portugal. Vicente Salles, por exemplo, conceitua a Iara como a mais perfeita convergência cultural na mítica amazônica, reunindo figuras antológicas de vários continentes: Sereia, Ondina, Loreley, Mãe-d'Água e Iemanjá.[215] Arthur Ramos considera que Iemanjá, Oxum e Nanã sofreram no Brasil um processo de aculturação na inter-relação mítica que essas deusas das águas tiveram com as sereias europeias, com as Nossas Senhoras do Catolicismo e com as iaras ou mães-d'água ameríndias.[216]

Os estudiosos que enfatizam a relação brasileira com a África discutem as várias transformações que as deusas africanas tiveram no Brasil. Cacciatore, por exemplo, analisa a relação entre a tradição angolana de homenagear Kianda e a cerimônia ritual marítima que saúda Iemanjá.[217] Examinando o desenvolvimento e a trajetória do culto de Iemanjá da África ("realizado à beira do rio Ogum") para o Brasil, onde foi transferido para o mar, Armando Vallado afirma que, na África, Iemanjá "governa a fertilidade e a maternidade das mulheres" e em "Ibará, distrito de Abeocutá [...] é cultuada especialmente como o orixá que protege as crianças da morte".[218] No Brasil, seu papel se ampliou e, além de orixá-mãe, "Iemanjá ganhou também o governo das cabeças humanas".[219] Ao ser eleita a Rainha do Mar (sendo, por isso, associada à figura da sereia), passou a desempenhar uma função dupla, mas não excludente, como explica Vallado:

---

214 *Idem, ibidem.*

215 Vide SALLES, Vicente. Maestro Gama Malcher. Belém: Governo do Estado do Pará/SECULT/ Universidade Federal do Pará, 2005.

216 Vide RAMOS, Arthur. *O folclore negro do Brasil*: *demopsicologia e psicanálise*. 2. ed. ilustrada e revista. Rio de Janeiro: Livraria-Editora da Casa do Estudante do Brasil, 1954.

217 Vide CACCIATORE, *op. cit.*, p.157. Armando VALLADO pondera que "mesmo considerada agora o orixá do mar, Iemanjá continua sendo saudada no candomblé com a expressão originalmente africana *Odoiyá*, que significa Mãe do Rio". Vide *Iemanjá: a grande mãe africana do Brasil*. Rio de Janeiro: Pallas, 2005, p. 33-34.

218 Vide VALLADO, *op. cit*, p. 33, 34.

219 *Idem, ibidem*. Vide também, OMARI-TUNKARA, Michelle Smith. Yemanjá/ Yemojá: mother, water, ruler, river, Àjé. In: _____. *Manipulating the sacred yòrubá art, ritual and resistance in Brazilian Candomblé*. Detroit: Wayne State University Press, 2005, p. 65-87.

> De um lado ela é a mãe que propicia a pesca abundante – que controla o movimento das águas, ondas e marés – da qual depende a vida do pescador. De outro ela é a sereia sedutora, sexy, que atrai o pescador, o ama e o mata ou o deixa morrer nas profundezas do mar para onde o leva e onde o prende para amá-lo. Iemanjá é também associada a diferentes mães-d'água da mitologia indígena, sendo por isso mesmo chamada Iara, a Mãe-d'Água.[220]

A confluência ou sincretismo religioso e cultural e o interesse pela riqueza poética e simbólica dos mitos aparecem nos textos em que Edimilson descreve as sereias, como no poema "Amor", do *Livro de Falas*, em que o autor faz uma homenagem direta a Iemanjá:

> "Iemanjá é, por definição, a mãe, a senhora das origens. (...) Reina sobre 'todas as águas do mundo' doces e salgadas. (...) deusa das águas primevas que são (...) 'fons et origo', matrizes de todas as possibilidades da existência."

AMOR

És a pura indagação de meus seios. Ainda que o céu se quebre não te condenarei. As águas, minhas filhas, abrem sete canoas, mas por elas não te perderás. Meu ventre respira a sabedoria dos peixes, este amor de algas nos olhos. Suplico-te não mais que a humildade das flores entregues à chuva.[221]

No poema "Kianda", Edimilson homenageia a sedução que a deusa angolana e todas as outras "sereias" representam, de uma maneira que pode ser interpretada como um signo referencial à sedução que a própria poesia (a sua grande Iara/Kianda/Iemanjá) incorpora:

---

[220] *Idem, ibidem*, p. 36-37.

[221] Vide PEREIRA, Edimilson de Almeida. Amor. *Casa da palavra, op. cit.*, p. 35.

Kianda me leva
mas não faz doer
meus ossos não.

Meninos quebram
árvores.
Mulheres lavam o sono.

(Preso na lua
o sol
assusta o pássaro).

ô Kianda me leva
com os olhos apodrecidos
mas não faz doer
meus ossos não.[222]

No poema "Sirena", publicado em espanhol, Edimilson retoma o tópico da poesia-sereia.[223] O texto estabelece uma ponte aquática entre a Virgen del Rocío na Espanha e a Virgen del Carmen de Paucartambo, no Peru.[224] A voz poética considera que os milagres das duas virgens católicas têm a mesma origem e são, portanto, também mitos e lendas que dominam a imaginação ("pertencem ao mesmo fundo"). Os oceanos que separam os mitos também "organizam a palavra", ou seja, unem o discurso da crendice popular:

SIRENA
[SEREIA]

La mitología se presenta al día.
[A mitologia se apresenta ao dia.]

---

[222] Vide PEREIRA, Edimilson de Almeida. Kianda. *Casa da palavra, op. cit.*, p. 115.

[223] Vide PEREIRA, *Variaciones de un libro de sirena.* Belo Horizonte: Mazza Edições; Juiz de Fora: San Chapeau, 2009. Em que Edimilson analisa a poesia como a sua grande sereia.

[224] A ermida da "Virgen del Rocío", lugar da "Romaria de El Rocío", encontra-se na pequena aldeia andaluza do mesmo nome, onde a "Blanca Paloma" (nome dado a esta Virgem) tem sido venerada desde 1758 e cuja festa faz parte do calendário das festas tradicionais da Espanha. O culto da "Virgen del Carmen Paucartambo" remonta ao século XVII e a ermida está localizada na comunidade do mesmo nome que se encontra a 10 quilômetros de Cusco. As festas ocorrem anualmente entre 15 e 18 de julho.

Su lenguaje está en la escalera,
entre conversaciones de quien ama.
La mano prende un fruto

[Sua linguagem está na escada,
entre conversas de quem ama.
A mão prende um fruto]

y no sabe que está añadiendo
el paraíso a la realidad.
Dos compadres alargan la siesta

[e não sabe que está adicionando
o paraíso à realidade.
Dois compadres alargam sua sesta]

y sacan de los dioses la propiedad
del tiempo. Caminar en el día
es poner los pies en las narrativas.

[e tiram dos deuses a propriedade
do tempo. Caminhar no dia
é pôr os pés nas narrativas.]

Sin percibirlo rogamos a vírgenes
vecinas: la del Rocío y la otra
en Paucartambo. Si el océano

[Sem percebê-lo rogamos às virgens
vizinhas: a do Rocio e a outra
em Paucartambo. Se o oceano]

las separa, sus milagros pertenecen
al mismo fondo. El trabajo
de las aguas organiza la palabra.[225]

[as separa, seus milagres pertencem
ao mesmo fundo. O trabalho
das águas organiza a palavra.][226]

---

[225] Vide PEREIRA, Edimilson de Almeida. Sirena. *Signo cimarrón, op. cit.*, p. 29.

[226] A tradução é minha.

É interessante que, ao descrever a Virgem do Rocio e a de Paucartambo – comparando-as a "sereias" e situando-as como figuras mitológicas e míticas –, Edimilson põe em xeque os valores culturais que conferem um *status* santificado e, portanto, culturalmente aceito como superior, às múltiplas versões da Virgem da Igreja Católica. Ao fazê-lo, também chama a atenção para as inversões de valores que relegam ao plano de mito as "sereias" africanas como Oxum e Iemanjá. Ainda que não tenha mencionado nenhuma das deusas africanas no poema "Sirena", o deslocamento cultural e o contraponto poético deste texto estabelecem um diálogo com o poema "Kianda" e, ao mesmo tempo, servem para questionar alguns pressupostos histórico-culturais.

Em *Variaciones de un libro de sirenas*, Edimilson reúne muitos dos conceitos, dos ritmos e das interseções linguísticas que caracterizam sua poesia, como se nota numa estrofe do poema "Cartas", em que o autor exprime o "vozerio" de falas poéticas:

> por fin el vocerío. hay tanto en él que siento la cuna de mis hermanos y la mantilla de mi desorden. medran en mí las calles, invento noticias que la aspereza transforma en realidad. soy una piel entre desastres, imprimo fechas en las cosas para buscarlas como si fueran un taxi. ¿la vida será un trabajo para cien días? por fin me reconozco, mientras la sirena que no canta hace de mí su océano.[227]
>
> [por fim o vozerio. há tanto nele que sinto o berço de meus irmãos e a mantilha de minha desordem. medram em mim as ruas, invento notícias que a aspereza transforma em realidade. sou uma pele entre desastres, imprimo datas nas coisas para procurá-las como se fossem um táxi. a vida será um trabalho para cem dias? por fim me reconheço, enquanto a sereia que não canta faz de mim seu oceano.][228]

Além das matrizes banto e iorubá previamente mencionadas, e das referências ao Catolicismo, Edimilson também se interessa por outros discursos

---

[227] Vide PEREIRA, Edimilson de Almeida. Cartas. In: _____. *Variaciones*, *op. cit.*, p. 53.

[228] Tradução de Isaac Rivera-Campos.

culturais e utiliza elementos religiosos sincréticos (mais notáveis, por exemplo, na Umbanda e no Espiritismo). A imagem do signo mensageiro, mediador, múltiplo e fértil (como representado no simbolismo que Exu, Di-Kishi, Dangbé e Ananse conferem, ou na imagem que Calibã, *cimarrón* e *iteque* evocam) encontra ressonâncias também nos pontos riscados da Umbanda.[229] Quando, em 1996, perguntei-lhe sobre seus trabalhos em andamento e os futuros projetos (na área da poesia), Edimilson me confidenciou que os planos incluíam um aproveitamento dos pontos riscados da Umbanda. O poeta conectou a linguagem visual ao apelo estético dos desenhos cabalísticos da Umbanda com os textos ideográficos dos *bauoio* e dos *bakongo*, povos que habitam o Distrito de Cabinda em Angola.[230] Fez uma ligeira analogia entre o apelo emblemático daquele campo visual da Umbanda, vasto de sentidos, e a forma de comunicação dos *bauoio* e dos *bakongo,* que utilizavam desenhos para condensar um sentido expansivo, já que não tinham língua escrita. Explicou-me que, sem necessariamente criar um texto concretista ou neoconcretista, ele pensava em explorar o lado cultural dos desenhos e estabelecer ligações com a improvisação criativa dos pontos riscados, em que se condensa tanto a relação verbal como a visual e cujos desenhos passam a representar o processo ritual do pacto construído entre a mensagem, o mensageiro e o receptor.[231]

Segundo Cacciatore, cada ponto riscado é um desenho ritual "[...] formado por um conjunto de sinais cabalísticos ou mágico-simbólicos que, riscados com pemba (giz) na cor de determinada entidade, ajuda a chamá-la ao mundo terreno na entrada dos terreiros".[232] Isis Costa McElroy, por sua vez, explica os pontos

---

[229] Esse "riscar o ponto" da Umbanda também tem semelhanças com os desenhos-mensagens dos povos africanos de origem *bakongo*, originários da província de Cabinda, que serão analisados no quinto capítulo deste estudo.

[230] O Distrito de Cabinda é habitado por povos bantos da tribo *bakongo* e *bauoio*, que são provenientes do antigo Reino do Congo. As palavras *bakongo* e *bauoio*, bem como outras começadas pelo prefixo "–ba", não necessitam ser pluralizadas, pois este prefixo também indica plural. Vide MARTINS, P. Joaquim. *Sabedora cabinda: símbolos e provérbios*. Lisboa: Junta de Investigações Ultramar, 1968, p. 14.

[231] Parte inédita da conversa que tive com Edimilson em 1996.

[232] Vide CACCIATORE, *op. cit.*, p. 214. Para uma explicação mais detalhada dos significados dos pontos riscados, vide também ALMEIDA, Paulo Newton. Elementos gráficos na Umbanda. In: _____. *Umbanda: a caminho da luz*. Rio de Janeiro: Pallas, 2003, p. 115-124. Para uma compilação dos pontos riscados e cantados, vide DEPARTAMENTO EDITORIAL DA PALLAS. *3333 pontos riscados e cantados*, v. 1, 9. ed. e v. 2, 5. ed. Rio de Janeiro: Pallas, 2002. Para um estudo comparativo entre o Brasil e a África, vide McELROY, Isis Costa. Afro-Brazilian altar-poems: the textual poetics of *pontos riscados*. *Afro-Hispanic Review*, v. 26, n. 1, p. 103-129, 2007.

riscados da Umbanda como desenhos básicos que incluem "[...] combinações de flechas, traços, cruzes, círculos, signo-de-Salomão, corações, estrelas" que são "[...] riscados no chão ou em uma tábua".[233] A autora distingue quatro características fundamentais do ponto riscado: "[...] 1) um sinal identificado do ancestral; 2) um instrumento de trabalho e de magia; 3) um campo polarizador de força mágica; e 4) o núcleo de uma estória ou narrativa cosmológica".[234] McElroy analisa os pontos riscados da Umbanda como elementos entrelaçados à "cinemática da dança e dos pontos cantados" e como "[...] filtros comunicativos que determinam quais ancestrais devem passar através das linhas invocatórias, ou qual o processo mágico a ser ativado".[235] Para ela, os pontos riscados estão permeados de "carga simbólica" e são "[...] comandos gráficos que, investidos de energia, revelam-se não como objetos de equilíbrio estático contemplativo místico ou estético, mas como geradores dinâmicos de transmutação *verbivocovisual*".[236]

Na concepção umbandista, os ângulos dos desenhos dos pontos riscados são extremamente importantes pela conexão que necessita existir entre o *médium*, a entidade e a energia do meio ambiente. Dentro de parâmetros cabalísticos, os vários riscos do desenho têm uma base, uma estrutura, que Paulo Newton de Almeida chama de "modelos genéricos", a partir dos quais o *médium* vai traçando os riscos e o improviso acontece, consubstanciando-se as nuanças dos significados nos novos traços do desenho.[237] Os traços representam os elementos básicos ou os símbolos que são combinados para iniciar a conversa ou prestar homenagem a Exu, aos orixás, aos caboclos e a todas as entidades. O ponto riscado simboliza a entidade, sua origem e a linha a que pertence. Por isso, a interpretação só pode ser feita pelos iniciados e a escrita pelos guias. Já que é um instrumento para os trabalhos ritualísticos, o ponto riscado com pemba passa a ser o campo de ação energético onde o *médium* manipula as forças e conversa com a entidade.[238] Portanto, os pontos riscados são baseados em fórmulas (desenhos "genéricos") que se vão expandindo numa progressão harmônica até o *médium* produzir e interpretar a relação com a entidade invocada e a mensagem conferida.

[233] *Idem, ibidem*, p. 104. A tradução para português dos trechos citados é da autora.

[234] *Idem, ibidem*, p. 105.

[235] *Idem, ibidem*, p. 106.

[236] *Idem, ibidem*.

[237] Vide ALMEIDA, *op. cit.*, p. 116.

[238] Vide CACCIATORE, *op. cit.*

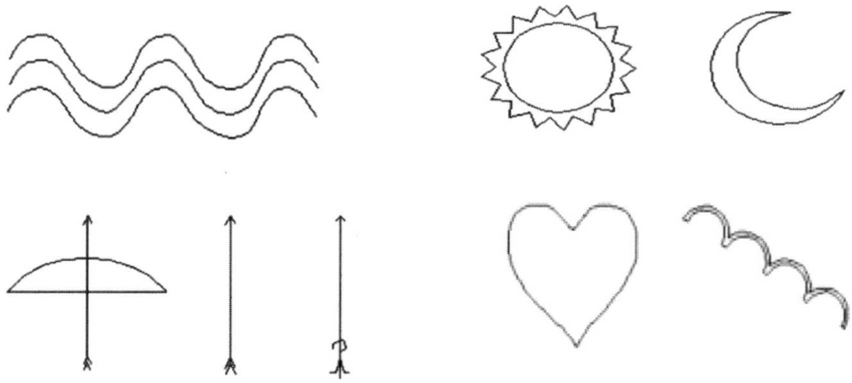

[239]

Para se "improvisar" nos pontos riscados da Umbanda, é necessário que se conheça bem os desenhos "genéricos", um processo semelhante ao que ocorre na música, em que, para dar fôlego à improvisação, deve-se dominar a estrutura, as escalas, as tonalidades e os acordes. Semelhante ao processo encontrado na literatura, na música e em *performances*, improvisar na criação umbandista significa partir de uma base e expandir o significado do texto gráfico.[240]

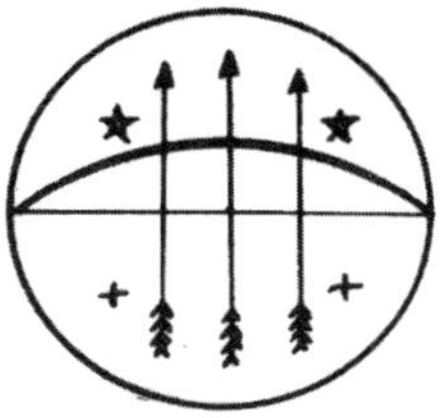

CABOCLO ARARIBÓIA

CABOCLO AIROME

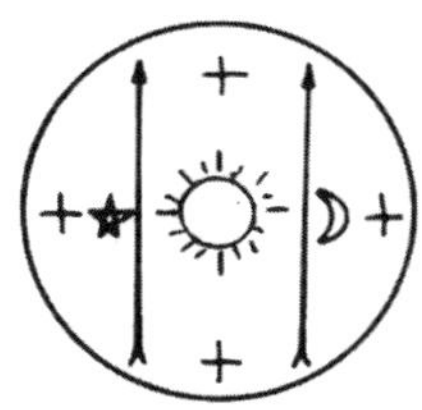

CABOCLO ITANHANGUERA

[241]

[239] Esses exemplos de algumas figuras básicas utilizadas nos desenhos são do portal "Pontos riscados: elementos básicos". Disponível em: <http://cantodoaprendiz.wordpress.com>. Acesso em: 10 dez. 2008.

[240] Para Keith SAWEYR, "todas as performances contêm algum grau de improvisação", mas "[...] até as performances mais improvisadas envolvem estrutura e materiais predeterminados". Vide "Improvisation". In: DURANTI, *op. cit.*, p. 116-117. A tradução é minha.

[241] Exemplos retirados de DEPARTAMENTO EDITORIAL DA PALLAS. *3333 pontos riscados e cantados*, v. 1, *op. cit*, p. 88 e 91.

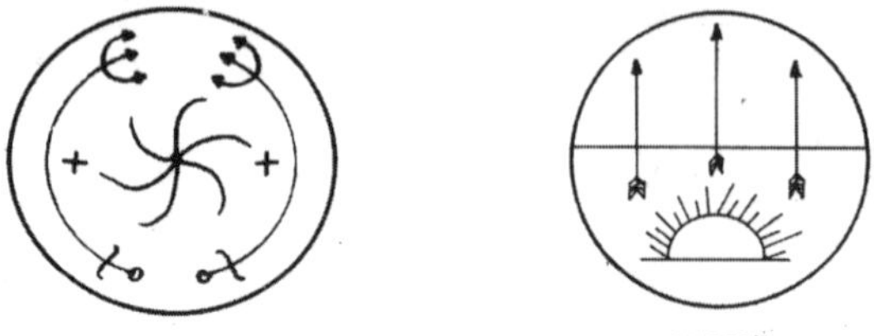

EXU VIRA MUNDO OXOSSE

[242]

IEMANJÁ OXALÁ IANSÃ CRUZADO COM XANGÔ

[243]

Cada ponto riscado apresenta vários axiomas, fórmulas e equações que se integram para produzir a mensagem, homenagear a entidade invocada e estabelecer o diálogo entre o mundo visível e o invisível. O estado relacional das coisas e das pessoas está entrelaçado às mensagens que caracterizam esses desenhos e fazem parte da poética de Edimilson. Como os pontos riscados, os poemas de Edimilson parecem, às vezes, herméticos e fechados, mas são de fato uma grande variedade de conversas para onde fluem diversas correntes, tradições e confluências histórico-literárias e religiosas, como sugerido no poema "Mãos dadas":

> Em mim a curva dos que fabulam desde a margem onde os recados são tempestades. Não têm corpo, não filam garrafas e sua ausência nos morde, quando chamados num copo de água. A hora é de ver quem se apresenta e que objeto pede para sua dança.

---

[242] *Idem, 3333 pontos riscados e cantados*, v. 1, *op. cit.*, p. 70, e v. 2, *op. cit.*, p. 47.

[243] *Idem, 3333 pontos riscados e cantados*, v. 2, *op. cit.*, p. 44, 45, 48.

> Nós, acostumados nos ossos, cosemos a alegria dos mortos. Por dentro e por fora a vida toma outra forma. Três figuras de giz me inauguram, recupero no rito a memória que sou.[244]

No poema "Arco", Edimilson capta a poeticidade das sessões de Espiritismo, bem com dos rituais da Umbanda e do Candomblé, nas quais são estreitas as relações entre a vida e a morte. O poema analisa os elementos relacionais e emblemáticos de desenhos traçados a giz ("a pedra, o sabiá e a palmeira"), possivelmente uma referência às "três figuras de giz" do poema anterior e certamente um diálogo com os pontos riscados da Umbanda:

> A pedra o sabiá a palmeira escritos a giz são uma linguagem em preparação. Como faltar ao acordo que o tempo lhes impõe, se vivem um na sela do outro? Palavras lutam na carne de quem telegrafa. O escrito é a indagação do alvo, impossível batizar as iras do texto. Desde o começo, assentamos numa família que nos sangra e nem só com letras se nomeia. A pedra o sabiá a palmeira riscados para explicar o mundo nos escapam. Nada adivinhamos nessa mata, embora nos prenda um endereço visgo. Por ofício seremos anúncio de linguagem.[245]

O eu-lírico descreve a conversa entre os mortos e os vivos, numa mesa de uma sessão espírita (em que rezas, copos d'água e a corrente formada de mãos dadas inauguram a reunião mediúnica), estabelecendo uma simbiose entre a vida e a morte. Nota-se que há, neste poema, um espaço híbrido que o próprio texto representa, comparável à mesa do centro espírita ou ao chão dos terreiros, onde as energias mediúnicas dialogam com as forças do além e onde se estabelecem pontes e sinais de interseções. Neste aspecto, a poesia de Edimilson emblematiza a força de um discurso que lembra muitos dos posicionamentos

[244] Vide PEREIRA, Edimilson de Almeida. Mãos dadas. In: _____. *Casa da palavra*, *op. cit.*, p. 196.

[245] Vide PEREIRA, Edimilson de Almeida. Arco. In: _____. *Casa da palavra*, *op. cit.*, p. 195.

teóricos apresentados por Frantz Fanon, Stuart Hall e Paul Gilroy, os quais Bhabha resume ao articular a sua visão dos espaços de confluências ou o "terceiro espaço". Para Bhabha, esse espaço "[...] constitui as condições discursivas da enunciação que garantem que o significado e os símbolos da cultura não tenham unidade ou fixidez primordial e que até os mesmos signos possam ser apropriados, traduzidos, re-historicizados e lidos de outro modo".[246] Portanto, a poética de Edimilson dialoga com o processo da interação simbólica que ocorre na interseção da arquitetura temporal e na intervenção do interstício espacial onde as articulações culturais, históricas, literárias, sociais e textuais se fazem plausíveis.

O autor utiliza a abertura vocabular, vários deslocamentos de sentido e muitas dicções para aprofundar os significados poéticos, examinar questões de identidade e interrogar o processo histórico. Sua poesia trafega pelas veredas da vivência religiosa, pelas perspectivas dos menos favorecidos e pelas frestas simbólicas que a cultura popular oferece. Reconstrói vínculos espaço-temporais e analisa as concepções ideológicas, bem como os deslocamentos sociais tensos e contraditórios. Reavivando os matizes da História, os seus textos poéticos representam o imaginário simbólico de práticas culturais de origem africana no Brasil, permitindo que a linguagem metafórica dos seus poemas estabeleça, simultaneamente, um canto de desafio e um diálogo tanto com as articulações sociais e culturais brasileiras como de outras partes do mundo.

---

[246] BHABHA, *O local*, *op. cit.*, p. 67-68.

Capítulo 4

"A PELE EM TRANSE"[247]

[247] A expressão é do autor. PEREIRA. *Caderno de retorno*. In: ______. *As coisas arcas, op. cit.*, p. 241.

Caderno de Retorno

[...] O abismo do país se ilumina,
acelera minha ferida
o que em mim celebra
cospe esculpe alucina.[248] [...]

Caderno de Retorno (poema-livro) dialoga com o *Livro de Falas* na estrutura narrativa e no fôlego amplo e épico. Mas enquanto este último manipula o domínio do sagrado e poetiza a cosmogonia iorubá e o panteão dos orixás, no primeiro, o eu-lírico volta os olhos para os traços e os vestígios da diáspora africana no mundo, salientando as marcas histórico-culturais do processo de colonização lusófono, em diapasão com a história pessoal do autor.

Edimilson inicia a viagem poética de *Caderno de Retorno* com um verso em que as palavras "pele" e "indexa" determinam a medida metafórica e metonímica do poema, instalando múltiplas conotações e construindo uma rede de associações linguísticas:

Pele radar que indexa
um looping
ao atabaque
um anjo
à sua queda
iracema

[248] *Idem, ibidem*, p. 200.

à sua novela
alvo que incinera um atirador
no teto.[249]

Se, num nível de interpretação, a "pele" é o elemento mais superficial do corpo, em outro nível é o radar, ou a zona de sensibilidade à primeira mão. Por isso, a palavra "pele" torna-se o elemento catalisador do poema, já que carrega consigo uma simbologia e características facilmente associáveis a elementos interpretáveis em diferentes contextos. Nas múltiplas acepções que o vocábulo conota e nas associações metafóricas que o poeta estabelece (tanto em termos de espessura como de forma e de revestimento), a palavra "pele" refere-se a vários conceitos que indicam superfície, cobertura ou camada mais externa de objetos. É, assim, comparada a campa, missiva, carta de baralho, casca de fruta, concha, estrada, filme, mapa, pano, papel, pergaminho, selo e desenho. O poema descreve a pele como um radar que esparge, irradia e se espalha, difundindo diversos significados ao captar vibrações energéticas e transmitir sinais.

Como numa emissão de pulsos, a pele-radar de *Caderno de Retorno* detecta e indexa o eco da História, das culturas brasileiras e da diáspora africana. Aos moldes de um diapasão, o poema se torna o tonário que regula tanto as frequências e as vibrações da memória coletiva quanto os impulsos e os intervalos da história pessoal do autor. É, pois, o que serve de estímulo para apresentar a imagem biográfica refletida na superfície do seu espelho-escrita:

Pele não é o cárcere nem
o texto
o papel
a retícula
para roteiro em zoom
quiçá um mapa que muda enquanto viaja
e se fixa quando
escorregadia
nos tece[250]

[249] *Idem, ibidem*, p. 195.

[250] *Idem, ibidem*, p. 196-197.

Pele não é o que fecha, escancara
        um que olha além
        de quem o explora
        verá um filme em que
a pele não se dá a epílogos cegos
nem a guarda-roupas do chefe nem
        a remendos de mala
        será o que esparge
        quanto mais estampada
        no verso
        um arabesco
ao sol deslocando as mensagens[251]

A nós que gastamos
                a roda
                a pólvora
                a palavra
não perturba se as levarão para a ilha ou o conserto
                sua pele nos interessa
não a pele apólice a pele sim que se arrisca ao texto e refuta a tese a pele em transe como um menino que entretecesse sua conversa com os desastres como um ginasta um monjolo prestes a se arremessarem no sol a pele não para ser suportada mas ancoradouro e trampolim um exercício de redação em estilo variado a pele submersa a pele no topo do gesto como trajeto que o desejo tomasse para sua vertigem como uma flecha no salão de baile em êxtase a pele tão em tudo e em todos tão nos confins que ao traduzi-la se perceba um começo em outro começo cici furtando à morte seu precipício um galo entre os seixos uma lasca um sol em dispersão desde sempre.[252]

[251] *Idem, ibidem*, p. 197.

[252] *Idem, ibidem*, p. 241.

Neste texto é visível algumas das marcas inaugurais da poesia de Edimilson como o domínio da técnica e o rigor da linguagem. No entanto, se nos outros poemas destaca-se a ausência de conexões semânticas e sintáticas, em *Caderno de Retorno*, os pensamentos se concatenam de forma mais direta, havendo, por isso, um intercâmbio maior entre as palavras. Nota-se menos economia vocabular, as suspensões narrativas são menos comuns e os cortes de sentido parecem menos abruptos ou herméticos. As transições entre o que foi dito e aquilo que é apenas inferido são um pouco mais suaves do que nos outros textos e o teor narrativo desse poema facilita para o leitor acompanhar as oscilações do pensamento do poeta. O autor utiliza também a poética da interrogação, a livre associação de ideias, a riqueza dos símbolos e das metáforas, bem como as referências intertextuais. Revela ainda o desejo epistemológico (preso nas malhas da metapoesia), como se pode observar nas seguintes estrofes:

> Se a tartaruga
> escapar à forquilha
> nos contará uma história
> em verbo encarnado
>
> Quem entendeu
> de prender a palavra?[253]

Edimilson expõe a palavra como uma isca que, uma vez lançada ou exposta, vai atraindo espécies sintáticas e semânticas variadas e formando um rio de palavras em que o giro semântico lembra a movimentação de águas revoltas. À medida que o eu-lírico combina tudo aquilo que se agarrou ao ímã da palavra, ou o que mordeu o engodo do canto in/decifrado, o poema-rio demarca margens, ara paisagens e firma um leito:

> um canto cifrado
> ameaça a memória
> canto pára-quedas
> que em seu trajeto
> não buscasse alvo

[253] *Idem, ibidem*, p. 224.

mas sendo próprio
uma ferida doasse
em sombra o que se
esperava fosse
eleição lisura e festa[254]

o canto cifrado
assusta porque
nos interpela
como um livro
se abre terrível
a quem o apruma[255]

O canto indecifrado
acutila quando cessa
mesmo sem desejá-lo
cada voz o estende
fracionado ou inteiro
canto obscuro anti-
canto oferto em claro[256]

Tomando como medida a voz urgente e indignada e as preocupações metapoéticas de *Caderno de Retorno*, numa conversa com Edimilson,[257] estabeleci também uma conexão entre a força, o vigor, a energia do seu texto e *A Grande Fala do Índio Guarani,* de Affonso Romano de Sant'Anna.[258] Ele aceitou algumas das minhas premissas, mas acrescentou novas referências, mencionando outros diálogos intertextuais:

---

[254] *Idem, ibidem*, p. 213.

[255] *Idem, ibidem*, p. 217.

[256] *Idem, ibidem*, p. 219.

[257] Conversa pessoal eletrônica de 22 de dezembro de 2008.

[258] Vide SANT'ANNA, Affonso Romano de. *A grande fala do índio guarani perdido na história e outras derrotas (moderno Popol Vuh)*. Rio de Janeiro: Rocco, 1998.

EAP: Se levarmos em conta a lógica dessa "voz urgente e indignada", é possível dizer que o *Caderno de Retorno* dialoga, sim, com o *Cahier d'un Retour au Pays Natal*, o *Poema Sujo*, de Ferreira Gullar, e *A Grande Fala do Índio Guarani*. Ao explorarem temas pungentes do seu tempo e mergulharem no passado da sociedade e dos indivíduos, estes poemas-livros garimpam os significados que se articulam a partir das relações estabelecidas entre memória, história e literatura. [...] Assim, se consideramos que, de modo geral, o poema se constitui como um palimpsesto, no caso dos poemas-livros citados, nota-se um investimento ostensivo nessa forma. Ou seja, as vozes poéticas se valeram das dobras que a cultura realiza sobre si mesma, e nas quais são ocultados complexos sistemas de representação, para rastrearem procedimentos que demonstram a viabilidade do diálogo entre experiência estética e intervenção social. A questão a se destacar é que, diante da multiplicidade do palimpsesto, cada voz elegeu elementos específicos (por exemplo, os enlaces surrealismo/negritude no *Cahiers d'un Retour*, memória pessoal/denúncia social no *Poema Sujo*, carnavalização/crítica à espoliação social n'*A Grande Fala do Índio Guarani*, enraizamento/errância no *Caderno de Retorno*) com os quais se dispôs a elaborar uma poética da inter-relação fundada, simultaneamente, sobre a particularidade de cada obra e sobre a sua inclinação para reconhecer-se em outros domínios de comunicação, tais como a literatura, a história, a antropologia.[259]

Quando lhe perguntei por que havia optado por uma "linguagem cifrada" e quais as relações deste poema com outros textos, explicou-me que escolhera este formato para estabelecer uma maior abrangência linguística e para negociar com as contradições históricas e sociais:

EAP: A linguagem exige ser trabalhada como um recurso de ultrapassagem de seus próprios limites estéticos, pois somente desse modo ressaltará o aspecto dialético dos valores sociais e as negociações que presidem a sua indicação como referenciais de um certo grupo. Em

[259] Conversa eletrônica de 22 de dezembro de 2008.

função disso, a proposta de releitura do passado, a mescla entre oralidade e escrita, o emprego da ironia e a reconfiguração dos processos identitários veiculados através dessa linguagem podem ser vistos como índices de uma estratégia de desconstrução, que afeta o aparato ideológico das ordens sociais privilegiadas. No entanto, essa estratégia adquire contornos particulares em cada obra e para se perceber isso é necessário analisar o entrelaçamento da literatura com outras instâncias da vida social.[260]

Ao analisar sua motivação para escrever *Caderno de Retorno* e o processo da escrita, Edimilson situa o poema no contexto da sua obra e pontua também o diálogo deste texto com escritores no Brasil e no mundo. Quanto à origem do texto e à abordagem dos temas, cita o intercâmbio literário que se pode estabelecer com *Cahier d'un Retour au Pays Natal* de Aimé Césaire:[261]

EAP: Este livro nasceu da tentativa de compreender as relações que o sujeito movido para fora do seu lugar de origem, por vontade própria ou não, estabelece com a memória desse lugar e com a história a ser escrita numa terra alheia. Nessa situação, os impasses e as contradições se incorporam à linguagem e se transformam, muitas vezes, em enigmas que nem o sujeito nem a sociedade (de origem ou de acolhida) decifram de maneira satisfatória. No *Caderno de Retorno*, a abordagem de temas como os territórios imaginados, a fragmentação dos discursos, a aproximação e o distanciamento entre as culturas constituiu um esforço para superar a opacidade disso que nos habituamos a aceitar como "realidade". Evidentemente esse esforço permeia outros tantos livros, mas procurei como referência particular o *Cahier d'un Retour au Pays Natal*, escrito por Aimé Césaire entre 1938-1939.[262] O diálogo com o livro de Césaire, marcado intencionalmente no título, se

[260] Conversa pessoal eletrônica de 28 de outubro de 2008.

[261] Para minha consulta, utilizei neste estudo a versão em inglês. Vide CÉSAIRE, Aimé. *Notebook of a return to the native land*. Translated by Clayton Eshleman and Annette Smith. Middletown, Ct.: Wesleyan University Press, 2001.

[262] Nessa época, Césaire desenvolveu junto com Léopold Sedar Senghor o arcabouço teórico do movimento teórico "Negritude".

intensifica através da escavação da memória. Todavia, creio que as peculiaridades de tempo e espaço vividas pelos dois autores relativizam as semelhanças e acentuam o que há de específico nos discursos de cada um. Note-se, por exemplo, que em ambos os livros a teia da memória é desfiada na expectativa de se recuperar a voz de um sujeito subjugado pelas elites sociais. Porém, enquanto no *Cahier d'um Retour* a crítica à assimilação do negro se integra a um projeto que se alimenta nas searas do surrealismo e da negritude, no *Caderno de Retorno*, a fragmentação do discurso e dos conceitos sinaliza para a não inserção da obra em um projeto tão definido. De outra maneira, se no *Cahier* o retorno sugere a imagem de um país natal, no *Caderno* o regresso indica que das imagens, mais ou menos reconhecidas, se parte em direção a "um sol em dispersão".

As anotações para o livro começaram a ser organizadas entre 2000 e 2002, período em que residi em Genebra e presenciei o trânsito de pessoas, conhecidas ou não, entre a Suíça e os seus lugares de origem (América do Sul e Central, leste da Europa, países africanos). Inicialmente, me fixei no registro de matérias de jornais, nos folhetos de propaganda e nas conversas de rua que, de modo direto ou indireto, anunciavam a fascinação e o receio implicados no contato entre sujeitos de procedências tão variadas. O *Caderno de Retorno* seria, em princípio, um exercício do meu desdobramento nessas outras identidades. Porém, é preciso fazer um recorte: antes de me mudar para a Suíça, fiz uma viagem a Pirapora, em abril de 2000. Algumas impressões dessa viagem se misturaram às impressões de Genebra e, pouco a pouco, me dei conta de que, independentemente do lugar, o outro era eu mesmo, fosse às margens do São Francisco ou às margens do Lac Léman.

Em 2003, quando iniciei, de fato, a escrita do livro, percebi que a memória pessoal, vista, talvez, como um porto seguro, era ao contrário, um ponto de referência para a errância do sujeito. Nesse sentido, a pesquisa literária, histórica e antropológica que fundamenta o livro-poema procura alinhavar a sociabilidade entre as diferenças ("Pela ausência, amiga, nos tocamos / oropa frança bahia / o que são ante a circulação da amizade?") sem, no entanto, ignorar os obstáculos que em muitas situações a tornam inviável ("tudo se parece ao conflito que empluma / a franja de

> Port-au-Prince / e a pélvis de Minas"). Foi, portanto, nesse movimento de montagem e desmontagem da memória, de afirmação e relativização de identidades que se rasurou o *Caderno de Retorno*, processo que não é estranho à prática da própria escrita.[263]

No prefácio de *Cahier d'un Retour au Pays Natal*, André Breton menciona a exuberância de movimentos que encontrou no poema de Césaire e enfatiza a musicalidade do texto, o poder de transmutação do significado das palavras, além da capacidade do poeta de escavar as profundezas do mundo afetivo. Breton cita também o poder de atração ("o canto de sereia") e de repulsão (doenças, fome e lutas) que a terra natal exerceu sobre Césaire, já que se seu país de origem marcou o espaço dos seus afetos e raízes familiares, mas foi também um signo de menos na memória histórica do poeta. Breton menciona que, tematicamente, Césaire se concentra na crítica ao racismo e ao autoritarismo do regime colonial e, no tocante às técnicas narrativas, considera que *Cahier d'un Retour au Pays Natal* quebra padrões melódicos e poéticos, apresentando cortes e transições semelhantes às técnicas utilizadas para se editar filmes.[264]

Esses traços estilísticos e temáticos estão também presentes em *Caderno de Retorno*, em que Edimilson enfatiza a pluralidade afetiva que o Brasil lhe confere, mas também questiona o mito da democracia racial brasileira e salienta os desacertos históricos e sociais do seu país de origem. Para "cerzir o país com linhas várias",[265] o eu-lírico mescla o Brasil Colônia ao atual, pintando-lhe um retrato singular ao analisar a diáspora africana e os movimentos de migração e imigração de vários povos. Aos moldes de *Retrato do Brasil*, de Paulo Prado,[266] *Caderno de Retorno* também denuncia fatos, questiona posicionamentos, expõe mazelas e aponta problemas gerados pela colonização lusitana e geridos pelo sistema de deslocamento dos africanos. Tanto um como o outro texto discute as ambivalências e as ambiguidades que assomaram o discurso da intelectualidade brasileira. No caso de *Caderno de Retorno*, há um discurso mais contemporâneo e mais transgressor, pois apresenta a posição enunciativa do ponto das alteridades.

---

[263] Conversa pessoal eletrônica de 22 de dezembro de 2008.

[264] Vide BRETON, André. A great black poet. (Introduction). In: AIMÉ, *Notebook of a return to the native land, op. cit.*

[265] A expressão é do poema *Caderno de retorno*. Vide PEREIRA, *As coisas arcas, op. cit.*, p. 199.

[266] Vide PRADO, Paulo. Retrato do Brasil: ensaio sobre a tristeza brasileira. In: _____. *Província e nação*. Rio de Janeiro: Livraria José Olympio, 1972, p. 147-235.

Descontada a defasagem de tempo entre um e outro texto, nota-se que "o retrato do Brasil" que Edimilson apresenta é um instantâneo em preto e branco que não cabe nas margens de um mapa nacional, pois transpõe muitas fronteiras e reconfigura a pele-mapa do mundo. O(a) leitor(a) também é convidado(a) a embarcar no poema para visitar diversos lugares, reviver momentos históricos e se familiarizar com eventos culturais, outras línguas, notícias locais e contextos internacionais.

O poema redefine o Brasil das margens para o centro, examinando-o por meio de muitos discursos e ao som de várias línguas e vozes. Além de ter sido escrito em três línguas europeias (português, espanhol e francês), *Caderno de Retorno* apresenta dois fragmentos dos *vissungos*, em língua ambundo. Esses cantos de trabalho estão ligados ao grupo linguístico banto e se referem a tópicos da vida social (temas religiosos, funerários e de trabalho).[267] O primeiro *vissungo* que Edimilson inclui em *Caderno de Retorno* se relaciona à lenda de um "[...] régulo africano que tinha o costume de dar caça aos súditos das tribos próximas, para vendê-los aos traficantes":[268]

Ô Tinguê Canhama
Auê mdori pando
Só Tinguê! Ai! Tinguê.[269]

O segundo *vissungo* também fora catalogado por Aires da Mata Machado Filho. É um "canto do meio-dia", já que o seu fundamento é anunciar a hora do almoço: "O cantador avisa a mulher – ou cozinheira do serviço – de que o sol já está muito alto, é hora, pois, do almoço"[270]:

andambi, ucumbi u atundá
sequerendê
ucumbi a uariá
andambi, ucumbi u atundá.[271]

---

[267] Informação fornecida por Edimilson em conversa pessoal eletrônica de 28 de outubro de 2008. Segundo ele, no Brasil, esses cantos "ocorrem na região de São João da Chapada e outras pequenas localidades na proximidade de Serro e Diamantina", onde eram cantados pelos escravos ligados à mineração em Minas Gerais. Vide também MACHADO FILHO, Aires da Mata. *O negro e o garimpo em Minas Gerais*. Belo Horizonte: Itatiaia; São Paulo: Editora da Universidade de São Paulo, 1985.

[268] Para uma descrição detalhada dos *vissungos*, vide MACHADO FILHO, *op. cit.*, p. 81-82.

[269] *Idem, ibidem*, p. 81.

[270] *Idem, ibidem*, p. 76.

[271] *Idem, ibidem*, p. 76.

A forma discursiva e quase narrativa de *Caderno de Retorno* é interropida por vinte estrofes que diferem (em tamanho, material discutido e estilo, das outras estrofes que as precedem e sucedem). Espalhadas por duas páginas e situadas no meio do poema, essas estrofes parecem, à primeira vista, deslocadas do resto do texto, inclusive porque vêm acompanhadas por ilustrações (oriundas do compêndio de símbolos e provérbios da escritura ideográfica dos *bauoio* e dos *bakongo*).[272] Os cabindas utilizavam esses desenhos como forma de comunicação e essa escrita codificada era usada para exprimir as intuições, as leis, os costumes e os conceitos culturais do seu labor cotidiano. Esses desenhos ideográficos demonstram um grande poder de síntese e um apurado espírito de observação, além da habilidade de de/codificar realidades e mandar mensagens.[273]

A linguagem cifrada dos desenhos era escrita em muitos objetos de uso cotidiano, como "[...] tampas das panelas, nas esteiras, cabaças de vinho de palma, bandeiras de chefes, potes para água, túmulos [e] pentes"[274] e essa escrita servia para dar recados na vida familiar e estabelecer contratos sociais. Por exemplo, durante as bodas de um casamento, a família da noiva desenhava a mensagem nas tampas das panelas que eram enviadas à família do noivo, para indicar o receituário das expectativas contratuais. Na "[...] vida de casados, a mulher que se não queria dar-se ao incômodo de falar ao marido, arguindo-o dos maus tratos dele recebidos, mandava fazer um texto com um simbolismo adequado, cobrindo com ele a panela da refeição do marido" e assim sucessivamente, como registra José Martins Vaz.[275]

Edimilson seleciona nove desenhos do dicionário de símbolos e provérbios da sabedoria cabinda e os relaciona ao contexto do poema, usando-os como uma escrita ideográfica ou um "canto cifrado" da pele-radar textual. São exatamente essas redes relacionais, em nível da produção de sentido, que ele rearticula numa escrita codificada, aos moldes do simbolismo dos textos ideográficos e dos provérbios que fazem parte do imaginário cultural dos povos *bauoio* e dos *bakongo*. Marca, assim, novos traços e emblematiza outras fronteiras para aquela linguagem simbólica. Nessas vinte estrofes, o poeta refere-se a símbolos de superfície, cobertura e "pele" (concha, estrada, cabelo, esteira e campa) e

---

[272] Vide MARTINS, J. *Sabedora cabinda, op. cit.*, p. 14. Vide também VAZ, José Martins. *Filosofia tradicional dos cabindas, através dos seus textos de panela, provérbios, adivinhas, fábulas* Lisboa: Agência Geral do Ultramar, 1969. v. 1.

[273] *Idem, idibem,* p. 14-15.

[274] *Idem, ibidem,* p. 15.

[275] *Idem, ibidem.*

há também alusões à flora e à fauna da região.[276] Ao utilizar esses símbolos e provérbios, Edimilson reconfigura os significados embutidos nas forquilhas semânticas e nas dobras de sentido dos signos que eles engendram.

Considerando que a estrutura dessa parte do poema tem uma forma compacta e que inclui alguns símbolos e provérbios dos cabindas, é possível ler essas vinte estrofes metaforicamente e interpretá-las como uma bengala – "a errar entre o leste e o oeste"[277] – ocupando uma posição intermediária entre as outras partes do poema. Essa parte do poema pode ainda ser analisada como uma ponte linguística a unir os dois lados do Atlântico. Nota-se nesses versos que, se em certas partes parece codificada, a linguagem é menos densa e mais direta, no tocante à informação que parece estar menos contida ou seca e ao timbre da

[276] O simbolismo dos Cabindas se conforma a suas leis, costumes e meio ambiente, daí as menções a mar, lagoa, concha, praia, antílope, árvore, tartaruga, lagarto, perdiz. Vide MARTINS, J. *Sabedoria, op. cit.*, p. 22-23. Na cultura desses povos africanos, o pica-pau (*ntoto-nti*) simboliza que o trabalho dignifica o homem; o antílope (*nkábi*) representa o apego à terra natal; e à solidão do homem na aldeia de origem (*libuku*) quando todos se foram e só ele ficou; a tartaruga (*nkuvu*) presa a uma forquilha; o cabelo da cabeça (*nlengie*) branqueando ou a velhice chegando; a rola (*kimbuela*) encontra a morte na plantação do amendoim; o lagarto (*kimpadi*) se desprendeu das árvores; a perdiz (*kinkiólolo*) em cima do morro das formigas é uma situação provisória; deve-se apertar a garganta (*mabuatilanga linga*) para não divulgar problemas de família (=roupa suja se lava em casa). Vide explicações sobre esses símbolos em MARTINS, J., *op. cit.*, p. 64, 66, 73, 122, 151, 254, 367, 413 e 415.

[277] *Idem, ibidem*, p. 240.

[278]

voz narrativa que se esforça para se fazer ouvir. No entanto, se essas vinte estrofes curtas e cifradas parecem constituir uma parada para tomar fôlego, podem também ser consideradas como uma forma utilizada pelo poeta para se conectar com suas origens banto e dialogar, de maneira mais próxima, com a África.

Relacionando os desenhos ideográficos dos *bauoio* e *bakongo* à sua trajetória pessoal e aos registros históricos das alteridades brasileiras, Edimilson re-cunha emblemas, figuras, formas e silhuetas arquivadas na memória coletiva africana e engendra um diálogo intertextual, buscando os pontos de contato entre as Américas, a África e a Europa e ligando-as pelo diálogo histórico, cultural e linguístico. Ao entrelaçar perspectivas diferenciadas, o poema grava imagens variadas e tatua as palavras com novos significados e contextos. O resultado é que a variação de ponto de vista contribui para pôr em xeque até mesmo as observações do autor, pois a análise histórica e antropológica não está dissociada das partes que refletem sua própria experiência de vida. O uso da primeira e da terceira pessoas do discurso para representar o afastamento e a aproximação do poeta da sua trajetória de vida e da história do seu país serve para ajudá-lo a apresentar uma reflexão que abraça a expressividade da linguagem figurada e simbólica. Movimentando-se pelos percalços da memória, Edimilson permite ao leitor conhecer também seu fluxo de consciência e traçar o seu percurso criativo. O poeta insere a mudança de ângulo de visão à medida que as observações conscientizadas do narrador-adulto se misturam às lembranças de si mesmo, enquanto jovem. Enfoca o trajeto do menino-ajudante da Lavanderia Guanabara e o contextualiza na história e na geografia do seu país.

---

[278] Desenhos reproduzidos de *Caderno de retorno*. Vide PEREIRA, *As coisas arcas*, *op. cit.*, p 223-227.

Para delinear sua trajetória de vida, mapear discursos históricos e analisá-los à luz da trajetória colonial brasileira, em comparação com outras heranças coloniais no mundo, Edimilson se vale de técnicas de pintura, fotografia e filmagem. Como um comentarista, o poeta permanece atento à câmera-escrita, detalhando a informação visual, como se convidasse também o leitor a embarcar no documentário que está filmando/escrevendo. O eu-lírico assume, em certas passagens, uma atitude aparentemente "neutra" (como se fosse um jornalista, repórter ou *cameraman*); e em outras partes do texto, a voz ruge, exasperada, em fúria, contra os desacertos históricos e sociais. A movimentação da voz narrativa – que funciona como uma lente poética ou uma câmera observadora – é, simultaneamente, um instrumento expressivo da emoção do sujeito lírico e uma medida objetiva de controle do objeto de estudo.

Edimilson utiliza a técnica do corte cinemático para editar a memória e para avivar as cenas da sua biografia. No processo, o eu-lírico faz talhes no plano visual e apresenta uma "pele em transe", aos moldes de Gláuber Rocha.[279] *Caderno de Retorno* não apresenta o mesmo tipo de alegoria política de *Terra em Transe*, mas oferece alguns pontos comuns e algumas confluências poéticas (no sentido de aproximação de assuntos tratados e da experimentação do novo). Nos dois textos há referências ao palimpsesto das diversas culturas que formaram a (questionada) identidade nacional, discute-se a violência no país, as fronteiras da liberdade e "as batalhas dos discursos"[280]. Como o texto de Gláuber, o discurso de Edimilson conspira contra a ignorância, a violência, os novos tipos de colonização e as divisões sociais que as formas de opressão políticas o materialismo econômico fomentam. É possível ainda estabelecer algumas semelhanças ou traçar alguns paralelos entre a inovação técnica de Glaúber Rocha e o artifício estilístico e poético de Edimilson. (Por exemplo, *Terra em Transe* apresenta uma encenação teatral,[281] enquanto que, em *Caderno de Retorno*, nota-se o uso das técnicas de filmagem.)

---

[279] Cf. ROCHA, Glauber (Dir.). *Terra em transe* (1967). Brazil: Versátil Home Video, 2006.

[280] A expressão é de Ismail Xavier, ao se referir a *Terra em transe*. Conforme a sua leitura crítica, o filme apresenta um diagnóstico do Brasil e a alegoria política se expande para incluir dimensões "[...] culturais, sociais, econômicas, psicológicas e religiosas". Vide *Allegories of underdevelopment: aesthetics and politics in modern Brazilian cinema*. Minneapolis: University of Minnesota Press, 1997, p. 82.

[281] Hélio Pellegrino considera que *Terra em Transe* "[...] tem um entrecho ficcional que já antecipa o questionamento de Glauber às noções ainda resistentes de trama e narrativa. Abolindo a ordem cronológica e adotando um acento fortemente operístico e carnavalizante, é um dos filmes-manifesto do Cinema Novo". Vide PELLEGRINO, Hélio. *Jornal do Brasil*, Rio de Janeiro, 30 ago. 1981 (o jornal publicou trechos de textos escrito por Pellegrino, em 1967).

Ao intercalar o afastamento da câmera-escrita (para dar uma visão panorâmica) e a aproximação das lentes ou o enfoque (para revelar detalhes), o texto oferece uma oscilação de ângulos de visão. Edimilson alterna o foco narrativo de *Caderno de Retorno*, apresentando diversos tipos de tomadas cênicas. À medida que a lente poética se aproxima da realidade pessoal do autor, o que parecia estático ganha uma terceira dimensão e um movimento célere. Passando da tomada estática para a movimentação das lentes da escrita, o poeta apresenta uma diversidade de ângulos e enfoca o seu objeto de análise tanto em primeiro plano como à distância. Varia os seus ângulos de visão, de modo a indicar espaços narrativos aptos a abranger curvaturas históricas de medidas diferenciadas.

Nas tomadas panorâmicas, o poeta apresenta um amplo desfile de fatos históricos, atualidades, pessoas e línguas, redimensionando os quatrocentos anos de história luso-brasileira e da diáspora africana. Já nas cenas de *close-up*, a câmera-olhar se aproxima e para com o objetivo de aumentar a acuidade visual e retratar o objeto em foco. Tanto nas tomadas panorâmicas como nas cenas de *close-up* a voz poética referencia elementos, personagens histórico-literários e signos de exílio, de dispersão e de deslocamento, além de apresentar a referida linguagem cifrada dos desenhos dos povos cabindas. Nessas passagens, é facilmente perceptível o contraste entre a imobilidade observadora do eu-lírico e o movimento do seu fluxo de pensamento. A ampliação de fatos, lugares e aspectos da História, bem como o foco restrito, são usados para realçar diferentes momentos narrativos e para destacar alguns episódios da sua trajetória pessoal.

Alternando o primeiro plano com o pano de fundo, a voz poética joga com a variedade de apresentação do tema, do assunto e da perspectiva e acaba multidirecionando a posição do olhar do leitor. No seu movimento de aproximação (em que enfoca as cenas curtas e as imagens ou pessoas em *zoom*) e de afastamento (para criar a visão panorâmica e estabelecer uma maior curvatura poética), a câmera-escrita, simultaneamente, dilata e comprime os sentidos do poema. Esse artifício serve para reforçar o dinamismo do texto, pois a movimentação entre a tomada panorâmica e a tomada de enfoque remarca as oscilações do ponto de vista do narrador (na infância e na idade adulta). Esses elementos do poema se complementam e suplementam no jogo epistemológico e, por isso, a visão de cento e oitenta graus não forma necessariamente uma oposição ao ângulo agudo do enfoque.

O movimento entre passado e presente e entre várias culturas e geografias serve também como metáfora da oscilação de pensamento do autor, refletindo o que no cinema seria representado pelo uso da técnica *hand-held câmera* (em que se enfatiza a energia e a movimentação da cena), contrastando, por exemplo, com a tomada em que se utiliza a câmera presa ao tripé (em que não existe oscilação na imagem). A poesia de Edimilson também rompe com o princípio da moldura rígida de representação, já que a "ação-imagem" está intimamente conectada às relações espaço-temporais.[282]

No contexto das frestas temporais e geográficas que o poema abarca, a voz poética examina a trajetória de povos marcados pela avareza de outras civilizações e analisa os novos tipos de colonizações em um mundo globalizado. O eu-lírico utiliza lentes históricas para questionar imperialismos econômicos e culturais enquanto traça na pele-mapa do mundo a trajetória de deslocamentos impostos, migrações, imigrações e travessias clandestinas que se juntam para formar diásporas:

> Neste momento um migrante de Madagascar
> é revistado no aeroporto Genève-Toronto-Rio:
> – Combien d'argent avez-vous?
> – Onde a sua carteira de trabalho?
> Sob a luz branca ele se esconde na nudez
>   de um pai guineense
>   um noivo brasileiro
>   um neto peruano
> em outro recinto as indianas as colombianas
>   são adivinhadas como
>   se o perigo as tivesse
>   por atalho.
> Alguém esmurrou vitrines
> pelos condenados de uma terra
> que fruímos lendo textos em sala de aula.
> Há tanto amestramos a ira
>   estamos lentos
> como os comboios de ciganos
> fáceis de mira como os chicanos.[283]

---

[282] Para a relação entre imagem, tempo e espaço no cinema, vide DELLEUZE, Gilles. *Cinema 1: the movement-image*. Translated by Hugh Tomlinson and Barbara Habberjam. London: Athlone Press, 1986. Vide também DELLEUZE, Gilles. *Cinema 2: the time-image*. Translated by Hugh Tomlinson and Barbara Habberjam. London: Athlone Press, 1989.

[283] *Idem, Ibidem*, p. 211.

À medida que ajusta o valor semântico das palavras, o eu-lírico também usa a pele-radar do texto para reconfigurar matrizes literárias. Assim ao ligar o Brasil à "vocação para morder/ que estremeceu Hans Staden",[284] o poeta estabelece referências à ambivalência que o conceito de antropofagia incorpora, pois se o canibalismo caracterizou a visão europeia negativa do Novo Mundo, tornou-se o paradigma (des)constructor do Modernismo brasileiro na sua busca de uma definição nacional. Portanto, *Caderno de Retorno* canibaliza a tradição literário-cultural brasileira, pondo em xeque o próprio conceito de modelo ou matriz que o Modernismo lhe presenteara, apresentando-se como um novo Manifesto Antropófago em que há a "transformação permanente do Tabu em totem".[285] O resultado é que o poema ingere e canibaliza – em várias línguas – a história colonial e sua *antorage* de "imigrados", "traficados" e "touristes" tanto "no país da cobra grande" como em outras partes. Situando-se no espaço da tensão entre o olhar objetivo do antropólogo e a cosmovisão subjetiva do poeta, o eu-lírico toma como sua a voz dos deslocados, dos transpostos, dos depostos e dos reconfigurados no mapa-mundi globalizado. O poema enquadra o campo poético que o autor vai visualmente encapsulando e transmitindo pela lente da escrita:

> [...] O sol nos trilhos à saída de Zürich, a mancha
> no cobertor , a gripe sobre os relógios
> – tudo se parece ao conflito que empluma
>   a franja de Port-au-Prince
>   e a pélvis de Minas.
> – tudo se parece por diferenciar-se na superfície
>   ou quase tudo
> traído nesse gesto anterior às datas.[286]
>
> Je suis la table des paroles, sa grammaire,
>   l'incarnation de l'obscurité
> qui enflamme l'envie. Je respire car
>   je ne crois pas à la frontière.

[284] *Idem, Ibidem*, p. 210.

[285] Expressão de ANDRADE, Oswald de. Manifesto Antropófago. *Revista de Antropofagia*, ano 1, n. 1, p. 3 e 7, maio 1928.

[286] Vide PEREIRA, *As coisas arcas*, *op. cit.*, p. 232.

"Me arebataron a mi compañero" – dices
"verme andar sola y llorando desearon".
No creo, si me entiendes, que las ideas
Agridan los hechos: esta es mi cabeza
esta tu ternura
y nadie amenaza nuestra aproximación.[287]

A multiplicidade de vozes e a fragmentação do discurso que compõem *Caderno de Retorno* espelham também a própria fragmentação da identidade brasileira. Como previamente mencionado, o poema apresenta as trajetórias das civilizações indígenas brasileiras, a escravidão negra e as disparidades sociais. Passeando pela pele-mapa da diáspora africana e das colonizações europeias nas Américas e na África, o texto mescla história pessoal com contundentes observações sociais sobre as colonizações portuguesa, francesa e espanhola:

Como soou o país tocado pelas mil duzentas
e setenta e três línguas indígenas
antes que minassem
a nuvem, o vento, a tempestade?
Como o recitam as cento e oitenta
exiladas do dicionário?
E as africanas que negociaram
em senzalas e praças?
E o português se arvorando
em camaleão nos trópicos?[288]

Paralelamente à análise histórico-social das colonizações europeias, o eu-lírico examina a sua posição de escritor e o processo de criar um poema sintonizado com a pele-mapa do Brasil e do orbe. No diapasão do *axis-mundi* que o texto apresenta, a visão do poeta se filtra por meio de metáforas ungidas pelos deslocamentos de sentido e reavivadas na urdidura da memória. Essas metáforas dão uma dimensão resvalada aos versos e à trajetória de vida do poeta:

---

[287] *Idem, ibidem*, p. 234.

[288] *Idem, ibidem*, p. 204.

Desço as ruas do meu bairro
escorregando na tábua untada com sebo.
        O caíque
singra melhor de todos, os maiores rifam a valer.
As mães vão reclamar dos calções puídos
mas o insulto dos carros nos anima à disparada.
        o caíque é dos bons
        o robinho
        o pintado
        o gil

Essa troupe cabeceia quando meço
as ruas de meu bairro. Ao final terei um cobertor
para salvar a anciã na estação de Lausanne?
um caderno para a estudante de Yumuri?
Com o coração traído e a bagagem insana
        decolo do meu bairro
        para as tenazes do mundo.[289]

Tanto as lembranças das brincadeiras da infância escorregam "na tábua untada com sebo" como o poeta também "[decola do seu antigo] bairro / para as tenazes do mundo", verso em que o autor joga com o duplo significado da palavra "tenaz", que pode ser lida tanto como um adjetivo ou um substantivo. No primeiro caso, significa viscoso, pegajoso ou escorregadio, e no segundo, o dicionário registra como um instrumento de ferreiro ou de serralheiro, à semelhança de uma tesoura, "provido de longos cabos, e usado para tirar ou pôr peças na forjas, ou para segurar ferro em brasa e malhar na bigorna".[290] De modo que, ao revisitar as lembranças ao mesmo tempo doces e amargas da infância, o autor escorrega pelos sentidos depurados das palavras em brasa e malha as reminiscências, forjando uma "bagagem insana" na memória.

Se as brincadeiras de criança e a camaradagem definem esta parte de *Caderno de Retorno*, as marcas das divisões sociais e raciais da infância aparecem em outro segmento deste longo poema. Edimilson apresenta ali uma reflexão sobre o passado histórico do Brasil pelas retinas magoadas e conscientes do

[289] Vide PEREIRA, *As coisas arcas*, *op. cit.*, p. 212.

[290] Vide FERREIRA, *Novo Aurélio*, *op. cit.*

narrador-adulto, duplo do menino púbere e tímido que entregava em domicílio as roupas da Lavanderia Guanabara. Os três primeiros versos desse trecho apresentam a autobiografia, o tempo e o espaço do autor esboçados na lucidez iniciada pelo ponto de vista do menino-feito-homem (no seu rito de passagem da infância para a adolescência que os 12 anos lhe conferem) e do presente do indicativo do tempo histórico. Nesses versos, a idade do narrador (que assinala a iniciação do narrador-focalizador em outro ciclo de vida) e a mudança de ponto de vista acentuam o discernimento aguçado do poeta. Ao posicionar numa mesma estrofe a primeira e a terceira pessoas do discurso, como um diálogo do passado e do presente, o narrador-adulto aproxima sua análise dos sentimentos do focalizador-menino, mas também aumenta a visão panorâmica e alarga o fôlego narrativo do escritor-adulto:

> Tenho doze anos. Ao entregar a roupa limpa
> me indicam a entrada de serviço
> mal iluminada.
> O menino desliza o hades das garagens
> adivinha a campainha em braile.
> A cozinha abre a porta
> (até quando fará os mesmos gestos)
>   sorri recolhe as peças
>   e mergulha outra vez
>   no Brasil colonial.
> Será o doublê de mucama que areou vasilhas
> sábados a fio?
> e engomou por força o próprio destino? [291]

Esta parte de *Caderno de Retorno* grifa a simbologia do escuro que está assinalada na "entrada de serviço mal iluminada" e que é enfatizada no verso seguinte ("O menino desliza o hades das garagens").[292] O resultado é que a palavra "hades" canaliza os vários matizes semânticos do mundo sombrio, subterrâneo

[291] Vide PEREIRA, *As coisas arcas*, *op. cit.*, p. 208.

[292] Edimilson explica sua escolha do vocábulo "hades" para este trecho como uma referência à mitologia grega tanto no sentido da relação com Hades/Plutão, deus detentor do poder no mundo subterrâneo dos mortos, quanto em relação ao lugar de passagem e julgamento. Correspondência pessoal, eletrônica, de 9 de junho de 2008.

e provisório que os 12 anos, a garagem escura e a entrada de serviço comunicam. Se a garagem passa a ser simultaneamente o lugar da espera e da separação (representando tanto a passagem para a cozinha e para a entrada de serviço como o vestíbulo de separação social), é também o espaço da percepção e onde, num ritual de passagem, inicia-se a conscientização das diferenças e das alteridades. O reconhecimento das trevas – que as divisões sociais e raciais inauguram – ganha força na estrofe seguinte, quando a voz poética retorna à primeira pessoa, conectando mais uma vez o passado e o presente histórico e unindo-os à biografia do poeta, afrodescendente, pesquisador da história e da cultura brasileira:

> Mando aos hiatos os passantes de Debret
> o jantar da família rica
> em que pequenos escravos
> são tratados como animais domésticos.[293]

Para representar essa tensão histórica, o poeta utiliza o presente histórico ou narrativo, já que o embate linguístico estabelece uma dramatização da linguagem. Tal *performance* teatralizada é levada a cabo pelo deslocamento espaço-temporal que esse tempo verbal autoriza, pois tem um valor expressivo que "[...] decorre da aparente impropriedade de ser acidental num contexto organizado com formas normais de pretérito".[294] O uso do presente histórico ou narrativo em *Caderno de Retorno* também contribui significativamente para uma visualização mais nítida da cena que liga a biografia do poeta aos quadros que Jean Baptiste Debret pintou sobre o cotidiano brasileiro do século XIX, retratados e descritos em *Viagem Pitoresca e Histórica ao Brasil*.[295]

Na citada estrofe de *Caderno de Retorno*, a visão do Brasil colonial e "pitoresco", representado por Debret, serve de porta de entrada às reflexões do

---

[293] Vide PEREIRA, *Caderno de retorno, op. cit.*, p. 208.

[294] Celso Cunha e Lindsey Cintra usam o termo "dramatização lingüística" ao discutir a entonação oracional que o "presente histórico" (também chamado de "presente narrativo") engendra. Vide *Nova gramática do português contemporâneo*. Lisboa: Edições João Sá da Costa, 1984, p. 449.

[295] Jean Baptiste Debret participou da missão de artistas franceses no Brasil, solicitada por Dom João VI, datada de 1816 a 1831. Durante esse tempo ele acumulou um acervo de desenhos, gravuras e notas que publicou na França. Vide DEBRET, Jean Baptiste. *Viagem pitoresca e histórica ao Brasil, 1816-1831, excertos e ilustrações*. 3. ed. São Paulo: Edições Melhoramentos, 1971. Vide também RUGENDAS, Johann Moritz. *Viagem pitoresca através do Brasil*. Tradução de Sergio Milliet. 6. ed. ilustrada. São Paulo: Livraria Martins, 1940.

poeta-adulto sobre sua história pessoal e se torna a moldura da cena do menino que entrava pelas portas dos fundos quando trabalhava entregando roupas. O eu-lírico dá também relevo às profundezas-hades da História oficial que as representações pictóricas de Debret, no seu traço leve, não captaram ou foram capazes apenas de sugerir. O eu-lírico de *Caderno de Retorno* inverte a posição histórica e artística que Debret assumiu (desta vez colocando o leitor da sua poesia e da obra do pintor francês diante "da realidade dos fatos" históricos, raciais e sociais),[296] ao salientar as semelhanças entre as relações sociais e históricas no Brasil dos séculos XIX e XX. A voz poética do narrador-adulto se recusa a aceitar as esteiras históricas com um sorriso tímido e questiona as variações semânticas da palavra "pitoresco" que foram incorporadas na visão do Brasil colonial e escravocrata retratada por Debret.[297]

Caderno de Retorno revela que, da perspectiva de quem carrega na bagagem histórico-pessoal a herança ancestral das cicatrizes da chibata e o legado histórico da discriminação racial e social, seria excessivamente ingênuo ou por demasiado alienante caracterizar de pictórico ou divertido o histórico das relações desumanas que a escravidão negra no Brasil compendiou. Como um intérprete afrodescendente, o antropólogo e poeta se sente abalizado a iluminar alguns aspectos das "hades" da História e da tradição colonial brasileira. Assim, ao mandar "aos hiatos os passantes de Debret", o narrador-adulto retorna com força à fala em primeira pessoa (trazendo narrador e focalizador para o mesmo nível), a fim de "engomar o próprio destino" e se exonerar do cargo de "doublê de mucama" ou do papel que lhe fora conferido de "servidor-animal doméstico".

---

[296] Ana Maria de Moraes Belluzo e Thelma Lúcia Guedes Camelo argumentam que em *Viagem pitoresca e histórica ao Brasil*, "Debret procura um ponto de vista impessoal, preceito da pintura histórica" e, ao se relacionar com os temas que registra, coloca-se "como narrador diante da realidade dos fatos". Vide *A construção da paisagem*. Vol. 3. Série *O Brasil dos viajantes*. São Paulo: Objetiva/Metalivros, 2000, p. 82.

[297] No título da obra de Debret, o conceito de pictórico, exótico, interessante e agradável está ligado a "pitoresco". A palavra "pitoresca" se refere aos vários aspectos que o artista considerou interessantes e retratáveis das paisagens e costumes do Brasil colonial. Esta é uma definição que Júlio Bandeira e Pedro Corrêa Lago sancionam, ao afirmarem que, naquela época, o vocábulo "[...] literalmente significava 'em imagem'", qualificando assim tudo o que pudesse ser usado pelo artista como "objeto de pintura" e tudo o que pudesse ser considerado exótico ou interessante, portanto, digno de ser registrado pelo artista. Ainda que sua posição artística possa ser analisada como avançada para a época, Debret era um homem comissionado por D. João VI e sua interpretação dos usos e costumes brasileiros não estava completamente isenta da visão colonialista do seu tempo. Vide BANDEIRA, Júlio; LAGO, Pedro Corrêa. *Debret e o Brasil: obra completa, 1816-1831*. Rio de Janeiro: Capivara Editora, 2008, p. 60.

Ainda que a raiz africana, a História e a experiência diaspórica sejam fontes culturais nas quais Edimilson nutre o seu veio poético, como *Caderno de Retorno* ilustra, seus textos desvinculam-se da representação meramente historicista, abrindo espaço para o processo individual de "invenção".[298] Se a África, a diáspora africana e Minas Gerais são referências palpáveis nos poemas de Edimilson e na sua obra de antropologia cultural, como Gilvan Procópio Ribeiro argutamente observou, a "[...] articulação imediata com um modo de fala (mineiro) não circunscreve o verbo poético a uma região, ou espaço. Minas se abre em outros espaços, poeticamente afinados com a percepção/dicção que o poeta constrói".[299] É inegável que a cultura popular, o palavrear do interior e da zona rural de Minas Gerais e o cotidiano das palavras têm uma presença marcante na sua escrita, mas sua produção literária abarca veios poéticos muito mais amplos. A obra literária de Edimilson é muito mais que um espelho, retrato ou reescritura de uma mitologia afro-mineira ou da cultura popular, pois apresenta várias camadas teóricas e temáticas e uma enorme abrangência territorial. Se há na sua poesia uma cadência de sons e ritmos oriundos da tradição banto, dos dialetos rurais mineiros e da diáspora africana – o que estabelece uma relação direta com sua pesquisa antropológica, histórica e linguística –, há também um diálogo intenso da sua poesia com a tradição literária ocidental e até mesmo com a experiência de professor de Literatura.

[298] Para a diferença entre a linha "historicista" e a "de invenção", vide PEREIRA, Edimilson de Almeida. Panorama da literatura brasileira. *Callaloo*, v. 18, n. 4, p. 1035-1040, 1995.

[299] Vide RIBEIRO, Gilvan Procópio. Prefácio. In: PEREIRA, Edimilson de Almeida. *Águas de contendas*, *op. cit.*

Capítulo 5

"O RASTRO DAS CIDADELAS"[300]

[300] Como mencionado no prólogo, a expressão é de Edimilson e se encontra no poema "Andações", terceira parte de "Emissários". Vide PEREIRA, *Casa da palavra, op. cit.*, p. 21.

O Grito

> A palavra tem sido o lugar onde levantamos abrigo. Na plantação, no garimpo tecemos o grito, origem do que falamos. O que foi registro de rebeldia não se aplacou, irrompe na página desnorteando os cães de caça. O grito espreita atrás da escrita, não confia as setas, escolhe os atalhos. Os cães foram ensinados a varar a noite e o tempo. A palavra, no entanto, é um edifício e se alarga para as margens da floresta.[301]

Tanto nos trabalhos de antropologia como na obra poética, Edimilson analisa as estratégias discursivas do espaço cultural afrodescendente em Minas Gerais, salientando suas próprias interrogações como estudioso desse imaginário sociocultural. Por conseguinte, sua obra poética revela simultaneamente a preocupação em registrar e analisar o universo cultural afro-brasileiro e o ensejo de desafiar essencialismos. Para o autor, seria impossível, por exemplo, falar de uma "identidade" afro-brasileira porque ela é um palimpsesto que registra inúmeras inscrições históricas, geográficas e socioculturais. Por isso pluraliza essa identidade, considerando-a como um macrocosmo fraturado, no qual a tradição e a cultura não formam absolutos. Tal posicionamento está presente não só na poesia, mas também na forma como Edimilson teoriza esta relação, como se pode notar nos seguintes trechos da entrevista que me concedeu:

---

[301] Vide PEREIRA, Edimilson de Almeida. O grito. In: ______. *Casa da palavra*, *op. cit.*, p. 211.

MJSB: – Como você analisa suas relações com as culturas afrodescendentes?

EAP: – Por saber-se viajante de processos históricos, sociais e estéticos que se exprimem através de mutações constantes, o eu poético assume a incerteza e a fratura como os terrenos de fundação do seu discurso. Essa perspectiva, referente às questões de poética, permeia minhas relações com as culturas afrodescendentes, tal como me expressei numa entrevista concedida à TV Minas, em 1989.[302] Àquela época eu não me referia ao discurso poético, mas aos trabalhos de campo que mostravam a necessidade de se pensar a chamada cultura afro-brasileira a partir de uma lógica da pluralidade e da diferença. Ou seja, ao invés de insistir na visão essencialista que a desenhava como um modelo absoluto – representado por um tambor intacto que os ancestrais soavam desde o passado –, seria mais instigante pensar as culturas afro-brasileiras, caso desejássemos lançar mão de outra metáfora, como um tambor fraturado, delineado mais pelas suas fissuras do que pela sua suposta totalidade.

Esses aspectos são indicadores das negociações que os sujeitos ligados às heranças africanas e não africanas desenvolveram no cenário da sociedade brasileira, ainda hoje atravessada por rupturas capazes de desfazer certas paisagens socioculturais e, simultaneamente, estimular a formulação de outras. O desdobramento desse enredo é melhor apreendido quando se leva em conta o fato de que são inúmeras as micropaisagens nem sempre percebidas à superfície daquilo que convencionamos chamar de sociedade brasileira. Em razão disso, ao aproximar as duas margens a que me referi anteriormente, não tenho como me contentar em fazer uma poesia considerada afro-brasileira, num sentido restritivo, que se imponha como modelo de uma unidade a ser recuperada. Ao contrário, só tenho conseguido me expressar através de uma poética de dissonâncias que, por sua vez, circula nos cenários de alta tensão da literatura contemporânea.

---

302 Entrevista de Edimilson à TV Minas, Belo Horizonte, 20 de Novembro de 1989.

MJSB: – Esses aspectos não tornam sua poesia difícil, menos acessível ao leitor médio?

EAP: – A modalidade poética obscura e fascinante mencionada por Friedrich não se restringe à modernidade e aos poetas que a encarnaram, tais como Rimbaud, Poe, Mallarmé ou Baudelaire. Considerada numa perspectiva antropológica, que a situa como atributo do homem, essa poética se desdobra em locuções rituais que conferem densidade às práticas de inúmeros grupos sociais. Para evitar o risco das generalizações, limito meus comentários ao discurso elaborado por devotos que, em áreas rurais ou semirrurais, recorrem ao hermetismo e à dissonância para enunciarem os seus discursos poéticos. A análise de um cantopoema[303] da Guarda de Nossa Senhora do Rosário demonstra, por exemplo, que a obscuridade é utilizada, muitas vezes, como um recurso estético que sobrevaloriza a informação a ser descoberta nos labirintos do enunciado. Para vislumbrar esse procedimento, basta acompanhar a articulação do discurso do Capitão Mário Braz da Luz, devoto do Rosário, na Comunidade dos Arturos: "A gente fala uma coisa, as pessoas pensam que a gente está falando outra. Cada palavra é uma penca de idéias".[304] Note-se, nesse caso, que o discurso foi elaborado como paradoxo, pois, à medida que se expõe, ele está, de fato, nos desafiando a desvendar outras camadas de sentidos não perceptíveis à primeira mirada.

Trata-se de um discurso-mosaico que o sujeito monta e desmonta, acrescentando-lhe e subtraindo-lhe, simultaneamente, referências pessoais e coletivas. Essa matemática do poético, se assim podemos nos expressar, se evidencia no discurso de outro devoto, o Sr. Vital Egídio da Rocha, residente no povoado de Campo Alegre, município de Jequitibá, em Minas. Depois de narrar as peripécias para socorrer uma de suas filhas, que sofrera um acidente, ele sentenciou: "Eu não desperdiço palavra". Nesse caso, o discurso é construído a partir da subtração e não da multiplicação dos sentidos. Por isso, a escassez – que, de início,

[303] Para uma análise dos "cantopoemas", vide PEREIRA, Edimilson de Almeida. Cantopoemas: uma literatura silenciosa no Brasil. In: FIGUEIREDO & FONSECA, *op. cit.*, p. 37-79.

[304] Vide PEREIRA & GOMES, *Negras raízes mineiras*, *op. cit.*, p. 263.

nos faz pensar na ausência do poético e, conseqüentemente, da provocação à comunicabilidade – revela-se como um modo eficaz de articulação do sentido, mediante o emprego de unidades mínimas da linguagem.

Enfim, a análise do hermetismo e da dissonância tecidos fora dos discursos da modernidade demonstra que práticas culturais não modernas também estão grávidas de discursos densamente poéticos, gerados entre o barroquismo da "palavra-penca-de-idéias" e a economia cabralina do "não-desperdiço-palavra". Esse *lugar entre* é pleno de risco e inventividade, pois os discursos poéticos nascidos daí retêm aspectos do excesso e da economia, ao mesmo tempo em que os ultrapassa para apresentar-se como fatura poética singular.[305]

Existe na poesia de Edimilson uma preocupação iniciática, cujas raízes estão calcadas nas práticas discursivas da África e na trajetória da diáspora africana no Brasil. O autor esclarece muitos desses aspectos ao analisar também suas duas faces intelectuais (poeta e antropólogo):

EAP: – Apesar das diferenças de procedimentos que, às vezes, oferecem ao poeta e ao antropólogo destinos específicos dentro de uma mesma paisagem, prefiro não falar na existência de conflitos, mas de estímulos mútuos que contribuem para a formulação do pensamento de ambos. Por exemplo, o livro *O Homem da Orelha Furada* – escrito em homenagem ao Sr. Geraldo Arthur Camilo e, por extensão, aos devotos do Congado – foi concebido a partir de uma cena que documentei na Comunidade dos Arturos, durante os dias da Festa de Nossa Senhora do Rosário, em outubro. Depois de ter passado o domingo investido das funções de Rei Congo de Minas Gerais, o Sr. Geraldo aproveitava a calma da segunda-feira para cuidar de si. Assentado num canto do terreiro, ele fazia a barba, mirando-se num caco de espelho. Era um homem de idade

[305] Estes trechos da entrevista que me concedeu em 1996 foram revisados e ampliados por Edimilson em junho de 2008. Compare com BARBOSA, "Com modos e truques de ouvir", *op. cit.*, p. 101-102, 121-123. Para explicações e uma análise detalhada dos ritos, rituais e celebrações realizadas na Comunidade dos Arturos, vide PEREIRA & GOMES, *Negras raízes mineiras*, *op. cit.*

avançada, olhando para si mesmo e, quem sabe, para que outros lugares ou rostos. O rei imponente do dia anterior, reverenciado pelos gestos de fé de seus companheiros, era, naquele momento, um misto de ancião e menino, ao sol de uma tranqüilidade eleita como filosofia de vida. Esta cena me ensinou a cerzir, na fronteira, o diálogo entre o antropólogo e o poeta. *O Homem da Orelha Furada* nasceu nessa fronteira.

O livro tangencia o universo dos iniciados vistos, antropologicamente, como referências de autoridade em seus grupos e, poeticamente, como senhores da fala inauguradora dos mundos. No texto poético, procurei relacionar a cena presenciada nos Arturos à veneração que os Fon[306] têm pelos seus iniciados. Para estes, o iniciado era identificado como um indivíduo que tinha a orelha furada. Muitas das frases inseridas em *O Homem da Orelha Furada* são paráfrases ou citações de rituais registrados em áreas rurais de Minas. A epígrafe "Homem criado na seca vai escorregar nas águas?" reproduz uma frase de João Barandão, Mestre de Folia de Reis, que residia no povoado de Pindaíbas, arredores da cidade de Jequitibá. Quando o conheci, em 1991, João Barandão teria setenta anos. Esse pequeno agricultor, com muitas carências materiais, era respeitado como um "homem da orelha furada", conhecedor dos enigmas da Folia de Reis. O seu discurso se estendia como uma teia, densa em argumentação e revelada através de frases-provérbios como a mencionada acima. *O Homem da Orelha Furada* dialoga com essas fontes, grávidas de sentido ritual.[307]

Em grande número dos poemas e nos estudos de antropologia cultural, Edimilson examina os legados históricos e os traços da herança afro-brasileira, analisando a exclusão sociocultural imposta aos escravos – e, por extensão, aos seus descendentes –, já que, à época, eram considerados seres inferiores, desaculturados, desalmados e desqualificados na hierarquia social. Estes são

[306] População do sul do Benin e sul do Togo, constituída por falantes da língua Fon, que pertence ao grupo Gbe e à subfamília Kwa da família Níger-Congo.

[307] Este trecho da entrevista foi previamente publicado. Vide BARBOSA, "Com modos e truques", *op. cit.*, p. 103, revisado e ampliado em 2008 por Edimilson.

aspectos que ele enfatiza, por exemplo, na análise dos "cantopoemas" que formam a tradição do Congado em Minas Gerais:

> [...] Diante da negação de sua ordem de mundo, os negros experimentaram cadeias simultâneas de desordem: a linguística (ao se verem fora da sua ambiência idiomática e lançados em outra, desconhecendo a língua do colonizador e de outros escravos, pertencentes a grupos distintos, com quem tomavam contato nos entrepostos do tráfico ou nos locais de trabalho; a estética (ao notarem que seus corpos, gostos e modos de procedimento eram detratados e submetidos à avaliação de acordo com os paradigmas brancos, europeizados); a religiosa (ao constatarem que seus deuses e suas cosmogonias eram transformados em demônios e superstições pela espada da fé do catolicismo); a moral (ao depararem com um sistema jurídico que os desqualificava como seres humanos, identificando-os como transgressores e criminosos em potencial); a cultural (ao se darem conta de que seus valores e comportamentos eram considerados bárbaros por não corresponderem aos padrões da cultura eurocentrista); a afetiva (ao se defrontarem com a perda da liberdade, a fragmentação dos núcleos familiares, a morte e a tortura de companheiros e conhecidos). As análises do sistema escravista que dão relevância aos coeficientes socioeconômicos nem sempre se voltam para a decodificação das sensações afetivas que mobilizaram os escravos, rompendo sua suposta neutralidade de objeto para insuflar-lhes a respiração de sujeito.[308]

É sabido que, na primeira metade do século XVIII, Minas Gerais possuía a maior população do Brasil, uma economia complexa e uma etnia diversificada (havia brancos ricos e pobres, africanos escravos e libertos e uma população mestiça de certa afluência econômica, intelectual e artística). Essa rede de

[308] Vide PEREIRA, Edimilson de Almeida. Cantopoemas: uma literatura silenciosa no Brasil. In: FIGUEIREDO & FONSECA, *op. cit.*, p. 48-49.

crescimento populacional e sua diversidade étnica e econômica possibilitaram a existência de várias camadas de estratificação social e racial. Parece haver um consenso entre historiadores que, naquela época, a alforria de escravos em Minas Gerais era mais frequente do que em outras áreas do Brasil. Muitos desses pesquisadores acreditam que este fenômeno pode ser atribuído ao fato de que havia ali uma sociedade mais "democratizada" e as divisões socioeconômicas pareciam menos marcantes devido a uma maior distribuição de riquezas no Estado.

Outros estudiosos argumentam que a crise econômica que se iniciou nos meados de 1700 e que culminou na abortada Inconfidência Mineira, em 1789, contribuiu para elevar o número de escravos libertos, pois se tornara dispendioso manter um alto número de pessoas escravizadas quando já não havia trabalho disponível e/ou lucro fácil.[309] No entanto, como Eduardo França Paiva contra-argumenta, a teoria de uma crise econômica, por si, só não explica o grande número de alforrias, pois o crescimento quantitativo de escravos libertos e libertandos não parece ter sido apenas o resultado de uma crise provocada pela queda aurífera. Segundo Paiva, o grande número de alforrias é o resultado de oportunidades geradas por uma maior diversificação econômica e pelo "costume generalizado das coartações",[310]um tipo de manumissão paga parceladamente, que era comum em áreas urbanas, onde os escravos tinham mais oportunidades de trabalho e de realização desse pagamento.

Já Edimilson e Núbia questionam a "mobilidade" social, que é confirmada pelas estatísticas, pois os dados foram transmitidos pela classe dominante e podem ter sido usados como uma forma disfarçada de controle. É sabido que a liberdade dos escravos podia ser revogada por "mau comportamento", portanto, não se sabe ao certo quantos dos escravos libertados ficaram, de fato, livres.[311] Documentando sua pesquisa em material encontrado nos arquivos de várias cidades mineiras, nos arquivos históricos e nos documentos deixados por viajantes estrangeiros da época, eles também se posicionam contra o argumen-

---

[309] Vide SOUZA, Laura de Melo e. *Desclassificados do ouro*. 2. ed. Rio de Janeiro: Graal, 1986; HOLANDA, Sérgio Buarque de. Metais e pedras preciosas. In: _____ (Ed.). *História geral da civilização brasileira*. São Paulo: DIFEL, 1973; LUNA, Francisco Vidal. *Minas colonial: economia e sociedade*. São Paulo: FIPE, 1982. Vide também HIGGINS, Kathleen J. *"Licentious liberty" in a Brazilian gold–mining region: slavery, gender, and social control in eighteenth-century Sabará, Minas Gerais*. University Park, PA: Pennsylvania State University Press, 1999.

[310] Vide PAIVA, *op. cit.*, p. 21

[311] Vide PEREIRA & GOMES, *Negras raízes mineiras*, *op. cit.*, p. 39.

to de que a ascensão social dos escravos na Minas Gerais colonial era facilmente obtida e acreditam que a liberdade existia, em muitos casos, apenas como uma potencialidade:

> Na prática, isso correspondia à situação do escravo que era arrolado no espólio de seu falecido proprietário, juntamente com outros bens alienáveis [...]. Descartado em leilão, desagregam-se não apenas os sentidos da sua individualidade, mas a própria família. É o que relata o edital de liquidação do espólio deixado por Matheus Herculano de Paiva, em sua parte referente a escravos.[312]

No poema "Avisos de Praça", Edimilson analisa alguns desses posicionamentos e discute as estratégias de repressão social e as práticas existentes durante o período anterior à abolição da escravatura no Brasil, em que os africanos e seus descendentes eram tratados como bens alienáveis. Toma como ponto de partida alguns documentos da época escravocrata, para discutir um leilão de escravos, gado, mobiliário e melhoramentos feitos na fazenda no qual se efetua a venda dos bens de Matheus Herculano Paiva. Os nomes de bois e escravos (Sabina, Mimoso, Francez, Joaquim, Velludo, Hipólito, Adão e Eva) são colocados no mesmo patamar e misturados de forma que não se sabe exatamente quais deles eram os nomes de pessoas e de animais. O relatório de venda de bens móveis e imóveis, registrado no poema, enfatiza quão cruéis e desumanos eram o Código Penal do Brasil Colônia e o aparato ideológico da época, que negavam ao escravo o *status* de cidadão e, consequentemente, o de pessoa jurídica. Tal passagem do poema reitera a afirmativa de que a mobilidade do sistema social em Minas Gerais foi, de muitas maneiras, um mito criado por aqueles que retinham o poder econômico e político.

AVISOS DE PRAÇA

"Vende-se um piano; em casa
de Carlos Montreuil, na rua
Direita, n. 25."

[312] *Idem, ibidem*, p. 44-45.

Pharol
Cidade do Juiz de Fora
1882

O Dr. juiz de orphãos
ainda que pouco saiba
faz saber
que o maior lanço arremata

2 marquezas velhas
Sabina, e seus filhos
bois de carro
Mimoso e Francez
Joaquim quebrado
Velludo
Hipolito e Adão

& mais bem feitorias

1 monjollo
1 moinho
Eva solteira
1 casa começada

Outro sim, eu, escrivente
juramentado
Affonso Henriques Assis
de Aguiar escrevi.

Eu escrivente juramentado
invento a juros
o que pretendo.

Não há mercadoria
sem mercado.
Não há palavra
sem preço.

Assino o variável serviço
do significado.

Recomendo lupa
martelo também
pois que sólido muro
o texto.

Eu mesmo não sei
o lado esclarecido.
Cada escravo em anúncio
anunciado me vejo.

Eu escrivente a juros
assino o que escrevi.
O texto me desconcerta.

Escrivente juramentado
comenta
e argumentando mente.

Affonso Henriques Assis
a guiar reino dúbio
oratório de outros dias.

Affonso Henriques assiste
à incomercial certeza
miserere miserere.

Affonso ex-enriquecido
proprietário sem posse
da letra que inventou.

Escrivente perjuro afonso
a juros condena
o ofício de si mesmo.[313]

---

[313] Vide PEREIRA, Edimilson de Almeida. Avisos de praça. In: PEREIRA, *Lugares ares*, *op. cit.*, p. 150-152.

"Avisos de Praça" refere-se tanto à documentação histórica de transições econômicas como à biografia de um magistrado do tempo colonial, Affonso Henriques Assis de Aguiar, que morou e trabalhou em Juiz de Fora. O seu título, Juiz de Órfãos, era semelhante ao de Juiz de Fora, um árbitro que podia tanto dispensar justiça como presidir um distrito policial. Era encarregado de liquidar espólios e leiloar crianças desamparadas de pais escravos, pois não existia interesse em conservar tais crianças, que constituíam um peso econômico e um investimento sem retorno a curto prazo para os senhores de escravos. Por isso, com explica Robert M. Levine, "[...] era mais eficiente selecionar, pelo seu vigor e resistência, dentre os jovens africanos do sexo masculino, recém-chegados da África, nos leilões de escravos do porto da cidade de Salvador [...] do que se preocupar em cuidar de crianças nascidas de pais escravos no Brasil".[314]

Quando perguntei a Edimilson o que lhe servira de motivação para escrever o poema "Avisos de Praça", explicou-me que se havia inspirado em documentos históricos. Ao examiná-los, ponderou se, naquela época, todas as pessoas envolvidas nas transações de compra e venda de escravos lidavam com tal assunto de maneira absolutamente fria e calculada. Imaginou que houve momentos em que algumas pessoas que compravam, vendiam e castigavam os africanos e seus descendentes, bem como aqueles que documentavam transações comerciais, estavam cientes dos seus atos, sentiam-se culpados ou tinham dúvidas quanto ao aspecto moral dessas transações. Foi, então, que ele uniu as referências biográficas que encontrara sobre o juiz Affonso Henriques Assis de Aguiar com algumas informações e referências que acumulara da sua pesquisa histórica para compor o poema.[315]

Para moldar o texto histórico ao contexto do poema e para trafegar pelas vias do discurso poético, o autor tece dois níveis narrativos (em terceira e primeira pessoa), alternando o relato do narrador com o do próprio "escrivente". Permite, assim, que a voz histórica se manifeste e que o leitor conheça o imaginado dilema moral do Juiz de Órfãos. No processo de documentar fatos, o "escrivente" interroga a si mesmo e questiona os valores morais, econômicos, sociais e culturais do seu tempo-espaço. Disputa ainda a veracidade daquilo que ele registra, indicando um preço ético para suas ações e palavras. À medida que o poeta descreve o juiz no labor de anotar as "peças" leiloadas e publicar os

[314] Vide LEVINE, Robert M. The legacy of color. In: _____. *Brazilian legacies*. New York e London: M.E. Sharpe, 1997, p. 15. A tradução é minha.

[315] Conversa telefônica de 22 de fevereiro de 1998.

anúncios de venda, também revela um "escrivente juramentado" que questiona seu papel no sistema escravocrata.

Na última parte do poema, o poder jurídico e econômico do juiz diminui numa escala de valores proporcional ao aumento do seu conflito moral. Tal proporção diametral está simbolicamente representada por seu nome. Quando é inicialmente apresentado no poema, ele é Affonso Henriques Assis de Aguiar. Depois que o dilema moral toma corpo, seu nome diminui gradualmente até se tornar a forma moderna e simplificada, escrita com um único "f" e em letra minúscula ("afonso"). Sua importância social e jurídica diminui para si mesmo, à medida que reconhece que sua função, e até mesmo a sua identidade pessoal, são produtos da reificação de seres humanos. A letra minúscula e a simplificação fonética do nome do juiz são artifícios literários usados para evidenciar tanto o conflito interno do "escrivente" como desmistificar o lado "humano" da sua profissão (Juiz de Órfãos). Portanto, o eu poético utiliza as mudanças mencionadas como artifícios narrativos para analisar o passado, determinar o dilema moral do "escrivente" e desestabilizar a centralização do significado, já que, também nesse poema, há um número substancial de palavras que podem ser lidas com várias significações.

A palavra "letra" ("Affonso ex-enriquecido / proprietário sem posse / da letra que inventou"), por exemplo, pode referir-se tanto à escrita quanto à nota promissória. As conotações potenciais da palavra "monjollo"[316] estão registradas em dicionários da língua portuguesa. Significa tanto engenho tosco movido a água, como novilho e escravo de certas nações africanas. Os significados e as associações que o verso "e argumentando mente" provoca podem tanto significar que, "ao apresentar seu argumento, não diz a verdade", quanto que "seu raciocínio ou seu dilema moral levantam dúvidas e questionamentos".

O mesmo tipo de raciocínio também se aplica ao verso "Outro sim, eu, escrivente". Ao escolher o neologismo "escrivente", em vez de usar o vernáculo "escriba" ou "escrivão", e ao estabelecer a conexão com criatura viva ("vivente"), o poeta cria a suspensão do significado comum e insinua uma progressão ou continuidade do labor da escrita que o sufixo "ente" sugere, mas também enfatiza o processo das relações humanas que o substantivo "ente" designa. Confere ainda uma nova voz e um papel insólito ao juiz: o de julgar seus próprios atos e analisar sua profissão, a ponto de sentir que se torna "escrivente perjuro afonso" que "a juros condena/ o ofício de si mesmo". Assim, a voz poética assinala

[316] O autor escolheu a ortografia antiga provavelmente para estabelecer uma relação mais próxima com a época histórica do Juiz de Órfãos.

o "variável serviço do significado" e recomenda que o leitor use lupa e martelo para penetrar "no sólido muro do texto" e ver além da miopia histórica para que o significado se manifeste de maneira multidimensional e passe a fazer parte de uma teia de referências e de um tecido de citações intertextuais que conectam a poesia de Edimilson com a tradição literária brasileira.[317]

Edimilson utiliza vários recursos estilísticos na sua produção poética para resgatar práticas culturais ligadas à organização social, religiosa e linguística dos rituais bantos em Minas Gerais.[318] O autor vale-se do discurso das comunidades que praticam esses rituais e do valor simbólico que essas tradições têm para elas, já que, como ele mesmo explica, a religiosidade popular é fértil na sua vivência do sagrado, pois

> "[...] comporta um conjunto de práticas (jejuns, oblações, promessas), ritos (iniciações, coroamentos, benzeções), objetos sacralizados (patuás, relíquias, imagens) e, acima de tudo, uma disposição individual e coletiva para interpretar o mundo a partir da linguagem simbólica do sagrado".[319]

Essa "vivência do sagrado", em Minas Gerais, tem origem nas levas de africanos de tradição banto que foram transplantados para Minas Gerais, devido à descoberta do ouro e à intensificação do comércio de escravos no Brasil.

Antonio Risério menciona que "o tráfico tropical transatlântico dos bantos" já existia desde o século XVI; a sua presença no Brasil era anterior ao comércio de africanos escravizados em larga escala dos séculos XVII e XVIII em que houve a importação em massa de povos provenientes de Angola e do Congo.[320] Foi nesses dois séculos que esses povos bantos, segundo Risério, possuíam conhecimentos variados e haviam acumulado experiências diversificadas de tra-

[317] Esta parte do poema dialoga com "Procura da Poesia", de Carlos Drummond de Andrade, em que o eu-lírico interroga o leitor: "Trouxeste a chave?"

[318] Edimilson estuda o Candombe em dez comunidades mineiras. Faz referências também ao Rio Grande do Sul e à Região Cisplatina. Vide PEREIRA, *Os tambores estão frios, op. cit.*, p. 18.

[319] *Idem, ibidem*, p. 19.

[320] O termo banto foi cunhado no século XIX para indicar os escravos provenientes dessas regiões que foram batizados de *ba-ntu*, o vocábulo que significa "os homens". Vide RISÉRIO, Antonio. O povo banto. In: _____. *Uma história da cidade da Bahia*. 2. ed. Rio de Janeiro: Versal, 2004, p. 159.

balho. Espalharam-se pela África Central e porque estiveram em contato com muitas outros povos, ficaram conhecidos por sua capacidade de se adaptar facilmente a outras culturas:

> [...] No primeiro milênio da Era Cristã, eles já conheciam a cerâmica, praticavam a agricultura, criavam animais domésticos e o gado bovino. Haviam domesticado diversas plantas. E o que era bem mais importante: dominavam a tecnologia do ferro. Eram metalúrgicos hábeis nos trabalhos da forja. Além disso, os bantos se dedicavam ainda à fabricação de cestos, à tecelagem em ráfia, à tanoaria e à extração de sal do mar. [...] Os bantos conheciam também a escravidão, o comércio e a moeda.[321]

Apesar de ser uma tradição rica, a herança cultural e linguística banto é menos estudada ou enfatizada no Brasil, especialmente em comparação às tradições de origem iorubá.[322] Essa negligência histórica e antropológica está ligada ao fato de que os elementos africanos da cultura iorubá são mais palpáveis, pois estão associados às últimas levas de africanos que chegaram ao Brasil. Além do fato histórico, Edimilson considera que o destaque que a tradição iorubá tem recebido se deve, pelo menos em parte, à reiterada divulgação por parte de intelectuais brasileiros e estrangeiros e da mídia nacional e internacional:

> [...] A vitalidade do Candomblé e as demais celebrações vinculadas à matriz iorubá, por exemplo, e a intensa divulgação feita pelos intelectuais e pela mídia chegam quase a ofuscar a visibilidade das culturas afro-brasileiras vivenciadas em outros circuitos sociais.
>
> A relativização dessa postura é importante para que se evite a imposição deste ou de outro modelo cultural como síntese da identidade do Brasil ou dos brasileiros restringindo, portanto, o campo de negociações entre os diversos modelos culturais que constituem a nossa sociedade.[323]

---

[321] *Idem, ibidem.*

[322] Para uma excelente análise do desenvolvimento da cultura iorubá na Bahia, vide RISÉRIO, Antonio. *Mágica Bahia*. Salvador: Banco do Brasil / Goelba, n.d.

[323] Vide PEREIRA, *Os tambores estão frios*, *op. cit.*, p. 42-43.

A preocupação em cristianizar os africanos deslocados da África e despi-los de seus aparatos culturais era um imperativo da colonização lusitana e tornou-se uma das formas mais eficazes de subordiná-los ao controle do seu colonialismo moral, cultural, religioso, político e econômico. Por isso, mesmo antes da colonização do Brasil, com propósitos religiosos e sociais, os missionários dominicanos espalharam a devoção a Nossa Senhora do Rosário, em Portugal. Os arquivos confirmam que, para atender às necessidades dos escravos que trabalhavam nas plantações e nos engenhos de açúcar de Pernambuco, já em 1598, dois jesuítas organizaram no Brasil uma confraria negra para os africanos trazidos da Guiné.[324] Essas instituições laico-religiosas foram desenvolvidas a partir da ideologia colonial portuguesa, que insistia na premência de cristianizar os povos africanos e ameríndios como justificativa ideológica para salvar suas almas.[325]

Vários fatores desempenharam papel importante no desenvolvimento dessas confrarias, das quais a de Nossa Senhora do Rosário é a mais antiga e a mais popular. Os escravocratas, geralmente, apoiavam essas instituições porque havia vantagens em manter seus escravos associados a elas: era um sinal de prestígio social; simbolizava poder econômico e, além disso, tal gesto conferia aos escravocratas a reputação de serem pessoas caridosas. Mas, de um modo geral, esse "atestado" social de generosidade não passava de uma artimanha cultural ou de uma manobra religiosa, pois as confrarias eram instituições ambivalentes. Elas ajudavam os africanos e seus descendentes, mas também beneficiavam a elite do país, porque estavam subordinadas a seus valores morais e religiosos (como discutido, uma das suas funções era garantir que os escravos fossem doutrinados na religião católica). Além disso, os colonizadores faziam contribuições financeiras para garantir que seus escravos pudessem associar-se às confrarias como uma forma de investimento no futuro, uma vez que aquelas associações arcavam com as despesas funerárias dos escravos.

---

[324] Vide SALLES, Fritz Teixeira. *Associações religiosas do ciclo do ouro*. Belo Horizonte: Universidade Federal de Minas Gerais / Centro de Estudos Mineiros, 1963, p. 31-37. Vide também RUSSELL-WOOD, A. J. R. Black and mulatto brotherhoods in colonial Brazil a study of collective behavior. *HAHR: Hispanic American Historical Review*, v. 54, n. 4, p. 567-602, 1974. Vide ainda MULVEY, Patricia A. Black brothers and sisters: membership in lay brotherhoods of colonial Brazil. *Luso-Brazilian Review*, v. 17, n. 2, p. 253-278.

[325] Vide MULVEY, *op. cit.*, p. 253-278, 1980. Vide também MARTINS, Leda Maria. *Afrografias da memória: o reinado do Rosário no Jatobá*. São Paulo: Perspectivas / Belo Horizonte: Mazza Edições, 1997. Vide ainda NUNES, Márcia Clementino. História e significação simbólica da festa do Rosário do Serro. *Revista do Departamento de História da UFMG (Escravismo)*, n. 6, p. 151-156, 1982.

Se as confrarias eram instituições ambíguas que serviam aos propósitos dos escravocratas, também representavam para o escravizado a garantia de receber serviços sociais (em caso de doença ou morte) e a possibilidade de comprar sua liberdade. Além de contribuir para a alforria, essas instituições ofereciam aos africanos e aos seus descendentes um espaço social e étnico, onde podiam encontrar-se sem a vigilância sistemática escravocrata.[326] É graças à inclusão dos escravos nessas confrarias que muitos dos ritos e rituais do Congado ainda sobrevivem em Minas Gerais, pois era nesse espaço social que os escravos podiam incorporar práticas culturais de origem africana nas festividades e nos rituais católicos. As estatísticas confirmam que, entre 1711 e 1780, um grande número de confrarias foram organizadas em Ouro Preto, Diamantina, Sabará, São João del-Rei, Serro e Mariana. Havia em Minas, nessa época, vinte e uma confrarias (onze de pretos e dez de mulatos) e mais da metade delas era devotas de Nossa Senhora do Rosário.[327]

A Comunidade dos Arturos é a que melhor preservou a devoção à Nossa Senhora do Rosário em Minas Gerais. É uma comunidade, originária de uma família que deve este nome a Arthur Camilo Silvério e que ainda reside numa propriedade de 6,5 hectares de terra adquiridos em 1888.[328] Várias atividades e festividades fazem parte do imaginário cultural dos Arturos, como, por exemplo, a celebração da abolição da escravatura (em maio), a homenagem à Nossa Senhora do Rosário (em outubro), a Folia de Reis (em janeiro), o João do Mato (uma festa que envolve a capina dos campos para limpar o terreno de ervas daninhas), e o Candombe (que é parte do universo linguístico, religioso, cultural e histórico-social do Congado). Em todas essas atividades, a música e a dança desempenham um papel singular.

As festividades dos Arturos são ritos culturais e religiosos sincréticos e híbridos que combinam tradição religiosa, herança cultural, experiência histórica, espaço social, sofisticação linguística e linguagem poética. O Candombe é um ritual sincrético, de origem banto, com fortes características católicas, que podem ser notadas nas orações, no culto a Jesus Cristo, a Nossa Senhora do Rosário e a outros santos (tais como São Benedito, Santa Ifigênia, São Jorge e São João). Há

[326] Vide MULVEY, *op. cit.*, p. 256. Vide também KIDDY, Elizabeth W. *Congados, Calunga, Candombe*: Our Lady of the Rosary in Minas Gerais, Brazil. *Luso-Brazilian Review*, v. 37, n. 1, p. 47-61, 2000.

[327] Vide SALLES, *op. cit.*, p. 31-37; RUSSELL-WOOD, *op. cit.*, p. 567-602.

[328] Os Arturos conta hoje em dia com aproximadamente 500 pessoas a ela afiliadas. Está localizada a 2,5 quilômetros do centro de Contagem, e a 23 quilômetros do centro de Belo Horizonte. Vide GOMES & PEREIRA, *Negras raízes mineiras*, *op. cit.*

também referências umbandistas mais evidentes na invocação de pretas velhas e pretos velhos e o ritual pode ainda ser identificado pela presença de Zambi (comparável a Oxalá), pela referência a Calunga (ou mar) e aos antepassados. [329] Seus cantos e danças têm uma função de entretenimento ou bizarria e dialogam "[...] com outras cerimônias do Congado, tais como a coroação de Reis e Rainhas, as embaixadas, os cortejos e os cumprimentos de promessas".[330] De maneira que o Candombe apresenta também alguns elementos religiosos, linguísticos e simbólicos iorubás e pode-se encontrar "[...] referências a orixás como Xangô e Nanã, citados num repertório de cantos que fazem da Bahia um lugar de laços étnicos e religiosos".[331] Edimilson considera que, mesmo se o Congado fundamenta sua "teia religiosa" na "vertente cultural banto", também incorpora elementos de outras etnias[332] e, por isso, define o ritual nos seguintes termos:

> O Candombe é um ritual de canto e dança originalmente religioso, que ocorre em Minas Gerais e se completa com a presença de instrumentos sagrados (três tambores; uma puíta – espécie de cuíca; e um guaiá – chocalho de cipó trançado sobre cabaça, contendo contas de lágrimas de Nossa Senhora ou sementes similares). Os cantos são enigmáticos, construídos segundo uma linguagem simbólica que remete aos mistérios sagrados, além de fazer uma crônica dos acontecimentos em determinados grupos.
>
> A dança consiste em movimentos da pessoa que está conduzindo o canto naquele instante. Não há formação especial dos acompanhantes para indicar uma coreografia coletiva. Vez por outra, dois dançantes contracenam diante dos tambores. Os gestos se tornam circunstanciais dependendo da criatividade do dançante e das evocações do canto, cujas palavras o corpo reduplica ou não. Pode-se dizer mesmo que o candombeiro dança para os tambores, movendo-se em direção a eles, ora aproximando-se, ora recuando; o corpo se contorce em direção ao chão e se eleva,

---

[329] Vide GOMES & PEREIRA, *Negras raízes mineiras*, *op. cit.*, p. 318-319.

[330] *Idem, ibidem*, p. 318, 475.

[331] Vide PEREIRA, *Os tambores estão frios*, *op. cit.*, p. 275.

[332] *Idem, ibidem*

> alternadamente – essa é a linha motriz, geral, da dança do Candombe. O ritual é, nesse sentido, uma dança comandada pelos tambores e a eles dirigida.[333]

No tocante às semelhanças entre o Candombe e o Candomblé, Edimilson considera que as duas celebrações reelaboram as heranças africanas e, por isso, são símbolos de resistência cultural por meio do sagrado. Tanto em um como em outro ritual, nota-se o uso de "latim de preto" ou de "língua de preto"; há reverência e homenagem aos ancestrais, existem danças e cantos específicos e seus seguidores são geralmente oriundos de grupos sociais menos favorecidos.[334] Em termos de diferença, no Candombe, os ancestrais não são divinizados como no Candomblé nem há nem a presença marcante dos orixás ou a incorporação, enquanto que, no Candomblé, o panteão de divindades "[...] é essencial para a organização dos ritos, já que os orixás incorporados fazem a ponte entre o mundo divino e o mundo dos homens".[335] Na cerimônia do Candombe, como em outros rituais afro-brasileiros e africanos, os instrumentos musicais desempenham uma função sagrada. Os tambores têm posição de destaque e registram momentos de alegria, celebração, mas também apontam para a necessidade de "tomar sentido" e de se agarrar ao significado das palavras, pois é na linguagem, e por intermédio dela, que a tradição se reinventa e se conserva viva.[336]

---

333 *Idem, ibidem*, p. 16-17.

334 *Idem, ibidem*, p. 55.

335 *Idem, ibidem*, p. 318-319.

336 *Idem, ibidem*, p. 102.

FOTO: LÚCIO DIAS

COMUNIDADE DOS ARTUROS, RITUAL DO CANDOMBE, OS TRÊS TAMBORES SAGRADOS.

Edimilson aborda essa vivência do sagrado e a relação da música e da palavra no poema "Três Tambores Sagrados". O poeta-candombeiro homenageia os candombeiros-poetas que mantêm viva a sua tradição banto:

TRÊS TAMBORES SAGRADOS

São três os tambores, como
três são os fogos: no passado
ensinam os antigos. Hoje
os meninos que ouvem. São dois
e o terceiro é tempo mordido.

o santana, o santaninha e o
são três os tambores sagrados!

Ô, menino, toma sentido! Se o
dia é de preceito, toma sentido!
Os antigos riscam o silêncio

e as caixas batem no escuro.
Ô, nego! a festa é dos antigos!

o santana, o santaninha e o
são os três tambores sagrados!

No Candombe furam o medo
e o chão se veste de calos.
"Ô, menino, você aprende a rezar!"
Auê, nego, não perde o sentido não.
São três mil os tambores.

o santana, o santaninha e o
são três os tambores sagrados![337]

"Três Tambores Sagrados" é uma amostra de como Edimilson examina a diversidade cultural afro-mineira e discute como "[...] a estratégia discursiva do momento da interrogação, um momento no qual a demanda pela identificação torna-se, primariamente, uma resposta a outras questões de significação e desejo, cultura e política".[338] O eu-lírico descreve a importância ritual desses instrumentos musicais, que no Candombe são considerados símbolos da tradição e representam as vozes dos ancestrais e do espaço sagrado, recebendo os nomes de Santana, Santaninha e Jeremia. O terceiro tambor é absorvido e transformado nos momentos do corpo político. Talvez por isso, ou por que este tambor recebe nomes variados nas comunidade afro-mineiras, o autor tenha omitido a referência ao nome dele ("o santana, o santaninha e o/ são três os tambores sagrados!"), substituindo o nome de Jeremia por um tempo sempre em mutação, que é apreendido pela linguagem, pela história e pela tradição: "São dois/ e o terceiro é tempo mordido". Como o poema indica, o toque de Jeremia/ Tempo marca mudanças no presente para os Arturos e para outras comunidades afrodescendentes mineiras, mas mostra também como seus rituais estão ancorados no passado histórico e na tradição cultural.

---

[337] Vide PEREIRA, Edimilson de Almeida. Três tambores sagrados. In: ______. *Árvore dos Arturos. op. cit.*, p. 95. Vide também "Tambores", uma versão mais compacta deste poema, publicado em *Casa da palavra, op. cit.*, p. 69.

[338] Aproveito o posicionamento de BHABHA (*O local da cultura, op. cit.*, p. 84), desenvolvido sobre o tempo-espaço da cultura, e o aplico à poética de Edimilson.

"Três Tambores Sagrados" exemplifica a riqueza semântica da poesia de Edimilson, pois as palavras iluminam inúmeras facetas culturais e desdobram-se como um leque de significados. Por exemplo, a palavra "sentido" – que aparece nos versos "Ô menino, toma sentido!" e "Auê, nego, não perde o sentido não" – explora quase todos os significados que os dicionários registram para o vocábulo (bom senso, propósito, cautela, razão de ser, atenção e rumo). Exprime ainda a perspectiva de busca e a capacidade de conhecer a realidade tanto de um modo calculado e apreendido por meio do real quanto de maneira intuitiva. Ainda que o autor não se refira aos sentidos, pode-se inferir que eles se tornam os veículos pelos quais a experiência humana, o processo histórico e o tempo construído são aceitos, ingeridos e "canibalizados".

Além das cerimônias ligadas ao Congado e das tradições que a Comunidade dos Arturos preservou, na década de 60, uma outra cerimônia cultural-religiosa foi adicionada ao seu calendário, quando a Missa Conga passou a fazer parte da celebração do Treze de Maio. Em *Os Tambores Estão Frios*, Edimilson analisa a reelaboração, bem como a reapropriação simbólica que a implantação desse novo ritual representa na comunidade.[339] No entanto, apesar de ter sido arquitetada e implantada por alguém de fora da comunidade e de não fazer parte da tradição dos antepassados dos Arturos, a Missa Conga segue uma estrutura ritualística semelhante à da Igreja Católica e não deve ser considerada elemento completamente discordante dos outros rituais dos Arturos, pois, desde os tempos coloniais, a celebração de uma missa é uma das atividades incluídas no rol das comemorações da festa de Nossa Senhora do Rosário.

As diferenças aparecem no nível da escolha dos cânticos, dos paramentos, dos presentes oferecidos durante o ofertório (quando, por exemplo, o Rei e a Rainha oferecem suas coroas e suas espadas, ou seja, os seus símbolos de poder).[340] Segundo Mário Eustáquio Ferreira, "o costume da celebração da Missa Conga começou em Belo Horizonte, no final da década de 60, a partir de pesquisas do folclorista Romeu Sabará [...] que constatou semelhanças entre o ritual da missa e os costumes dos congadeiros".[341] Ferreira também informa que Sabará "estabeleceu novos ritos para a Missa Conga, com músicas e danças próprias:

---

[339] Vide PEREIRA, *Os tambores estão frios*, *op. cit.*, p. 465-474.

[340] A coroação do Rei e da Rainha nas tradições dos Arturos segue o modelo estabelecido na época colonial brasileira, no qual, durante as festividades de Nossa Senhora do Rosário, o padre da paróquia coroava os "monarcas". O rei e a rainha são os líderes da comunidade, em termos sociais e religiosos. Vide GOMES & PEREIRA, *Negras raízes mineiras*, *op. cit.*, p. 191-197.

[341] Citado em PEREIRA, *Os tambores estão frios*, *op. cit.*, p. 465.

ritual de entrada, penitencial, de palavra, do ofertório, da consagração, da amizade, da comunhão, da ação de graças e da despedida".[342]

FOTO: LÚCIO DIAS

"SEU" GERALDO (REI), FESTA DE NOSSA SENHORA DO ROSÁRIO, COMUNIDADE DOS ARTUROS.

FOTO: LÚCIO DIAS

MISSA CONGA, COMUNIDADE DOS ARTUROS.

[342] *Idem, ibidem,* p. 45. Vide também, FERREIRA, Mário Eustáquio. Missa Conga comemora a libertação dos escravos. *Boletim da Comissão Mineira de Folclore.* Belo Horizonte: CMF, n. 16, ago. 1995. Vide também MARTINS, *Afrografias da memória, op. cit.*, p. 160.

No texto "Missa Conga" (terceira parte do poema "Maio" que resume as celebrações da Comunidade dos Arturos sobre o 13 de Maio),[343] a voz poética enfoca o sincretismo cultural e religioso que existe nessa comunidade e joga com a mobilidade cultural dos Arturos, descrevendo os aspectos da sua identidade social e religiosa. "Missa Conga" inscreve um momento histórico catalisador e, paradoxalmente, partitivo dessa comunidade, pois tempo e espaço tanto se complementam como apresentam um jogo suplementar de contenda. Esse conflito se estende ao poeta, que, como estudioso dos rituais dos Arturos e pesquisador ligado às suas raízes afro-mineiras, insere-se no contexto da comunidade. No entanto, como antropólogo, Edimilson está consciente do distanciamento que precisa existir para que haja uma observação empírica. Sentindo-se preso na armadilha da interpretação, o eu-lírico se afasta do espaço dos Arturos e se distancia do processo ritual, cedendo espaço ao questionamento do antropólogo. O poeta revela dúvidas ao ser confrontado com a mobilidade das tradições afro-brasileiras e se mostra surpreso com os deslocamentos de identidades culturais e religiosas. O poema é também uma amostra da poética da interrogação e da busca do aprofundamento do significado que se manifesta por meio de deslocamentos, da abertura vocabular e de várias dicções poéticas. Assim, a articulação da experiência individual com a coletiva é mediada pela voz poética que interroga:

4/ MISSA CONGA

Para que deuses se reza
quando o corpo aprendeu
    toda a linguagem do mundo?

Que orações se entoa
quando a alma se entregou
    a todas as dores do mundo?

Onde se deitam os olhos
quando o altar dos antigos
    se ocultou nas sombras?

[343] Vide PEREIRA, Edimilson de Almeida. Missa Conga. In: _____. *Árvore dos Arturos, op. cit.* Depois passou a ser uma das partes do poema "Maio", que é composto de: "1/"Cortejo de busca"; "2/Os escravos"; "3/A pena"; "4/Missa Conga"; e "5/Cortejo de encontro". Vide PEREIRA, *Casa da palavra, op. cit.*, p. 66-68.

Para que deuses se reza
quando as palavras se velam
para invocar seus nomes?

Que sacrifício se oferta
nos dias em que os antepassados
ainda se escondem?

Por que não entregar a vida
ao deus com olhos de plumas
que vive no fundo dos tempos?[344]

O espaço e o momento de inquirição em "Missa Conga" também se insere no discurso pós-moderno e metapoético no qual elementos reflexivos e de reflexão sobre o texto examinam a palavra como veículo de produção de significado. O autoquestionamento da linguagem se torna mais óbvio na quarta estrofe em que o eu-lírico expressa incerteza quanto à legitimidade da sua prece e das suas escolhas. Considera que palavras são entidades autônomas e voláteis que se prestam a um discurso lúdico e à volubilidade do significado. O discurso polissêmico do poema se projeta em palavras tais como o verbo "velar" ("quando as palavras se velam"), que transmite a ideia de cobrir, encobrir, mas que também significa estar alerta e vigiar.

O eu-lírico poetiza o sincretismo religioso do ritual da Missa Conga e a tolerância (ex)cêntrica do "deus de olhos de plumas", já que a leveza e a suavidade do olhar desse deus contradizem a visão judaico-cristã. O Deus do *Velho Testamento*, cujo nome é escrito com letra maiúscula por ser considerada a entidade suprema, onipresente e onipotente, é geralmente representada graficamente com olhos penetrantes e atemorizadores. Ao escolher representá-lo graficamente na escrita com letra minúscula, o poeta aponta para a dessemelhança entre o Deus da tradição judaico-cristã e a entidade moderna, pluridimensional e multicultural do poema. Deus – o infinito, o começo bíblico, o paradigma de toda a criação – torna-se menos aterrorizador e mais tangível neste poema e, por isso, mais apto a conviver com o sincretismo da cerimônia religiosa.

[344] Quarta parte do poema "Festa da libertação". Vide PEREIRA, *Árvore dos Arturos*, *op. cit.*, p. 105. Republicado com algumas mudanças em *Casa da palavra*, *op. cit.*, p. 67.

Porque grande parte da pesquisa de antropologia e da produção poética de Edimilson enfoca o resgate do legado cultural banto em Minas Gerais, esta área geográfica ocupa um lugar especial na sua obra. Para analisar os ritos e rituais e outras formas de resistência cultural afro-mineiras e para dialogar com a história luso-brasileira, o autor também ancora muitos dos seus poemas no passado colonial das cidades históricas mineiras e em comunidades rurais e semirrurais onde faz sua pesquisa de campo. Seus poemas cantam os sentimentos ligados à terra, às raízes e às tradições, bem como a arte barroca, a herança afrodescendente e o misticismo da região. Analisando tanto o processo sócio-histórico como as tessituras afetivas, estéticas, religiosas e morais que se forjaram durante o sistema escravocrata no Brasil, a poesia de Edimilson escava os sentidos enterrados nas paredes da memória e ressalta as ambivalências históricas, ofuscadas pelo brilho do barroco e encobertas pela grandeza estética das cidades mineiras. Homenageia principalmente aquelas localidades atreladas ao ciclo do ouro e do diamante e, por conseguinte, à história da escravidão negra no Brasil. Congonhas, Diamantina, Mariana, Ouro Preto, Sabará, São João del-Rei e Tiradentes são algumas das cidades que floresceram neste período de apogeu econômico e que Edimilson aborda nos seus versos.

A descoberta de ouro em Minas Gerais, no final do século XVII, reconfigurou o lucro econômico do regime colonial português no Brasil, lucro que havia sido abalado pela competição holandesa na produção do açúcar. A corrida do ouro gerou o povoamento rápido, a construção de cidades, a abertura de estradas (como a "Estrada Real" para facilitar o escoamento do ouro e dos diamantes) e a transferência da capital do Brasil para o Rio de Janeiro. A produção aurífera possibilitou também o florescimento das artes e da literatura em Vila Rica e em outras localidades próximas. Para que o ouro e o diamante fossem extraídos em abundância e para que todas as obras arquitetônicas pudessem ser executadas a gosto e prazo, o regime colonial aumentou o tráfego de escravos e fez da escravidão negra o grande pilar em que ergueu as catedrais da sua cobiça e da exploração humana. Portanto, o ciclo do ouro/diamante significou um período de inusitada riqueza para Portugal e de esperança de vida melhor na Colônia. Mas, se esse período deixou seus talhes e recortes na pedra-sabão, na madeira e no ouro, seu crescimento econômico e artístico deixou também suas cicatrizes, marcadas a ferro e à chibata, no corpo da história colonial luso-brasileira.[345]

---

[345] Para a história da escravidão negra em Minas Gerais, vide LUNA, *op. cit.*; e PAIVA, Eduardo França. *Escravos e libertos nas Minas Gerais do século XVII: estratégias de resistência através dos testamentos*. São Paulo: ANNA-BLUME, 1995. Para questões da ideologia do discurso religioso e

Esses são aspectos que Edimilson tematiza na sua obra poética. Em "Genealogia", por exemplo, o eu-lírico fundamenta suas observações na história e na arquitetura de Sabará, que foi um dos primeiros grandes centros de exploração do ouro da região e que, no século XVIII, chegou a ser uma das cidades mais ricas de Minas e do Brasil. A prosperidade daqueles tempos está refletida na beleza arquitetônica, representada pelo Teatro Imperial e pelo Museu do Ouro, bem como por igrejas como a de Nossa Senhora do Ó.[346] Usando essa igreja como ponto de referência para contrastar passado e presente, a voz poética personifica a cidade atribuindo-lhe uma descendência ancestral ou um triste *pedigree* – relacionado à decadência econômica que se abateu sobre a cidade, após o esgotamento da mineração. Atualmente, a singeleza da cidade (especialmente em comparação com o conjunto arquitetônico de Ouro Preto) não reflete a glória econômica que um dia ela ostentou. Por isso, não é raro que os visitantes se surpreendam com a beleza do interior de igrejas – como a de Nossa Senhora do Ó – em que se nota um contraste marcante entre o exterior singelo e o altar-mor folheado a ouro.

O título parece, a princípio, deslocado do corpo do poema; no entanto, se for considerado o significado primordial da palavra "genealogia", o desmembramento é apenas superficial, já que este vocábulo tem sua origem etimológica ligada à palavra "história". Num sentido mais lato, a palavra "genealogia" está também conectada a sintagmas como origem, estirpe, evolução e, portanto, às famílias que formaram a linhagem da cidade:

GENEALOGIA

As vidas se esperam
como Sabará esperou
navios
sob os olhos
de Nossa Senhora do
Ó.[347]

político, vide GOMES, Heloisa Toller. *As marcas da escravidão: o negro e o discurso oitocentista no Brasil e nos Estados Unidos*. Rio de Janeiro: Ed. UFRJ/EDUERJ, 1994.

[346] Vide HIGGINS, *op. cit*.

[347] Vide PEREIRA, *Lugares ares*, *op. cit*., p. 70.

O eu-lírico estabelece uma relação diamétrica entre a beleza inesperada do interior da igreja mais famosa de Sabará e a humildade da cidade onde vidas também parecem ter ficado estacionadas no tempo. Talvez, por isso, o poeta tenha escolhido uma exclamação ambivalente para fechar o poema (desmembrando o "Ó" do nome da igreja), pois essa interjeição se volta tanto para trás (o verso anterior) como para frente (é o fim do poema) e incorpora um duplo sentido. De um lado, representa um elemento de surpresa agradável sugerida pela glória artística e pela riqueza do interior da Igreja de Nossa Senhora do Ó e, de outro, leva à consternação, diante da decadência e do esquecimento em que hoje a cidade se encontra.

Para historiadores, estudiosos da história da arte, arquitetos, viajantes e guias turísticos, pelo conjunto da sua obra, Ouro Preto é a coroa singular do barroco mineiro e exibe como trofeu os traços arquitetônicos de Aleijadinho, inúmeros altares de ornamentação áurea e vários museus históricos de valor inestimável.[348] Ironicamente, o nome da cidade carrega no seu bojo uma simbologia racial invertida para os padrões da época, já que o ouro adjetivado de "preto" ou "podre" apresentava uma cor mais escura e mais brilhante e era, por isso, considerado um metal de melhor qualidade, em comparação ao "ouro branco", que era, segundo Manuel Bandeira, "[...] assim chamado por sua cor branca, quase argentina".[349] Essas são nuanças que Bandeira poetiza em "Ouro Preto", ao abordar várias dimensões históricas e aludir ao barroco talhado na solidez da pedra-sabão, contrastando o fausto que o metal precioso proporcionou a Portugal com o peso dos impostos que a Colônia era obrigada a pagar:

> Ouro branco! Ouro preto! Ouro podre! De cada
> Ribeirão trepidante de cada recosto
> De montanha o metal rolou na cascalhada
> Para o fausto d'El-Rei, para a glória do imposto.
> [...]
> E avulta apenas, quando a noite de mansinho
> Vem, na pedra-sabão lavrada com renda,
> – Sombra descomunal, a mão de Aleijadinho![350]

---

[348] Segundo Manuel Bandeira, o maior depósito de ouro do hemisfério ocidental foi encontrado na região de Ouro Preto. Tal descoberta levou Antônio Dias de Oliveira, em 1698, a se convencer de que havia descoberto o famoso e cobiçado El Dorado. Vide *Guia de Ouro Preto*. Rio de Janeiro: Ediouro, 2000, p. 16-24. Vide também ANTONIL, André João. *Cultura e opulência no Brasil, por suas drogas e minas*. (1711). São Paulo: Melhoramentos, 1976.

[349] Vide BANDEIRA, *op. cit.*, p. 17.

[350] *Idem, ibidem*, s/p.

O poema "Ouro Preto", de Edimilson, dialoga de maneira muito próxima com o texto de Bandeira, pois ambos enfocam a glória e a importância econômica do metal precioso para a cidade, mas também salientam o trabalho dos escravos nas minas e nos eitos dos rios, analisando os desacertos históricos e morais que o brilho do ouro não consegue ocultar. Se, de um lado, a cidade se distingue pelo labor artístico que "lavra a renda" do barroco e que reflete o período áureo da história colonial mineira, de outro, traz a mancha do suor e do sangue escravo misturada ao ouro das igrejas. Além disso, as miopias históricas, culturais, sociais, morais e religiosas que o regime colonialista e escravocrata arregimentou embaçam a beleza dos monumentos arquitetônicos. O poema de Edimilson cristaliza a tensão entre a glória artística que a cidade-museu representa (no retorcido do "barroco das suas igrejas" e nos contornos da arte sacra) e a voz negra abafada na "rouquidão do ouro" e nos porões da história. Ressalta o suor e o sangue que fizeram parte do labor escravo e que se tornaram testemunhas de que "o barroco não é o cansaço do ouro / mas o direito do explorado corpo". Portanto, o brilho da opulência aurífera e da riqueza artística que a cidade iconografa fica embaçado quando se nota a voz enrouquecida do trabalho escravo nos "outeiros tão escuros" das minas:

OURO PRETO
roteiro de interpretação

Ao contemplar o barroco das igrejas
e a rouquidão do ouro, o visitante olhar
não funde o corpo ao tempo: outeiros
tão escuros e não compreende o silêncio
de um totem antes jamais percebido.
O barroco não é o cansaço do ouro
mas o direito do explorado corpo.[351]

Como a história e a literatura atestam, a sobrevivência cultural afrodescendente se deve ao fato de que os escravos conseguiam, às vezes, lograr as leis estabelecidas ao articular e implementar mecanismos por meio dos quais podiam criar espaços sociais, religiosos e políticos para si mesmos. Edimilson e

[351] Vide PEREIRA, Edimilson de Almeida. Ouro Preto. In: _____. *Zeosório blues, op. cit.*, p. 39.

Núbia discutem alguns desses fatos históricos ao analisar o simbolismo do altar-mor da Igreja de Nossa Senhora do Rosário dos Pretos, em Tiradentes, no qual se nota quatro anjos de olhos cerrados contemplando "[...] a meia-lua encimada pela coroa de Nossa Senhora do Rosário".[352] Os autores interpretam os olhos fechados como "[...] a representação iconográfica da realidade do trabalho escravo, que só à noite – exausto e invadido pelo sono – poderia dedicar-se à construção de seus templos".[353]

Essas observações, colhidas durante a pesquisa de campo, foram transpostas para o poema "Tiradentes", em que a voz poética examina os detalhes arquitetônicos da Igreja de Nossa Senhora do Rosário, reflete sobre o passado histórico e analisa o sistema escravista brasileiro, bem como as formas de resistência artístico-cultural afro-brasileiras. O eu-lírico alude ainda ao sistema repressor que proibia a entrada dos escravos nas igrejas frequentadas pelos escravocratas e, assim, levava os africanos e seus descendentes a trabalharem aos domingos e feriados e/ou à noite (sob a luz da lua cheia) na construção das igrejas em homenagem aos seus santos patronos (especialmente Nossa Senhora do Rosário). Edimilson poetiza certos detalhes artísticos examinando, por exemplo, os olhos semicerrados dos anjos que parecem refletir o cansaço dos africanos e seus descendentes que trabalhavam à noite na construção das suas igrejas depois de um dia exaustivo de trabalho. O poema analisa também a cumplicidade dos anjos e da lua, pois ela iluminava o trabalho noturno – já que a ornamentação dos altares era feita com ouro logrado das minas – e os anjos semicerravam os olhos ao presumível delito:

TIRADENTES

Lua de olhos cúmplices
com o furto que a doura.
Serviço feito à noite
esmerado na carpina.

Olhos fechados até
os anjos
em sono ou desculpa

[352] Vide GOMES & PEREIRA, *Negras raízes mineiras*, *op. cit.*, p. 39.

[353] *Idem, ibidem*.

para não ver
o vistoso.

Com o dia esclarecido
os burlados contemplam
sua burla.[354]

Além da erudição vocabular e figurativa que a experiência de professor lhe confere, Edimilson inclui também na sua poesia os ritmos, as danças, os improvisos e a observação metódica e calculada que a atuação como antropólogo lhe permite coletar na sua pesquisa de campo. Incorpora ainda a complexidade semântica que a oralidade da cultura africana legou às comunidades afrodescendentes. Assim, a sua poesia desdobra-se sobre o momento presente sem perder de vista o passado para "dançar o nome com o braço na palavra berço".[355] Ao utilizar a envergadura semântica e a complexidade poética que a linguagem popular lhe oferece, Edimilson aproveita nos seus poemas a cadência oriunda dos "ritmos de ouvido" que a cultura mineira põe a seu dispor. No entanto, ainda que o imaginário popular e o falar rural de Minas Gerais gozem de destaque na sua escrita criativa, a produção literária deste autor não se torna um mero veículo reprodutor desses elementos.

Seus poemas revelam uma preocupação com o que se estende além das montanhas de Minas e das fronteiras brasileiras, destacando a importância da pesquisa de antropologia cultural para a sua arte poética e estabelecendo vínculos com as matrizes africanas e com outras culturas. É também uma poesia que destaca o sentido de resistência e em que o "registro da rebeldia" e "o grito" atravessam as margens do texto e da História. Assim, o título deste capítulo ("O rastro das cidadelas") salienta o sentido de resistência cultural a que a poesia de Edimilson se afilia, já que o eu-lírico ressalta a memória coletiva e os traços da trajetória afro-brasileira. Este título busca ainda refletir seu trabalho peregrino por inúmeras comunidades, resgatando facetas da cultura popular mineira; tem também o objetivo de destacar o fortim que as palavras adquirem na cidadela da dicção poética do autor.

Mesmo que a História e a experiência afrodescendente sejam algumas das fontes de Edimilson, sua poesia oferece também outros temas. Iacyr

---

[354] Vide PEREIRA, *Lugares ares*, *op. cit.*, p. 148.

[355] Verso do poema "Orelha furada", *op. cit.*,

Anderson Freitas observou que, embora não se possa negar que o "núcleo referencial da obra" de Edimilson seja a "história de seu sangue", mesmo quando a sua poética "[...] se aprofunda no acerto de contas com o pungente legado da exploração e da barbárie histórica, jamais se oferece como um discurso de propaganda ou de protesto panfletário".[356] Seus textos examinam as relações brotadas das tradições comunitárias, da camaradagem, da amizade e do aconchego das vivências familiares. É, portanto, uma poesia que, ao desembaraçar os fios da História e ao trafegar pela arqueologia da memória, salienta os laços afetivos e valoriza a tessitura das relações humanas.

Se, como um escavador, procura a inspiração nas minas da trajetória luso-brasileira, na herança africana, nas fontes populares e nos túneis da memória, como um ourives, burila minuciosamente os sentidos linguísticos que essa vivência com o tempo histórico e com o espaço cultural lhe oferece. O poeta forja sua estética nos "timbres das vogais" e na "recitação da passagem", buscando a pedra de toque do seu discurso na herança colonial brasileira e nas bifurcações culturais de Minas Gerais. Inspirando-se na própria complexidade linguística e figurativa dos falares rurais mineiros, Edimilson se apresenta como um artesão verbal na casa da palavra, gerando textos que articulam vários discursos e refletem uma linguagem dilatada e grávida de significados.

[356] Vide FREITAS, Iacyr Anderson. Lugares luminares. Prefácio. In: PEREIRA, *Lugares ares, op. cit.*, p. 16.

BIOGRAFIA

FOTO: PRISCA AGUSTONI

Eu que não canto, não danço terei lugar
na biografia de meu país?
– Não sei, irmão, não sei.
E antes de me tirarem as vértebras
traduzirão minhas digitais?
– Não sei, irmão, não sei.
E se eu falar outra língua em que o dito
se renda às coisas e sua letra seja um filme
sem intervalos? [357]

[357] Estrofe do poema-livro *Caderno de retorno*. In: PEREIRA, *As coisas arcas*, *op. cit.*, p. 222.

Edimilson de Almeida Pereira

Poeta, antropólogo, ensaísta, membro efetivo da Comissão Mineira de Folclore e professor de Literatura, nasceu em Juiz de Fora, no antigo bairro Benjamin Meggiolário, atual Nossa Senhora de Aparecida, em 18 de julho de 1963, de Geraldo Mendes Pereira e Iraci de Almeida Pereira. Em 1986, licenciou-se em Letras, pela Universidade Federal de Juiz de Fora (UFJF), com habilitações em Língua Portuguesa, Literatura Brasileira e Literatura Portuguesa. Tornou-se Mestre em Literatura Portuguesa pela Universidade Federal do Rio de Janeiro (UFRJ) e especialista em Ciência da Religião pela Universidade Federal de Juiz de Fora (UFJF), em 1993. Sagrou-se Doutor em Comunicação e Cultura (Convênio Escola de Comunicação da UFRJ e Faculdade de Comunicação da UFJF), em 2000. Concluiu o Pós-Doutorado em Literatura Comparada na Universidade de Zurique, em 2002.

Recebeu numerosos prêmios por sua poesia e trabalhos em antropologia, dentre os quais se destacam, com o primeiro lugar: "Concurso Nacional de Poesia Helena Kolody", concedido pela Secretaria Estadual de Cultura do Paraná (Curitiba, 1998); "Concurso Nacional de Poesia Cidade de Belo Horizonte", concedido pela Secretaria Municipal de Belo Horizonte (1998); "Concurso Nacional de Literatura", agraciado pela Editora da UFMG (Belo Horizonte, 1988); "Prêmio João Ribeiro da Academia Brasileira de Letras", por obra publicada sobre Filologia, Etnografia e Folclore, em coautoria com Núbia Pereira de Magalhães Gomes (Rio de Janeiro, 1994); e "Concurso Sílvio Romero", patrocinado pela FUNARTE e Centro Nacional de Folclore e Cultura Popular (Rio de Janeiro, 2002).

Referências para os Poemas

Muitos dos poemas de Edimilson foram publicados em mais de uma coleção ou em pequenas edições e depois reunidos pelo autor em *Corpo Vivido: Reunião Poética* e nos quatro volumes da *Obra Poética* que incluem toda a sua produção até 2003 (textos previamente publicados e alguns inéditos). Há ainda os textos publicados entre 2003 e 2009. Muito desses poemas aparecem em antologias, revistas especializadas e periódicos e há traduções para o inglês, o francês, o espanhol e o italiano. Considerando a extensão da sua obra e o fato de que muitos desses textos têm várias publicações e sofrem algumas mudanças, para dar aos poemas uma projeção individual, desenvolvi um diagrama que me serviu de referência durante a elaboração deste estudo e que poderá facilitar a consulta de outros pesquisadores. Portanto o diagrama apresenta uma listagem dos poemas em ordem alfabética e indica as várias impressões e traduções dos poemas, citando também as fontes onde foram publicados e/ou republicados. Junto do nome das revistas especializadas e dos periódicos, inclui também a referência ao país de publicação (quando a publicação é brasileira, referencio apenas o nome da cidade). Alguns poemas foram republicados com os títulos ligeiramente modificados. Nesses casos, uso "varia" para indicar as "variações".

Livros	**Ano**	**Referência**
A roda do mundo	1996	*Roda*
Águas de contendas	1998	*Águas*
Árvore dos Arturos	1988	*Arturos*
As coisas arcas: obra poética 4	2003	*Coisas*
Casa da palavra: obra poética 3	2003	*Casa*
Corpo imprevisto & Margem dos nomes	1989	*Corpo 1*
Corpo vivido: reunião poética	1991	*Corpo 2*
Dançar o nome	2000	*Dançar*
Dormundo	1985	*Dormundo*
L'albero dei nomi	2009	*L'albero*
Livro de falas	1987	*Livro*
Lugares ares: obra poética 2	2003	*Lugares*
O homem da orelha furada	1995	*Homem*
Ô lapassi & outros ritmos de ouvido	1990	*Lapassi*
Rebojo	1995	*Rebojo*
Signo Cimarrón	2005	*Signo*
Traduzioni/Traduções	1999	*Traduções*
Variaciones de un libro de sirenas	2008	*Variaciones*
Zeosório Blues: obra poética 1	2002	*Zeosório*

EM ANTOLOGIAS

A poesia mineira no século XX (Rio de Janeiro)	1998	*Poesia 1*
A poesia vai à escola (Belo Horizonte)	2007	*Escola*
Antologia da nova poesia brasileira (Rio de Janeiro)	1992	*Nova*
Antologia da poesia negra... (São Paulo)	2005	*Negra*
Antologia de la poesia brasileña (Espanha)	2001	*Antologia*
Antologia poética de Ouro Preto (Ouro Preto)	1995	*Ouro*
Baú de letras (Juiz de Fora)	2000	*Baú*
Coletânea de poetas inéditos (Juiz de Fora)	1982	*Coletânea*

Companhia de poetas (Juiz de Fora)	2003	*Companhia*
Homenaxe poética ao trobador (Espanha)	2003	*Homenaxe*
Il corpo dissonate (Suíça)	2007	*Il corpo*
Inimigo rumor (Rio de Janeiro)	2003	*Inimigo*
Letras da cidade (Juiz de Fora)	2002	*Letras*
Making Callaloo (EEUU)	2002	*Making*
O achamento de Portugal (Belo Horizonte)	2005	*Achamento*
Oiro de Minas (Portugal)	2007	*Oiro*
Poesia em movimento: antologia (Juiz de Fora)	2002	*Poesia 2*
Seis poetas afro-americanos (Belo Horizonte)	1989	*Seis*

EM REVISTAS ESPECIALIZADAS

Dirty Goat (EEUU)	2009	*DG*
Áfricas Gerais (Belo Horizonte)	1995	*Áfricas*
Afro-Hispanic Review (EEUU)	2005	*Afro*
ANTO – Revista Semestral... (Portugal)	1998	*ANTO*
Atlanta Review/Latin America (EEUU)	2001	*Atlanta*
Ato – Revista de Literatura (Belo Horizonte)	2004	*Ato*
Babel: Revista de Poesia... (Santos)	2003	*Babel*
Brasil / Brazil (USA/Porto Alegre)	1998	*Brasil*
Callaloo, v. 18 (EEUU)	1995	*Callaloo 18*
Callaloo, v. 19 (EEUU)	1996	*Callaloo 19*
Callaloo, v. 20 (EEUU)	1997	*Callaloo 20*
Callaloo, v. 24, n. 3 (EEUU)	2001	*Callaloo 24.3*
Callaloo, v. 24, n. 4 (EEUU)	2001	*Callaloo 24.4*
Callaloo, v. 30 (EEUU)	2007	*Callaloo 30*
Ciência e Cultura (São Paulo)	2005	*Ciência*
Fala Poeta (Itaquera, SP)	1985	*Fala*
Iararana: Revista de Arte... (Salvador)	2007	*Iararana*
International Poetry Review (EEUU)	1997	*International*
Jalons (França)	1999	*Jalons*
Journal of Latin American .... (Inglaterra)	1999	*Journal*
L'immaginazione (Itália)	2005	*L'immagina*
Luso-Brazilian Review (EEUU)	2000	*Luso*
Nocturnes – (Re)view.... (EEUU)	2002	*Nocturnes*
Poesia & Cia. (Londrina)	1984	*& Cia*

Revista a Cigarra (Santo André)	2002	*Cigarra*
Revista Inimigo Rumor (Rio de Janeiro)	2003	*Inimigo*
Revista d'lira (Juiz de Fora)	1984	*d'lira*
Revista do IPHAN (Rio de Janeiro)	1997	*IPHAN*
Revista Semestral de Cultura (Portugal)	1998	*Revista*
Revue Noir / Art Contemporain... (França)	1996	*Revue*
Ricerca Reserach Recherche (Itália)	2002	*Ricerca*
Roda: Arte e Cultura (Belo Horizonte)	2007	*Roda*
Saudade: Revista de Poesia 2 (Portugal)	2002	*Saudade 2*
Saudade: Revista de Poesia 3 (Portugal)	2002	*Saudade 3*
Saudade: Revista de Poesia 6 (Portugal)	2004	*Saudade 6*
Semicerchio: Rivista di Poesia... (Itália)	2002	*Semicerchio*
1Sub Voicive Poetry (Inglaterra)	1999	*Voicive*
Torre de Papel (EEUU)	1999	*Torre*

EM PERIÓDICOS

Abre Alas (Juiz de Fora)	1983	*Abre 18*
Abre Alas (Juiz de Fora)	1983	*Abre 19*
Abre Alas (Juiz de Fora)	1984	*Abre 21*
Abre Alas (Juiz de Fora)	1984	*Abre 22*
Abre Alas (Juiz de Fora)	1984	*Abre 23*
Abre Alas (Juiz de Fora)	1985	*Abre 25*
Abre Alas (Juiz de Fora)	1985	*Abre 26*
Abre Alas (Juiz de Fora)	198	*Abre 27*
Diário Mercantil (Juiz de Fora)	1983	*Diário* (abril)
Diário Mercantil (Juiz de Fora)	1983	*Diário* (maio)
Diário Mercantil (Juiz de Fora)	1983	*Diário* (5 jun.)
Diário Mercantil (Juiz de Fora)	1983	*Diário* (26 jun.)
Diário Mercantil (Juiz de Fora)	1983	*Diário* (3 jul.)
Diário Mercantil (Juiz de Fora)	1983	*Diário* (10 jul.)
Diário Mercantil (Juiz de Fora)	1983	*Diário* (31 jul.)
Diário Mercantil (Juiz de Fora)	1983	*Diário* (7 ago.)
Diário Mercantil (Juiz de Fora)	1983	*Diário* (4 set.)
O Catolé (Fortaleza)	1980	*Catolé*
Suplemento Literário... (Belo Horizonte)	2001	*Suplemento*
Tribuna de Minas (Juiz de Fora)	1990	*Tribuna*

POEMA	REFERÊNCIA
A boca firme	*Lapassi / Zeosório*
A bolsa e a vida	*Zeosório*
A bruxa	*Zeosório*
A casa	*Arturos*
A casa editorial	*Lugares*
A capital	*Abre 23 / Fala*
A cidade no homem	*Corpo 2 / Dormundo / Lugares*
A cidade tomada	*Corpo 2 / Dormundo / Lugares*
A comissão de frente	*Lapassi / Zeosório*
A couple	*Callaloo 19*
A cura	*Casa / Corpo 2 / Livro*
A dançarina	*Arturos*
À faca	*Casa*
A festa no arranjo	*Lapassi / Zeosório*
A folha	*Coletânea*
A grão seco	*Coisas*
A Icí nela escuta	*Lapassi / Zeosório*
A Lavanderia Milagre	*Lapassi / Zeosório*
A letra e a voz	*Casa*
A mãe grande	*Zeosório*
A magia de Mbere	*Arturos*
A morte	*Zeosório*
A noite	*Zeosório*
A origem da morte. Mito dos Hotentotes	*Arturos*

POEMA	REFERÊNCIA
A pequena	*Zeosório*
A pessoa e o termo	*Corpo 2 / Dormundo / Lugares*
A porta-bandeira	*Zeosório*
A porta-bandeira brilha	*Lapassi / Zeosório*
À procura de um autor	*Lugares*
A senhora do terço	*Casa / Homem*
A separação, mito dos Dinka, Sudão	*Arturos*
A tarde	*Zeosório*
A vida e o incenso	*Lapassi / Zeosório*
Acareação	*Zeosório*
Afinidades	*Coisas*
Agonia e sorte de Stela do Patrocínio	*Zeosório*
Agosto	*Coisas*
Água de ponte	*Corpo 2 / Dormundo / Lugares*
Alarde	*Lugares*
Álbum	*Zeosório*
Alegoria	*Corpo 2 / Dormundo / Lugares*
Alegrias	*Coisas*
Álibi	*Águas / Lugares*
Almoço	*Coisas*
Alpendre	*Coisas*
Amanhã	*Lapassi / Zeosório*
Amante (varia: O amante)	*Corpo 1 / Corpo 2 / Lugares*
Amiga	*Casa / Livro / Corpo 2*

POEMA	**REFERÊNCIA**
Amor	*Casa / Livro / Corpo 2*
Andações	*Casa / Livro / Baú / Corpo 2*
Angelinhos	*Tribuna*
Angústia voa como garça	*Brasil / Coisas*
Anjo atlante	*Tribuna*
Antepassados (varia: A igreja dos antepassados)	*Arturos / Casa / Corpo 2 / L'albero*
Antes	*Casa*
Antibiografia	*Homenaxe / Lugares*
Antilira	*Coisas*
Antiode marítima	*Casa*
Anúncio	*Dormundo / Lugares*
Apontamento	*Águas / Lugares*
Aposta	*Coisas / Corpo 2*
Aprendizado	*Corpo 1 / Corpo 2 / Lugares*
Aquário	*Águas*
Árbol de Arthur Camilo: *1. Tronco* *2. Compañera* *3. Arturos*	*Dançar*
Árboles	*Signo*
Arca	*Coisas*
Arco	*Casa*
Aroeira	*Arturos / Casa / Corpo 2*
Arquitetura	*Casa*
Arte	*Lugares*

POEMA	REFERÊNCIA
Arte poética: *1. La condición* *2. El método* *3. Biografía*	*Signo*
Artesanía	*Signo*
Arturas (varia: Mulheres Arturas)	*Casa / Corpo 2 / L'albero / Arturos*
Árvore	*Casa*
Árvore de Arthur Camilo: 1. Tronco 2. Companheira 3. Arturos	*Arturos / Casa / Corpo 2 / Dançar / L'albero*
As excelentes: 1. Nona 2. Décima 3. Morta	*Coisas / Corpo 2*
As experiências	*Lapassi / Zeosório*
As frutas	*Callaloo 18 / Casa / Corpo 2 / Livro*
As águas	*Casa / Corpo 2 / Livro*
As mães	*Zeosório*
As pedras	*Casa / Corpo 2 / Livro*
As quartinhas	*Casa / Corpo 2 / Livro*
As vértebras	*Zeosório*
Assentado a um banco	*Lapassi / Zeosório*
Assentado num livro	*Zeosório*
Aula	*Zeosório / L'albero*
Aula de piano	*Águas / Lugares*
Aulas em casa	*Zeosório*
Ausente (em espanhol)	*Dançar*
Ausente	*Águas / Dançar / Lugares*

POEMA	REFERÊNCIA
Avisos de praça	*Águas / Lugares / Luso*
Axis mundi	*Coisas*
Baile	*Zeosório*
Bailo	*Casa / Corpo 2 / L'albero / Arturos*
Balcones	*Signo*
Banda do Lobo	*Lugares*
Banner of agony	*Callaloo 24.4*
Babará, dono de segredos	*Arturos / Casa / Corpo 2*
Barbosa, grávido e Tecelão	*Lugares / Rebojo*
Barca	*Coisas*
Barco novo vai rodando	*Casa / Homem*
Batique	*Zeosório / L'albero*
Baú inglês	*Lugares*
Beginning	*Callaloo 19*
Bendita	*Zeosório*
Bendizer	*Zeosório*
Bento, domador de Quedas	*Lugares / Rebojo*
Biblioteca (varia: A biblioteca)	*Corpo 1 / Corpo 2 / Lugares*
Bichos e plantas	*Baú*
Bilboquê	*Coisas*
Blanco	*Signo*
Bodas	*Lugares*
Boi	*Coisas*
Book	*Callaloo 24.4*
Bordados	*Coisas*

POEMA	REFERÊNCIA
Brasiliana	*Casa*
Breviário-mor	*Baú*
Buenos Aires	*Traduções*
Cabaré, mecânico de mão cheia	*Lugares / Rebojo*
Cabeceira	*Lugares*
Cabelo	*Suplemento / Zeosório*
Cachepô	*Águas / Lugares*
Cachoeira. Bahia: 1. Os rios 2. Cobranças 3. Boa morte 4. Moradias	*Lugares*
Caderno B	*Casa*
Caderno de Lineu	*Zeosório*
Caderno de retorno	*Coisas*
Caixa	*Coisas / Corpo 2*
Caixeiro	*Casa*
Caixeiro da Trindade	*Roda*
Caligrafia	*Corpo 1 / Corpo 2 / Lugares*
Calundureiro (varia: Domingos calundureiro...)	*Corpo 2 / Casa / Arturos*
Camafeu	*Zeosório*
Camelô e queijo	*Lugares / Águas*
Calunga lungara	*Baú / Callaloo 24.3 / Casa / Roda*
Canção	*Coisas / Corpo 2*
Canção do miliciano (varia: Canção do miliciano morto...)	*Casa / Corpo 2 / Arturos*

POEMA	REFERÊNCIA
Candombe (varia: Candombe, gira de menino grande)	*Arturos / Casa / Corpo 2*
Câmara clara	*Casa*
Campanário	*Corpo 2 / Coisas*
Cânhamo (varia: O fumador de cânhamo)	*Casa / Corpo 2 / Arturos*
Cantaria	*Coisas*
Cantata	*Signo*
Cantiga	*Coisas*
Canto	*Águas / Lugares*
Capelinha (varia: Capelinha do rosário)	*Arturos / Casa / Corpo 2* *L'albero*
Capina: 1. Rapaziada 2. Roça 3. João do Mato 4. Embate 5. Despedida	*Arturos / Casa / Corpo 2*
Capitães (varia: Os capitães)	*Arturos / Casa / Corpo 2 / L'albero*
Capital revisitada	*Lugares / Águas*
Carmina	*Casa*
Carnaval	*Águas / Lugares*
Care	*Callaloo 19*
Caros ouvintes	*Zeosório*
Carro [1]	*Zeosório*
Carro [2]	*Coisas / Corpo 2*
Carta a Dona Antônia, escritora em Pedra do Indaiá	*Coisas*
Cartão pós	*Corpo 1 / Corpo 2 / Lugares*

POEMA	REFERÊNCIA
Cartas	*Corpo 2 / Dormundo / Lugares Variaciones*
Cartas / De Janis a Bessie [1]	*Zeosório*
Cartas / De Janis a Bessie [2]	*Zeosório*
Carteiro	*Lugares*
Casa [1]	*Arturos / Casa*
Casa [2] (varia: Casa paterna)	*Casa / Corpo 2 / Arturos*
Casa [3]	*Coisas / Corpo 2*
Casa [4]	*L'albero*
Casa de Dorva	*Casa*
Casas e nomes	*Águas*
Cassange	*Coisas*
Caza	*Signo*
Cecília, mestra em lavanderia	*Lugares / Rebojo*
Celebração	*Corpo 1 / Corpo 2 / Lugares*
Celebration	*Callaloo 19*
Cerimônia	*Signo*
Certos dias	*Zeosório*
Cidade pontilhada	*Águas / Lugares*
Cimento e céu	*Diário (26 jun.)*
Cinco conversas que ensinam maravilha	*Casa / Homem*
Cinema	*Casa / Homem / Zeosório*
Ciranda [1]	*Águas / Lugares*
Ciranda [2]	*Coisas / Corpo 2*
Circulação	*Zeosório*

POEMA	**REFERÊNCIA**
Circularidad	*Signo*
Círculo	*Casa / Corpo 2 / Livro*
Circle	*Callaloo 19*
Cisma	*Corpo 1 / Corpo 2 / Lugares*
Ciudades	*Signo*
Claro	*Coisas / Corpo 2*
Clave	*Signo*
Clube	*L'albero*
Códice	*Coisas / Corpo 2*
Código	*Corpo 1 / Corpo 2 / Lugares*
Coisas	*Coisas*
Colagem	*Zeosório*
Colheita	*Lugares / L'albero*
Coloral	*Signo*
Com a sorte	*Lapassi / Zeosório*
Comércio	*Casa*
Como sintonizar	*Zeosório*
Como tecer bandeira do divino	*Coisas*
Compensação	*Corpo 1 / Corpo 2 / Lugares*
Concerto [1]	*Corpo 2 / Dormundo / Lugares*
Concerto [2]	*Coisas / Corpo 2*
Concierto	*Signo*
Concílio	*Lugares*
Conflito (varia: "Sólido conflito")	*Dormundo / Lugares*
Confidência	*Coisas*

POEMA	REFERÊNCIA
Confim	*Coisas / Corpo 2 / L'albero*
Congo mass	*Luso*
Congonhas: 1. Adro 2. Hotel Santuário 3. Mobília 4. Imagem	*Águas / Lugares*
Congreso	*Signo*
Conhecimento de vida: 1. Fantasia 2. Gaivota Gavita 3. Memória	*Lugares / Rebojo / L'albero*
Conjuración	*Signo*
Conselho (varia: O conselho, narrativa de experiência)	*Casa / Corpo 2 / Arturos*
Construtores (varia: Os dois construtores, narrativa de Angola)	*Casa / Corpo 2 / Arturos*
Contas de casa	*Águas / Lugares*
Contato	*Corpo 2 / Dormundo / Lugares*
Contenda	*Águas / Lugares / L'albero*
Convidados	*Águas / Lugares*
Convívio	*Lugares / Rebojo*
Cor	*Coisas / Corpo 2*
Corais	*Águas / Lugares*
Corália her food	*Callaloo 24.4*
Corália seu alimento	*Coisas*
Corpo de baile	*Zeosório*
Corpo imprevisto	*Corpo1 / Corpo2 / Lugares / L'albero*
Correspondências	*Lugares*

POEMA	REFERÊNCIA
Cortejo	*Coisas*
Cortejo de Congo: 1. Vassauli 2. Capitão 3. Bandeireira 4. Caminhada	*Arturos / Casa / Corpo 2*
Cravina	*Coisas / Corpo 2*
Crianças arturas	*Arturos*
Crônica	*Corpo 2 / Dormundo / Lugares*
Cuidado	*Casa / Corpo 2 / Livro / Correio Poesia 2*
Cumprimento (varia: O cumprimento. Conto de experiência)	*Casa / Corpo 2 / L'albero / Arturos*
Curador	*Coisas / Corpo 2*
Curiangu (varia: Mata do Curiangu)	*Arturos / Casa / Corpo 2 / L'albero*
Cuzco	*Traduções*
Da rápida afeição	*Dormundo / Lugares / Corpo 2*
Dançantes	*Lugares*
Dançarina	*Casa / Corpo 2*
De Calais	*Coisas / Corpo 2*
Da noite para a manhã	*Lapassi / Zeosório*
De patangome na cidade	*Zeosório*
Dear listeners	*Callaloo 24.3*
Dedicatória	*Coisas*
Depois as cartas	*Zeosório*

POEMA	REFERÊNCIA
Desaparición de Rosendo Mendizábal y otros: 1. *Enigma* 2. *Inscripciones* 3. *Desciframiento*	*Signo*
Descoberto	*Coisas / Corpo 2*
Desconcerto	*Casa*
Desejo	*Corpo 1 / Lugares*
Desembarque	*Corpo 2 / Dormundo / Lugares*
Despedida (varia: Arturos: Despedida de capitão)	*Arturos / Casa / Corpo 2*
Despesas	*Coisas*
Destinações	*Baú / Casa / Corpo 2 / Livro*
Destinations	*Callaloo 19*
Desvio	*Coisas / Corpo 2*
Dia de festa	*Zeosório*
Diário: 1. Subúrbio 2. Imprensa 3. Comunidade	*Lugares / Rebojo*
Discurso	*Corpo 2 / Dormundo / Lugares*
Dissidência	*Lugares / Rebojo*
Divertimentos	*Coisas*
Do custo	*Corpo 2 / Dormundo / Lugares*
Do presente	*Corpo 2 / Dormundo / Lugares*
Dois poemas: 1. Angelinhos 2. Anjo Altante	*Poesia 2*
Domingo	*Zeosório*
Domingos, visitante	*Lugares / Rebojo*

POEMA	REFERÊNCIA
Dor	*Diário (abril)*
Dormundo	*Poesia 2 / d'lira*
Dorva's house	*Callaloo 24.4*
Dublin	*Traduções*
Duelo	*Corpo 1 / Corpo 2 / Lugares*
Dueto	*Zeosório*
Economia	*Coisas*
Ebla	*Lugares / Águas*
Edição extra	*Zeosório*
Edição revista	*Lugares / Rebojo*
El cálculo: *1. Donde no hay nada* *2. Él se sienta* *3. El sueño* *4. En mi cuerpo* *5. La vida* *6. Vivo una gramática* *7. Mi nombre*	*Variaciones*
El campo: *1. Al principio* *2. El carro* *3. Durante días* *4. Contaron que* *5. Por la noche* *6. Él dijo* *7. Nacer es*	*Variaciones*

POEMA	REFERÊNCIA
El Embate: *1. Encontré un arca* *2. No quiero* *3. Los vecinos* *4. El rubor* *5. Hoy* *6. Cuando* *7. El gavilán*	*Variaciones*
El Narrador: *1. Antes* *2. Veo mi cuerpo* *3. Desde* *4. Los vecinos* *5. El vecino* *6. El vecino traicionado* *7. El agua*	*Variaciones*
El Narrador: *1. La deriva* *2. Monedas* *3. El humo* *4. Mi tarea* *5. Acepto otras voces*	*Variaciones*
El Viaje: *1. Allá-abismo* *2. Fraternidad* *3. Librería* *4. Herencia* *5. Diario*	*Variaciones*
Eleição de bens	*Corpo 2 / Dormundo / Lugares*
Eleições	*Coisas*
Eliziário, sábio aluado	*Lugares / Rebojo*
Elos	*Coisas*

POEMA	REFERÊNCIA
Em Cabo Verde (varia: Em Cavo Verde, com Ovídio Martins)	*Casa / Corpo 2 / Arturos*
Em Chile (varia: Em Chile, com Pablo Neruda)	*Casa / Corpo 2 / Arturos*
Em Compostela (varia: Em Compostela, com Federico Garcia Lorca)	*Casa / Corpo 2 / Arturos*
Em Cuba (varia: Em Cuba, com Nicolás Guillén)	*Casa / Corpo 2 / Arturos*
Em um domingo	*Lapassi / Zeosório*
Embora lembro no cabelo	*Lapassi / Zeosório*
Embruxados	*Coisas / Corpo 2*
Emenda	*Coisas / Corpo 2*
Encomenda	*Casa / Livro / Baú / Corpo 2*
Empório	*Coisas*
Emprego	*Zeosório*
Emprego dos anos	*Diário (set.)*
En el jardín del señor biano	*Dançar*
Encardidos	*Coisas*
Encomendação	*Corpo 1 / Corpo 2 / Lugares Poesia 2*
Engaste	*Coisas*
Enigma	*Iararana*
Enquanto	*Zeosório*
Enredo	*Lapassi / Zeosório*
Ensinante	*Coisas*
Entrave	*Coisas / Corpo 2*

POEMA	REFERÊNCIA
Éo garrafêro	*Casa / Corpo 2* *Arturos*
Epitáfio	*L'albero*
Epitaph	*Atlanta*
Equipaje	*Signo*
Escariações	*Coisas*
Escola	*Callaloo 18 / Casa* *Corpo 2 / L'albero*
Escola de felinos	*Zeosório / L'albero*
Escola de música	*Águas*
Escrita	*Corpo 1 / Corpo 2* *Lugares*
Esfinges: 1. A mão absurda 2. O duelo 3. Céu estrelado	*Águas / Lugares*
Esgrima	*Lugares*
Esperar as maninhas	*Lapassi / Zeosório*
Espíritu Santo	*Lugares / Rebojo*
Esquiva	*Casa*
Essa foto	*Zeosório*
Estaciones	*Signo*
Estações	*Águas / Lugares*
Estampas: 1. Iglesia *2. Alcadía* *3. Cárcel* *4. Hotel* *5. Plaza* *6. Teatro*	*Signo*

POEMA	REFERÊNCIA
Estandarte da agonia	*Lugares*
Estética copo sujo	*Zeosório*
Estilete	*Casa*
Estilo	*Lugares / Rebojo*
Estranhos	*Casa*
Estudos	*Coisas*
Eu Raimundo Barbosa de Azevedo deito tarde acordo cedo: 1. Do ofício 2. Farmácia-dicionário 3. Não-receitas 4. Quase-receitas	*Coisas*
Evil eye	*Callaloo 19*
Exercício	*Corpo 1 / Corpo 2 / Lugares*
Exercícios	*Casa*
Exéquias: 1. El Rey D. João 2. Devassa 3. Fábrica 4. Prêmio	*Águas / Lugares*
Êxtase	*Zeosório*
Fábula	*Zeosório*
Fala	*Zeosório*
Família	*Casa*
Família lugar	*Baú / Roda*
Farewell	*Nocturnes*
Farmácia dicionário	*Brasil*
Febre	*Coisas*
Feira	*Coisas / Corpo 2*

POEMA	REFERÊNCIA
Férias	*Zeosório*
Festa	*L'albero*
Festa [1]	*Zeosório*
Festa [2]	*Casa / Corpo 2 / Livro*
Festa [3]: 1.M. Satã 2. Eu deveria 3. Enquanto 4. O t. que 5. O baterista 6. Os dados 7. A inconsolável	*Dançar / Zeosório*
Festa da libertação: 1. Cortejo de busca 2. Os escravos 3. A libertação 4. Missa Conga 5. Cortejo de encontro	*Arturos*
Figurações de Agripina: 1. As perdas 2. Embates de Rafael insone 3. Samael, dito Adão Belial 4. Frutos	*Coisas*
Fiança	*Coisas*
Fiandeiras	*Coisas*
Fiesta: *1. M. Satán* *2. Yo debería* *3. En cuanto* *4. El t. que* *5. El baterista* *6. Los dados* *7. A la inconsolable*	*Dançar*

POEMA	REFERÊNCIA
Figura	*Signo*
Finco	*Casa*
Fio de enredo	*Corpo 2 / Lugares*
First letters	*Atlanta*
Fiscal	*Brasil / Coisas*
Flanco	*Casa*
Folia (em Arturos: Folia de reis)	*Arturos / Casa / Corpo 2*
Folião	*Coisas / Corpo 2*
Fortunas	*Brasil / Coisas*
Fotografia	*Águas / Lugares*
Fragmento	*Escola*
Francisco, sargento	*Lugares / Rebojo*
Friend	*Callaloo 19*
Fugaz	*Zeosório / L'albero*
Fundero	*Coisas / Corpo 2*
Garimpo	*Lugares*
Genebra	*Traduções*
Genealogia	*Corpo 1 / Corpo 2 / Lugares*
Geometria: 1. Magister 2. Rua Antônio Dias 3. Painel de Portinari 4. Shangai	*Águas / Lugares*
Gestação	*Livro / Corpo 2 / Casa*
Gestation	*Callaloo 19*
Gonçalves, general de escombros	*Lugares / Rebojo*

POEMA	REFERÊNCIA
Granada	*Traduções*
Gravura	*Coisas*
Grifo	*Casa*
Guarda de Moçambique	*Arturos / Casa / Corpo 2*
Guests	*Atlanta*
Gungas (em Arturos: As gungas)	*Arturos / Casa / Corpo 2*
Há para contar	*Abre 27*
Havana	*Traduções*
Hipocampo	*Coisas / Corpo 2 / Saudade 3 L'albero*
História anti-natural	*Zeosório*
História da arte	*Casa*
História de pau e tempo	*Diário (10 jul.)*
Histórias tão antigas que somente o Chama Santana Santaninha do Candombe recordam	*Casa / Homem*
Histórico do medo	*Abre 21*
Homeless	*Callaloo 30*
Homem de camisa	*Casa / Corpo 2 / Arturos*
Homens mulheres e rodas	*Baú / L'albero*
Honorina: 1. Guarda-louças 2. Vestido 3. Bem-parir 4. Lira	*Águas / Lugares*
Horas	*Coisas*
Hóspede	*Coisas*
Huellas	*Signo*
Idílio	*Corpo 2 / Dormundo / Lugares*

POEMA	REFERÊNCIA
In the house of talking	*Voicive*
Indícios	*Signo*
Igreja maior	*Arturos / Casa* *Corpo 2 / L'albero*
Igrejas do Rosário: 1. Alto da cruz do Pe. Faria 2. Tiradentes 3. Sabarabuçu 4. Mariana	*Águas / Lugares*
Ilustração sem *balafong*	*Babel / Zeosório*
Impressão	*Corpo 2 / Dormundo / Lugares*
Impressão mecânica	*Diário (maio)*
Indícios	*Signo*
Induca, Maria do Carmo (vide Induca, Maria do Rosário)	*Poesia 2*
Induca, Maria del Rosário	*Dançar*
Induca, Maria do Rosário	*Arturos / Casa / Corpo 2 / Dançar*
Inquices (português e inglês)	*Baú / Casa/ Roda / Callaloo 24* *Callaloo18*
Insensatez	*Zeosório*
Inscrição	*Corpo 1 / Corpo 2/ Lugares*
Instrução do homem pela poesia em seu rigoroso trabalho	*Casa / Luso / Homem*
Instrução de passo	*Corpo 2 / Dormundo/ Lugares*
Insurrectos	*Coisas*
Invención	*Signo*
Inventores	*Coisas*
Investigador	*Zeosório*

POEMA	REFERÊNCIA
Irmãos	*Casa / Corpo 2 / Homem / Lugares*
Isla: 1. explicación *2. jardín* *3. marina* *4. conflicto* *5. el grifo*	*Variaciones*
Iteques	*Casa*
Jardim	*Zeosório*
Jarro	*Coisas*
João	*Catolé*
João do Mato, festa da capina: 1. A rapaziada 2. A roça 3. O João do Mato 4. O combate 5. A despedida	*Arturos*
João Pereira, rodante	*Lugares / Rebojo*
Jogadores	*Casa / Corpo 2*
Jogo	*Casa / Corpo 2 / Arturos*
Johannesburgo	*Lapassi / Zeosório*
Juiz de Fora	*Águas*
Kianda (em Arturos: Kianda, o espírito das águas. Conto de...)	*Casa / Corpo 2 / Arturos*
Kush	*Lapassi / Zeosório*

POEMA	REFERÊNCIA
La Tarea:1. soy una obra *2. presento* *3. entrar en el sueño* *4. la naturaleza* *5. si el verbo* *6. la muerte* *7. el verbo*	*Variaciones*
Lagos	*Traduções*
Lance	*Zeosório*
Lapassi	*Águas / Lugares*
Lapso	*Lugares*
Laranja	*Coisas*
Largo das forras. Tiradentes, Minas	*Arturos*
Las Aguas: *1. busqué el festín* *2. aceptar los conflictos* *3. las llagas* *4. un río* *5. mi boca* *6. el rubor* *7. no puedo incendiar*	*Variaciones*
Lata	*Casa*
Lê fruits	*Jalons*
Le pierres	*Jalons*
Leia, não é cartomante	*Zeosório*
Leitura	*Águas / Lugares*
Lembranças	*Coisas*
Lengua	*Signo*
Letra revel	*Águas / Lugares*

POEMA	REFERÊNCIA
Lettera	*Lugares*
Lições	*Coisas*
Limpos não puros	*Coisas*
Linha de passe	*Zeosório*
Linhagem	*Coisas*
Lisboa	*Traduções*
Listening	*DG*
Litografia	*Coisas*
Little chapel	*Nocturnes*
Livraria	*Corpo 1 / Lugares / Corpo 2*
Livreiro	*Casa / Corpo 2 / Arturos*
Livro	*Coisas*
Libro de la hermandad con palavras que sobrevivieron a la devoración del mónstruo olvido: *1. Bichos y plantas* *2. Santas y santos* *3. Hombres mujeres y ruedas*	*Dançar*
Livro da irmandade com as palavras sobre vivas à devoração do monstro esquecimento: 1. Bichos e plantas 2. Santas e santos 3. Homens mulheres e rodas 4. Breviário-mor	*Casa / Dançar / Homem / Baú* *Casa / Dançar / Homem / Baú* *Casa / Dançar / Homem / Baú* *Casa / Dançar / Homem / Baú*
Looms	*Atlanta*
Lote	*Coisas / Corpo 2 / L'albero*
Louva-a-deus	*Casa / Livro*
Love	*Callaloo 19*

POEMA	REFERÊNCIA
Lua (em Arturos: O morto e a lua) / *Moon*	*Casa / Corpo 2* *Arturos / DG*
Luanda	*Lapassi / Rebojo / Zeosório*
Lunguinho, oficial de Consciência	*Lugares / Rebojo*
Luta	*Coisas*
Lutiê Pedro de Jacó	*Brasil / Coisas*
Macacos	*Lapassi / Zeosório*
Madureza	*Coisas*
Magia	*Casa / Corpo 2*
Magnificat	*Coisas / Corpo 2*
Maginot, mago de gafieira	*Lugares / Rebojo*
Maio: 1. Cortejo da busca 2. Os escravos 3. A pena 4. Missa Conga 5. Cortejo de encontro	*Arturos / Casa* *Corpo 2 / L'albero*
Malunguinhos. Conto de experiência	*Arturos*
Mama Kitaia	*Casa / Roda*
Manhã	*Corpo 1 / Corpo 2 / Lugares / Poesia 2*
Maninhas	*Casa / Corpo 2 / Arturos*
Mano (em Arturos: O mano. Conto aprendido)	*Casa / Corpo 2 / Arturos*
Man's instruction by poetry in his rigorous work	*Luso*
Manuel Bigode, Benzedor	*Lugares / Rebojo*
Manuscrito	*Coisas*

POEMA	REFERÊNCIA
Mãos dadas	*Casa*
Marcionília, pensadora sem ruínas	*Lugares / Rebojo*
Março	*Zeosório*
Margem	*Corpo 1 / Corpo 2 / Lugares*
Maria canta beú	*Arturos / Casa / Corpo 2*
Maria sings beú	*Nocturnes*
Mariana, Minas	*Traduções*
Marinhas	*Coisas*
Matina (em Arturos: Matina, canto sagrado)	*Callaloo 18 / Casa / Corpo 2 / L'albero / Arturos*
Marrakech	*Traduções*
Martinha, sobre o não-saber	*Lugares / Rebojo*
Mascarada	*Casa / Corpo 2*
Mascarados	*Arturos*
Mastro (em *Arturos*: Levantamento de mastro)	*Arturos / Casa / Corpo 2 / L'albero*
Matemática	*Brasil / Coisas*
Matina	*Arturos / Casa*
Mau-olhado	*Casa / Corpo 2 / Livro*
Meninas	*Casa*
Meninas da Trindade	*Roda*
Meninos	*Casa / Corpo 2 / Arturos*
Meroé	*Lapassi / Zeosório*
Mesa	*Coisas*
Mestre João Binao	*Casa*
Mestressala	*Casa / Corpo 2 / Arturos*

POEMA	REFERÊNCIA
Metacanto	*Lugares*
Meu pai sua ingoma	*Casa / Homem*
Milho verde	*Coisas*
Mínima	*Lugares*
Mirabilia	*L'albero*
Miss Perfumado	*Águas / Lugares*
Missa	*Zeosório*
Missa Conga	*Cigarra / Corpo 2 / Luso / Seis Poesia 2*
Míticos	*Corpo 1 / Corpo 2 / Lugares*
Móbile	*Coisas*
Moderato	*Poesia 2*
Moment réel	*Jalons*
Monjolo e pilão	*Casa / Homem*
Morto	*Casa / Corpo 2*
Muda	*Casa / Corpo 2*
Muitos nomes	*Lapassi / Zeosório*
Mulher estudando a voz	*Zeosório*
Mutirão, canto dos braços	*Arturos*
Músico morando sozinho	*Dançar /Zeosório*
Músico viviendo solo	*Dançar*
Mutelembe e Ngunga (varia: Mutelembe e Ngunga. conto ...)	*Casa / Corpo 2 / L'albero Arturos*
Na casa da palavra	*Baú / Casa / Homem*
Na casa de meu pai	*Zeosório*
Na quadra mestre	*Lapassi / Zeosório*

POEMA	REFERÊNCIA
Na rua	*Águas / Lugares*
Na senzala uma flor	*Casa*
Na sua perícia a mãe	*Zeosório*
Na venda	*Coisas*
Nanãna	*Corpo 2*
Não escritos de João Barandão	*Coisas*
Não houve	*Zeosório*
Napata	*Lapassi / Zeosório*
Narrativa	*Corpo 2 / Dormundo / Lugares*
Nave: 1. Angelinhos 2. Cota Peixoto 3. Epitáfio 4. Ex-votos 5. Cometa 6. Ataíde 7. Nave 8. Moderato 9. Ordenação 10. Sumidouro 11. Choromelleyros 12. Cadeia 13. Reinado 14. Anjo atlante 15. Parca	*Águas / Lugares / Variaciones*
Negócio	*Coisas / Corpo 2*
Neo–Carriço Films: 1. Av. Getúlio Vargas 2. Birosca do Luxo 3. Academia Shaolin 4. Lavanderia Guanabara 5. Pastelaria do China	*Águas / Lugares*

POEMA	REFERÊNCIA
Neogramática	*Lugares*
Nervura	*Saudade 6*
Nga Fenda (varia: Nga Fenda Maria. Conto de Angola)	*Casa / Corpo 2 / Arturos*
Nicho	*Casa / Corpo 2*
No baile o encontro	*Lapassi / Zeosório*
No campinho o	*Lapassi / Zeosório*
No Quebra Galho	*Lapassi / Zeosório*
No quintal	*Coisas*
No virar de surdo	*Lapassi / Zeosório*
Noivo	*Coisas*
Nomes [1]	*Águas / Lugares*
Nomes [2] (varia: Os nomes. Narrativa de Angola)	*Casa / Corpo 2* *Arturos*
Nós	*Zeosório*
Nos varais	*Zeosório*
Nossa Senhora do Rosário	*Roda*
Notices in the market place (2)	*Luso*
Notícia	*Corpo 2 / Dormundo / Lugares*
Noturno	*Zeosório*
Nova Orleans [1]	*Lapassi / Zeosório*
Nova Orleans [2]	*Traduções*
Numa rua	*Lapassi / Zeosório*
Número	*Zeosório*
Numo e Nanã (varia: Numo e Nanã. Mito da eterna criação)	*Casa / Corpo 2 / Arturos*

POEMA	REFERÊNCIA
Nunca miespero	*Lapassi / Zeosório*
O Abrealas	*Casa / Corpo 2*
O advogado. Narrativa dos Akamba, Quênia	*Arturos*
O ato	*Corpo 2 / Dormundo / Lugares*
Ô balanceia, Naná	*Casa / Homem*
O bicho	*Lugares*
O boxer	*Zeosório*
O bruxo idade zero	*Casa / Homem*
O capitão forte	*Arturos*
O carnaval (1)	*Zeosório*
O carnaval (2)	*Zeosório*
O casaco	*Zeosório*
O cego no calçadão	*Lapassi / Zeosório*
O cesto. Conto de Serra Leoa	*Arturos*
O corpo	*Casa*
O crânio. Conto de Angola	*Arturos*
O dan	*Corpo 1 / Corpo 2 / Lugares*
O decifrar constante	*Corpo 2 / Dormundo / Lugares*
O desejo	*Corpo 1 / Corpo 2*
O Du arranha	*Lapassi / Zeosório*
O encontro	*Casa / Livro / Baú / Corpo 2*
O ferreiro Walukaga. Conto dos Baganda, Uganda	*Arturos*
O ferro	*Callaloo 18 / Casa / Corpo2 / Livro*

POEMA	REFERÊNCIA
O filho colecionador: 1. Cores 2. Automóvel 3. Família 4. Galo 5. Mesa 6. Bicicleta 7. Revista 8. Namorados 9. Açúcar 10. Coisas	*Águas / Lugares*
O filho do vento. Conto dos Bosquímanos	*Arturos*
O gorro	*Zeosório*
O grito	*Casa*
O h	*Zeosório*
O Idi não canta	*Lapassi / Zeosório*
O jogo do cálice	*Casa / Homem*
O jogo travessia: 1. A cidade 2. O país 3. O homem	*Lugares / Rebojo*
O lanceiro	*Casa / Corpo 2 / Livro / Poesia 2*
Ô lapassi	*Corpo 2 / Dormundo / Lugares*

POEMA	REFERÊNCIA
O lynce notícias: 1. 1918 2. 1918 3. 1919 4. José Eutrópio, ícone 5. Dom Bosco 6. Bairro 7. Estação Mariano 8. Baudelairiana 9. Cine Paradiso 10. Bola no rio 11. Lunar 12. Galerias	*Lugares*
O louco	*Casa / Corpo 2 / Arturos*
O machado	*Casa / Corpo 2 / Livro*
O mar	*Zeosório*
O mar: 1. Falésias de Sumidouro *2. Cliffs of the Underground River* 2. Caves de Lagoa Santa *4. Caves of Lagoa Santa* 3. Corte diamantino	*Casa / Corpo 2 / DG*
O mato	*Casa*
O momento real	*Corpo 2 / Dormundo / Lugares*
O morto	*Arturos*
O movimento	*Lapassi / Zeosório*
O no jardim de Seo Biano	*Casa / Dançar / Homem*
O palestrista	*Lapassi / Zeosório*
O parque	*Lapassi / Zeosório*
O passador	*Lapassi / Zeosório*

POEMA	REFERÊNCIA
O passeador	*Corpo 2 / Dormundo / Lugares*
O passista	*Callaloo 18 / L'albero / Livro* *Corpo 2 / Casa*
O poeta	*Lugares*
O poeta da mão escassa	*Lugares*
O poeta faz seu livro	*Lugares*
O Quinhento andou	*Lapassi / Zeosório*
O rei e amante	*Casa / Homem*
O sacrifício	*Casa / Homem / Poesia*
O sol	*Zeosório*
O sambista	*Arturos*
O terreiro	*Arturos*
O trompetista engole	*Lapassi / Zeosório*
O velho cose	*Zeosório*
Obra	*Casa / Corpo 2 / L'albero*
Odila, em Tabuleiro do Pomba	*Lugares / Rebojo*
Oferta	*Coisas*
Oficial e ofício	*Águas / Lugares*
Oié	*Lapassi / Zeosório*
Oitavo dia	*Coisas*
Olhos d'água	*Águas / Lugares*
Onça	*Corpo 2 / Casa*
Ondas	*Zeosório*
Opus	*Coisas / L'albero*
Oração	*Águas / Lugares / L'albero*
Oráculo	*Corpo 1 / Corpo 2 / Lugares*

POEMA	REFERÊNCIA
Oreja agujereada	*Dançar*
Orelha furada	*Casa / Dançar / Baú / Homem L'albero*
Orfeo: 1. Beny Moré 2. Bola de Neve 3. John Lee Hooker	*Signo*
Orfeu	*L'albero*
Orpheus	*Callaloo 24.4*
Organdi	*Zeosório*
Orillas	*Signo*
Os aflitos	*Corpo 1 / Corpo 2 / Lugares*
Os amantes	*Zeosório*
Os Arturos dançam por dentro	*Arturos / Casa / Corpo 2 / L'albero*
Os bens	*Águas / Lugares*
Os dias [1]	*Zeosório*
Os dias [2]	*Águas / Lugares*
Os fogos	*Coisas / Corpo 2*
Os jogadores	*Arturos*
Os milagres	*Zeosório*
Os olhos	*Zeosório*
Os parceiros	*Arturos*
Orlando, carroceiro	*Lugares / Rebojo*
Ouro Preto	*Antologia / Lapassi / Callaloo 18* *Ouro / Zeosório*
Outono	*Zeosório*
Ouvido (varia: O ouvido. Conto de Angola)	*Casa / Corpo 2 / Arturos / DG*

POEMA	REFERÊNCIA
Oyo	*Lapassi / Zeosório*
País do Onça: 1. São Sebastião dos Coqueiros 2. Lagoa de Santo Antônio 3. Vargem bonita	*Águas / Lugares*
Paisagens: 1. Genebra 2. Havana 3. Dublin 4. Nova Orleans 5. Granada 6. Lagos 7. Mariana 8. Praga 9. Cuzco 10. Porto Príncipe 11. Lisboa 12. Marrakech 13. Buenos Aires	*Lugares / Traduções*
Palinódia	*Águas / Lugares*
Palo Monte	*Signo*
Paragem	*Coisas / Corpo 2 / L'albero*
Paraíso	*Poesia 2*
Parceirinhos	*Corpo 2 / Dormundo / Lugares*
Parceiros	*Casa / Corpo 2*
Parcelas de saúde	*Corpo 2 / Dormundo / Lugares*
Partes	*Coisas*
Partes não sofridas da carta de uma esposa	*Brasil*

POEMA	REFERÊNCIA
Partido alto	*Casa / Corpo 2*
Paseos	*Signo*
Paso Doble	*Signo*
Passagem	*Lugares*
Passeio público	*Abre 19*
Passeios	*Zeosório*
Paulino, pedreiro	*Lugares / Rebojo*
Pavão pavana	*Águas / Lugares*
Pedra pomes	*Coisas*
Pedra verde	*Zeosório*
Peixe (em Arturos: A mulher e o peixe. Conto de Angola)	*Casa / Corpo 2 / L'albero Arturos*
Peixes [1]	*Zeosório*
Peixes [2]	*Coisas*
Pensão Agda	*Coisas / Corpo 2*
Pequeno deus	*Diário (31 jul.)*
Perigosas maçãs	*Zeosório*
Pesagem	*Lugares / Rebojo*
Pierced ear	*Voicive*
Pintores: 1. Breno Chagas 2. Dnar Rocha 3. Jorge dos Anjos 4. José Luiz S. 5. Estêvão Silva	*Lugares*
Pintura	*Signo*
Plural	*Águas / Lugares*
Plural (em inglês)	*Atlanta*

POEMA	REFERÊNCIA
Plural das coisas	*Brasil*
Poema futuro	*Corpo 2 / Dormundo / Lugares*
Poema para uma notícia de jornal	*Zeosório*
Pomar	*Coisas*
Ponte	*Casa*
Ponto	*Casa*
Ponto para Nanãna. Mito de experiência	*Arturos*
Porfia	*Coisas*
Poros	*Coisas*
Porosidade	*Coisas*
Porta-voz	*Corpo 1 / Corpo 2 / Lugares*
Porto Príncipe	*Traduções*
Postal	*Corpo 1 / Corpo 2 / Lugares*
Postais: 1. Arrieiro 2. Cigana Niege 3. Viúvo 4. Devorado	*Coisas / Corpo 2*
Povoado	*Corpo 2 / Dormundo/ d'lira / Lugares / Poesia 2*
Praga	*Traduções*
Praying mantis	*Callaloo 19*

POEMA	REFERÊNCIA
Pré-imagens: 1. Casa de 1916 2. Dores do Paraibuna 3. Olaria 4. Pirapetinga 5. Pedras de Areal 6. Caminho novo 7. Juiz de Fora	*Lugares*
Preceito	*Zeosório / L'albero*
Preceito de festa	*Corpo 2 / Dormundo / Lugares*
Prefiguração	*Coisas / L'albero*
Preparação	*Coisas*
Presente	*Águas*
Príncipe Pehul de Futa	*Casa / Corpo 2 / Arturos*
Princípio	*Baú / Casa / Corpo 2 / Livro*
Primeira vista	*Coisas*
Primeiras letras	*Águas / Lugares*
Proibido tirar ouro	*Águas / Lugares*
Pulso	*Casa*
Quaderna	*Águas / Lugares*
Quadra	*Casa / Corpo 2*
Qualidades	*Coisas*
Quarto	*Casa*
Quarto de moça no século XVIII: 1. Oratório 2. Roda de fiar 3. Miudezas 4. Vigília	*Águas / Lugares*

POEMA	REFERÊNCIA
Quatro negrinhos. Jogo de vidas	*Arturos*
Quase um álibi	*Águas*
Que cidade linda	*Zeosório*
Quimera: 1. América 2. Negócios 3. Herencia	*Signo*
Quintais	*Casa*
Qorpo	*Coisas*
Rainha da paz	*Casa / Homem*
Rapto	*Coisas / Corpo 2*
Rascunho	*Casa*
Recitação	*Zeosório*
Rádio lata	*Zeosório*
Ranhuras	*Coisas*
Reabertura das águas aos homens	*Abre 22 / & Cia.*
Rebojo: 1. Estilo 2. Dissidência 3. Pesagem 4. Convívio 5. Edição revista	*Lugares / Rebojo*
Refeita manhã	*Diário (3 jul.)*
Registro	*Corpo 2 / Dormundo / Lugares*
Reinado	*Roda / Casa*
Reino geral	*Corpo 2 / Dormundo / Lugares*
Relâmpago	*Casa*
Relato	*Corpo 2 / Dormundo / Lugares*
Réplica	*Lugares / L'albero*

POEMA	REFERÊNCIA
Request	*Callaloo 19*
Réquiem	*Coisas / Corpo 2*
Resistência	*Abre 18 / Corpo 2 / Dormundo / Lugares*
Retinas	*Corpo 1 / Corpo 2 / Lugares*
Retirantes	*Coisas*
Retratos de Família: 1. Induca, Maria do Rosário 2. Bil, Joaquim Bonifácio 3. Antônio Maria da Silva 4. Tetane, Conceição Natalícia 5. Mário Brás da Luz 6. Tita, Izaíra Maria 7. Intina, Juventina Paula 8. Zé Arthur, José Acácio 9. Geraldo Arthur, Rei Congo	*Arturos / Casa / Corpo 2 / L'albero*
Reunião	*Zeosório*
Revoada	*Diário (ago.)*
Rio de Janeiro	*Lapassi / Zeosório*
Rito	*Signo*
Roda	*Casa / Corpo 2*
Roda de batuque	*Arturos*
Rolando	*Corpo 2*
Ronda	*Signo*
Rosário dos homens (varia: Rosário de Nossa Senhora dos...)	*Arturos / Casa / Corpo 2*
Rotação	*Coisas*
Ruínas	*Zeosório*

POEMA	REFERÊNCIA
Ruvido	*L'albero*
Sabedoria (varia: A sabedoria. Narrativa da Nigéria)	*Casa / Corpo 2 / L'albero / Arturos*
Saliva	*Zeosório*
Salvador	*Lapassi / Traduções / Zeosório*
Samba canção	*Lugares / Rebojo*
Sambistas	*Casa / Corpo 2*
Sangria	*Casa / Corpo 2*
Sanhaço	*Casa*
Santa Efigênia	*Casa / Roda*
Santo Antonio de los criollos	*Dançar*
Santo Antônio dos Crioulos	*Águas / Dançar / Lugares / L'albero*
Santos e santas	*Baú*
Santos homens	*Poesia 2*
São Benedito	*Casa / Roda*
São João da Chapada	*Coisas*
Saturnino, maestro	*Lugares / Rebojo*
Saudade in blues	*Lugares / Saudade 2*
Sebastião, minerador	*Lugares / Rebojo*
Seca	*Casa*
Seda	*Coisas*
Senha	*Coisas*
Senhora do Rosário	*Casa*
Senhorita desespero	*Zeosório*
Serafim disperso	*Águas / ANTO / Lugares*
Shaperville	*Lapassi / Zeosório*

POEMA	REFERÊNCIA
Siesta	*Signo*
Siéssa pedra no giz	*Lapassi / Zeosório*
Signo	*Signo*
Signos	*Zeosório*
Sílaba	*Casa*
Sirena	*Signo*
Sitiados	*Corpo 2 / Dormundo / Lugares*
Sítio	*Coisas*
Sô Nego, advogado	*Lugares / Rebojo*
Sobre a noite	*Corpo 2 / Dormundo / Lugares*
Sólido conflito (varia Conflito)	*Corpo 2*
Solitude	*Coisas / Corpo 2 / L'albero*
Solo	*Signo*
Sonhos	*Coisas*
Sopro	*Casa / Corpo 2*
Soweto	*Lapassi / Zeosório*
Sudika Mbambi (varia: Sudika Mbambi. Narrativa ...)	*Casa / Corpo 2 / Arturos*
Suíte	*Coisas / Corpo 2*
Sumidouro	*Águas*
Superfície	*Coisas*
Tabelas: 1. Do amanhecer 2. Do entardecer 3. Do anoitecer	*Coisas*
Tambores	*Arturos / Casa / Corpo 2 / Luso / África*
Tática	*Casa*

POEMA	REFERÊNCIA
Tear [1]	*Zeosório*
Tear [2]	*Coisas / Corpo 2*
Teares	*Águas / Lugares*
Teatro existencial	*Corpo 2 / Dormundo / Lugares*
Tecelagem	*Lugares*
Teia	*Lugares*
Tempestad	*Signo*
Tempo presente	*Águas / Dançar / Lugares*
Tendinha	*Casa / Corpo 2*
Terra de puro ar	*Diário (ago.)*
Tesoura	*Casa*
Texto	*Coisas / Corpo 2*
The cure	*Callaloo 19*
The meeting	*Callaloo 19*
The opening wing	*Nocturnes*
The painter Estevão Silva	*Callaloo 24.4*
The painter Jorge dos Anjos	*Callaloo 24.4*
The painter José Luís S.	*Callaloo 24.4*
Three sacred drums	*Luso*
Tiçá, esquecido	*Lugares / Rebojo*
Tiempo presente	*Dançar*
Tilu, ubaense	*Lugares / Rebojo*
Tiradentes	*Águas / Lugares / Luso*
Tonico Luís, devoto das almas	*Lugares / Rebojo*
Trama	*Lugares*

POEMA	**REFERÊNCIA**
Tratado	*Coisas*
Travessia	*Coisas*
Três tambores sagrados	*Arturos*
Três tigres	*Coisas*
Tréboles	*Signo*
Tristão	*Coisas / Corpo 2*
Tumás, sapateiro e tanto	*Lugares / Rebojo*
Turismo	*Corpo 1 / Lugares*
U Dimundi	*Lapassi / Zeosório*
Últimas	*Zeosório*
Um casal	*Casa / Corpo 2 / Livro*
Um dia vem	*Lapassi / Zeosório*
Um menino	*Lapassi / Zeosório*
Um mestressala	*Lapassi / Zeosório*
Uma dama completa	*Coisas*
Uma fruta	*Zeosório*
Uma lei não	*Lapassi / Zeosório*
Un reto	*Signo*
Únicos	*Zeosório*
Unsuffered parts of a wife's letter	*Callaloo 24.4*
Usina	*Zeosório*
Valentim Ataíde, o aleijadinho	*Zeosório*
Varanda	*Coisas*
Veludo azul	*Zeosório*
Venda	*Coisas / Corpo 2*

POEMA	REFERÊNCIA
Vender os metais	*Zeosório*
Verde	*Lugares*
Verde visto do alto	*Brasil*
Vermelho	*Zeosório*
Vertigens	*Lugares*
Viagem	*Corpo 1 / Corpo 2 / Lugares*
Viagens: 1. A lei 2. Primeiro enigma 3. Segundo enigma 4. Terceiro enigma 5. Quarto enigma 6. Quinto enigma 7. A lei	*Lugares / Rebojo*
Visita [1]	*Corpo 1 / Corpo 2 / Lugares*
Visita [2] (varia: A visita. O mito dos Efik-ibibio, Nigéria)	*Casa / Corpo 2 / Arturos*
Visitação	*Casa / Corpo 2 / Livro*
Vovó Cici	*Zeosório*
Walking around	*Callaloo 19 / Callaloo 24.4*
Zeosório	*Zeosório*

BIBLIOGRAFIA DO AUTOR

Não foram incluídas nesta bibliografia as referências a apresentações, exposições de fotos, desenhos e colagens, montagens cênicas, músicas, multimedia e textos para cartas e adaptações para o teatro baseados da obra do autor. Para uma listagem desse material, consulte o portal do autor ou o sistema de Currículos Lattes: <lattes.cnpq.br/4287816240108339>.

Poesia

LIVROS: PRODUÇÃO INDIVIDUAL

PEREIRA, Edimilson de Almeida. *Dormundo*. Juiz de Fora: Edições D'Lira, 1985.

_____. *Livro de falas*. Juiz de Fora: Edição do Autor, 1987.

_____. *Árvore dos Arturos & outros poemas*. Juiz de Fora: Edições D'Lira, 1988.

_____. *Corpo imprevisto & Margem dos nomes*. Juiz de Fora: Edições D'Lira, 1989.

_____. *Ô lapassi & outros ritmos de ouvido*. Belo Horizonte: Ed. UFMG, 1990.

_____. *Corpo vivido:* reunião poética. Belo Horizonte: Mazza Edições; Juiz de Fora: Edições D'Lira, 1991.

_____. *O homem da orelha furada*. Juiz de Fora: Edições D'Lira, 1995.

_____. *Rebojo*. Juiz de Fora: Edições D'Lira, 1995.

_____. *Águas de contendas*. Curitiba: Secretaria de Estado da Cultura do Paraná, 1998.

_____. *Zeosório blues:* obra poética 1. Belo Horizonte: Mazza Edições, 2002.

_____. *Lugares ares:* obra poética 2. Belo Horizonte: Mazza Edições, 2003.

_____. *Casa da palavra:* obra poética 3. Belo Horizonte: Mazza Edições, 2003.

_____. *As coisas arcas:* obra poética 4. Juiz de Fora: Funalfa Edições, 2003.

_____. *Signo cimarrón*. Belo Horizonte: Mazza Edições, 2005.

_____. *Livro de falas/ Book of voices*. 4. ed. português/ inglês. Tradução de Steven F. White. Prefácio de Reginaldo Prandi; estudo crítico da tradução de Giovana Cordeiro Campos. Belo Horizonte: Mazza Edições; Juiz de Fora: FUNALFA, 2008.

_____. *Variaciones de um libro de sirenas*. Com prólogo de Silvina Carrizo. Belo Horizonte: Mazza Edições; Juiz de Fora: San Chapeau, 2009.

_____. *L'albero dei nomi: antologia poética*. Tradução de Prisca Agustoni. Torino: Edizioni Torino, 2009.

LIVROS: PRODUÇÃO EM CONJUNTO

PEREIRA, Edimilson de Almeida; BRITO, Ricardo Aleixo. *A roda do mundo*. Belo Horizonte: Mazza Edições, 1996.

PEREIRA, Edimilson de Almeida; AGUSTONI, Prisca. *Traduzioni/ Traduções*. Belo Horizonte: Mazza Edições, 1999.

PEREIRA, Edimilson de Almeida; FREITAS, Iacyr Anderson. *Corpo imprevisto & margem dos nomes/* Pedra Minas & Memorablia. Juiz de Fora: D'Lira, 1989.

PEREIRA, Edimilson de Almeida; FURTADO, Fernando Fábio Fiorese; FREITAS, Iacyr Anderson. *Dançar o nome*. Antologia em português e espanhol com CD. Tradução de Míriam Volpe e Prisca Agustoni. Juiz de Fora: FUNALFA, Ed. UFJF, 2000.

PUBLICAÇÕES EM ANTOLOGIAS

PEREIRA, Edimilson de Almeida. A folha. In: ALVES, Guilherme (Coord.). *Coletânea de poetas inéditos*. Juiz de Fora: Fundação Cultural Alfredo Ferreira Lage (FUNALFA), 1982, p. 75.

_____. Missa Conga. In: BRITO, Ricardo Aleixo (Org.). *Seis poetas afro-americanos*. Belo Horizonte: Instituto Nacional da Tradição e Cultura Afro-brasileira/ Instituto Cultural Brasil – Estados Unidos/ Serviço de Divulgação e Relações Culturais dos EUA, FAFI-BH, 1989. p. 3.

_____. Ouro Preto. In: SAVARY, Olga (Org.). *Antologia da nova poesia brasileira*. Rio de Janeiro: Fundação Rio/Hipocampo, 1992. p. 90.

_____. Ouro Preto. In: FILHO, Jusberto Cardoso (Org.). *Antologia poética de Ouro Preto*. Ouro Preto: Edição do Autor/ Instituto de Filosofia, Artes e Cultura da UFOP, 1995. p. 145.

_____. Reino geral; O sacrifício; Reinado. In: BRASIL, Assis (Org.). *A poesia mineira do século XX*. Rio de Janeiro: Imago, 1998. p. 276-279.

_____. Notas. In: GRUPO CANTARES. *Cantares*. Juiz de Fora: Fernando Franco Produtor, 1999. CD.

_____. Na casa da palavra; O encontro; Encomenda; Andações; Orelha furada; Destinações; Bichos e plantas; Santas e santos; Família lugar; Homens mulheres e rodas; Inquices; Breviário-mor; Calunga Lungara; Princípio. In: NEVES, José Alberto Pinho (Org.). *Baú de Letras:* antologia poética de Juiz de Fora. Juiz de Fora: Prefeitura Municipal de Juiz de Fora/Fundação Cultural Alfredo Ferreira Lage (FUNALFA), 2000. p. 237-249.

_____. Candombe/ Candombe; Missa Conga/ Misa Conga; Dançarina/ Danzarina; Nomes/ Nombres; Sudika Mbambi/ Sudika Mbambi; Obra/ Obra. In: GARCÍA, Xosé Lois. *Antología de la poesía brasileña*. Santiago de Compostela, Galiza: Edicións Laiovento, 2001. p. 465-477.

_____. Calunga Lungara/ Calunga Lungara: a poem by Edimilson de Almeida Pereira. Tradução de Steven F. White. In: ROWELL, Charles Henry (Org.). *Making Callaloo: 25 years of black literature.* New York, USA: St. Martin's Press, 2002. p. 377-378.

_____. Dormundo; Moderato; Induca, Maria do Rosário; Angelinhos; Anjo atlante; Paraíso; Santos homens; Manhã; Encomendação; Missa Conga; O lanceiro; Cuidado; Povoado. In: SANGLARD, Jorge (Org.). *Poesia em movimento:* antologia. Juiz de Fora: Ed. UFJF, 2002. p. 48, 56, 59, 63, 73, 79, 89, 105, 120, 128, 140, 192.

_____. Primeira página; José Eutrópio ícone; Dom Bosco; Lourdes; Estação de Mariano; Baudelairiana; Galerias. In: BARBOSA, Leila Maria Fonseca; RODRIGUES, Marisa Timponi Pereira (Org.). *Letras da cidade*. Juiz de Fora: FUNALFA, 2002. p. 280-286.

_____. Orpheu; Mulher estudando a voz; Reunião; Músico morando sozinho; Signos; Caros ouvintes; Senhorita desespero; Agonia e sorte de Stela do Patrocínio; Noturno; Zeosório. In: NEVES, José Alberto Pinho (Org.). *Companhia de poetas*. Juiz de Fora: Funalfa Edições, 2003. p. 131-145.

_____. Antibiografia. In: GARCÍA, Xosé Lois (Org.). *Homenaxe poética ao trobador Xohán de Requeixo*. Ajuntament Sant Andreu de la Barca, Espanha: Frouseira, 2003. p. 52-54.

_____. Santo Antônio dos Crioulos e Sabedoria. In: , Luiz Carlos dos; GALAS, Maria; TAVARES, Ulisses (Org.). *Antologia da poesia negra brasileira:* o negro em versos. São Paulo: Moderna, 2005. p. 101-102.

_____. Língua. In: SILVA, Wilmar (Org.). *O achamento de Portugal*. Belo Horizonte: Anome Livros, 2005. p. 42-43.

_____. Fragmento; O primeiro menino. In: SORRENTI, Neusa. *A poesia vai à escola:* reflexões, comentários e dicas de atividades. Belo Horizonte: Autêntica, 2007. p. 133.

_____. Na casa da palavra; O jogo do cálice; O corpo; Sílaba; Exercícios; Arca; A grão seco; Baú inglês; Senhorita desespero; Preceito; Aula; História anti-natural; Escariações. In: AGUSTONI, Prisca (Org.). *Oiro de Minas:* a nova poesia das Gerais. Lisboa: Pasárgada/ Ardósia Associação Cultural, 2007. p. 99-112.

_____. Clube/ Club; Santo Anônio dos Crioulos/ Santo Antonio dei Creoli; Preceito/ Precetto; O passista/ Colui che danza; As pedras/ Le pietre; As águas/ Le acque; As frutas/ I frutti; Corpo imprevisto/ Corpo imprevisto; Hipocampo/ Ippocampo; Manuscrito/ Manoscritto. In: AGUSTONI, Prisca (Org.). *Il corpo dissonante:* cinque poeti brasiliani contemporanei. Lugano (Suiza): Alla Chiara Fonte Editore, 2007. p. 50-62.

PUBLICAÇÕES EM REVISTAS ESPECIALIZADAS E PERIÓDICOS

PEREIRA, Edimilson de Almeida. João. *O Catolé*, Fortaleza, n. 55, s/p, fev. 1980.

_____. Dor. *Diário Mercantil*, Juiz de Fora, 24 abr. 1983. Suplemento Literário, p. 5.

_____. Impressão mecânica. *Diário Mercantil*, Juiz de Fora, 22 maio 1983. Suplemento Literário, p. 4.

_____. Cimento e céu. *Diário Mercantil*, Juiz de Fora, 26 jun. 1983. Suplemento Literário, p. 4.

_____. Refeita manhã. *Diário Mercantil*, Juiz de Fora, 3 jul. 1983. Suplemento Literário, p. 4.

_____. História de pau e tempo. *Diário Mercantil*, Juiz de Fora, 10 jul. 1983. Suplemento Literário, p. 4.

_____. Pequeno deus. *Diário Mercantil*, Juiz de Fora, 31 jul. 1983. Suplmento Literário, p. 4.

_____. Terra de puro ar e Revoada. *Diário Mercantil*, Juiz de Fora, 7 ago. 1983. Suplemento Literário, p. 4.

_____. Emprego dos anos. *Diário Mercantil*, Juiz de Fora, 4 set. 1983. Suplemento Literário, p. 4.

_____. Resistência. *Abre Alas*, Juiz de Fora, n. 18, p. 5, 1983.

_____. Passeio público. *Abre Alas*, Juiz de Fora, n. 19, p. 15, 1983.

_____. Reabertura das águas aos homens. *Poesia & Cia.*, Londrina, Paraná, s/p, 1984.

_____. Histórico do medo. *Abre Alas*, Juiz de Fora, n. 21, p.10, 1984.

_____. Reabertura das águas aos homens. *Abre Alas*, Juiz de Fora, n. 22, p. 11, 1984.

_____. A capital. *Abre Alas*, Juiz de Fora, n. 23, p. 4, 1984.

_____. A cerca. *Abre Alas*, Juiz de Fora, n. 25, p. 13, 1985.

_____. Ô lapassi. *Abre Alas*, Juiz de Fora, n. 26, p. 11, 1985.

_____. A capital. *Fala Poeta: um elo de comunicação dos proscritos*, Itaquera, SP, n. 9, p. 5, mar. 1985.

_____. Há para contar. *Abre Alas*, Juiz de Fora, n. 27, p. 2, 1986.

_____. Angelinhos e Anjo atlante.*Tribuna de Minas*, Juiz de Fora, n. 72, p. 3, 23 jun. 1990.

_____. Cuidado. *Correio do Sul*, Varginha, MG, p. 3, 7 jun. 1991.

_____. Tambores. *Áfricas Gerais*. Belo Horizonte: Secretaria Municipal de Cultura / Projeto Tricentenário de Zumbi dos Palmares, n. 1, p. 8, 1995.

_____. Escola; Roda; As frutas; O passista; O ferro; Matina; Induca, Maria do Rosário e Ouro Preto. *Callaloo*, John Hopkins University Press., USA, v. 18, n. 4, p. 885-889, 1032-1034, 1995. Edição especial: Literatura Afro-Brasileira.

_____. School; Circle; The fruit; The dancer; Iron; Morning prayer; Induca, Maria do Rosário; Ouro Preto. PERES, Phyllis *et al.* (Trad.), *Callaloo*, University of Virginia / John Hopkins University Press, USA, v. 18, n. 4, p. 713-717; 872-74, 1995. Special Issue: African Brazilian Literature.

_____. From *Livro de falas* [Book of Voices]: Visitação/ Visitation; O encontro/ The Meeting, Encomenda/ Request; Andações/ Walking Around; Destinações/ Destinations; Mau olhado/ Evil Eye; Um casal/ A couple; Louva-a-Deus/ Praying Mantis; A cura/ The cure; Círculo/ Circle; Cuidado/ Care; Festa/ Celebration;

Amiga/ Friend; Gestação/ Gestation; Amor/ Love; Princípio/ Beginning. WHITE, Steven F. (Org. Trad.). *Callaloo*, University of Virginia/ John Hopkins University Press, USA, v. 19, n. 1, p. 31-43, 1996. Bilingual anthology. A special section.

_____. Numo e Nanã/ Numo et Nanã; Cortejo de Congo/ Cortege du Congo; Matina/ Aube. JOLLY, André-Jean (Org.). *Revue Noire/ Art Contemporain Africain*, Paris, France, n. 22, p. 68, 1996. Edição Especial *Brésil /Brazil: Afro-brasileira.*

_____. Candombe; Sopro; Mutelembe e Ngunga; Peixe. SANTOS, Joel Rufino dos (Coord.). *Revista do IPHAN*, Rio de Janeiro: Ministério da Cultura/Instituto do Patrimônio Histórico e Artístico Nacional, n. 25, p. 112-157, 1997. *Edição Especial Negro Brasileiro Negro*.

_____. As quartinhas/ Sacred vessels; Partido alto/ Circle of Singers; Inquices/ Inquices; Calunga Lungara/ Calunga Lungara. Tradução de Steven F. White. *Callaloo – A Journal of African-American and African Arts and Letters*, University of Virginia/ Johns Hopkins University Press, USA, v. 20, n. 1, p. 83-88, 1997.

_____. As águas/ The waters. In: Antologia poética de autores brasileiros/ Edimilson de Almeida Pereira. WHITE, Steven F. (Org.). *International Poetry Review*. v. 23, n. 1, p. 48-49, 1997.

_____. Serafim disperso; Plural. *ANTO – Revista Semestral de Cultura*. Amarante/ Portugal: Edições Tâmega, n. 3, p. 29-30, 1998.

_____. De *Caderno Qvase*: Plural das coisas; Lutiê Pedro de Jacó; Fiscal; Fortunas; Verde visto do alto; Partes não sofridas da carta de uma esposa; Matemática; Farmácia dicionário; Angústia voa como garça. *Brasil/ Brazil: Revista de Literatura Brasileira/ A Journal of Brazilian Literature*. Brown University, USA; Porto Alegre: Mercado Aberto, n. 19, p. 75-82, 1998.

_____. Poemas (antologia): Ilustração sem Balafong; Músico morando sozinho; De Janis a Bessie; De Bessie a Janis; A cidade flutua. Organização e apresentação de Maria José Somerlate Barbosa. *Torre de Papel*, The University of Iowa, USA, v. 9, n. 2, p. 30-37, 1999.

_____. Na casa da palavra/ In the house of talking; Orelha furada/ Pierced ear. Tradução de Bill Griffiths. *Sub Voicive Poetry 1999*, London, England, n. 11, p. 3-4, 1999.

_____. As pedras/ Le pierres; As frutas/ Le fruits; Momento real/ Moment réel. Tradução de Jean-Paul Mestas. *Jalons*, Nantes, França, n. 64, p. 18-19, 1999.

_____. Os inquices/ The inquices; Família lugar/ Family Place; Missa Conga/ Congo Mass; Rebojo/ Whirlwind; Orelha Furada/ Pierced Ear; Jogo do cálice/ Juggling the Chalice; Na casa da palavra/ In the House of the word. Tradução de Bill Griffiths, William Rowe e David Treece. *Journal of Latin American Cultural Studies*, London, King's College, England, v. 8, n. 2, p. 165-170, 1999.

_____. Three sacred drums/ Tambores; Congo Mass/ Missa Conga; Tiradentes/ Tiradentes; Notices in the market place/ Avisos de praça; Man's instruction by poetry in his rigorous work (2)/ Instrução do homem pela poesia em seu rigoroso trabalho (2). Tradução de Maria José Somerlate Barbosa. *Luso-Brazilian Review*, Univeristy of Wisconsin, USA, n. 38, p. 69-76, 2000. Poemas incluídos na leitura crítica "Strategies of Poetic Language in Afro-mineiro discourses.

_____. Plural/ Plural; Convidados/ Guests; Perdas/ Looms; Epitáfio/ Epitaph; Primeiras letras/ First letters. Tradução de Steven F. White. *Atlanta Review*, Atlanta, USA, v. 7, n. 2, p. 71-77, 2001.

_____. Calunga Lungara/ Calunga Lungara; Inquices/ Inquices. Tradução de Steven F. White. *Callaloo – A Journal of African-American and African Arts and Letters* University of Virginia/ Johns Hopkins University Press, v. 24, n.3, p. 865-867, 2001. The best of *Callaloo*: Poetry – A Special 25th Anniversary Issue.

_____. Cabelo. Minas Gerais, Belo Horizonte: Imprensa Oficial, Secretaria de Estado da Cultura de Minas Gerais, n. 69, mar. 2001. Suplemento Literário, p. 34-35.

_____. Banner of Agony; Book; Corália Her Food; Dear Listeners; Dorva´s House; Orpheus; The painter Jorge dos Anjos; The Painter José Luiz S.; The Painter Estêvão Silva; Sunday; Unsuffered parts of a Wife's Letter; Walking Around. Organização e tradução de Steven F. White. *Callaloo*, University of Virginia/ John Hopkins University Press, v. 24, n. 4, p. 1135-1152, 2001. The Contemporary Diaspora – A Special 25th Anniversary Issue.

_____. Saudade in blues. *Saudade: Revista de Poesia*. Amarante, Portugal: Edições do Tâmega, n. 2, p. 30, jun. 2002.

_____. Hipocampo. *Saudade: Revista de Poesia*. Amarante, Portugal: Edições do Tâmega, n. 3, p. 25, dez. 2002.

_____. Missa Conga. *Revista A Cigarra*. Santo André, Gráfica Sacomã Ltda., ano 20, n.37, p. 40, 2002.

_____. The Opening Wing; Maria Sings Beú; Little Chapel; Farewell: Poems of Edimilson de Almeida Pereira. Tradução de John Keene. *Nocturnes – (Re)view of the Literary Arts*, Berkeley, California., USA, n. 2, p. 54-57, 2002.

_____. Prefiguração/ Prefigurazione; Mirabilia/ Mirabilia; Hipocampo/ Ippocampo; Preceito/ Precetto; Epitáfio/ Epitaffio; Primeiras letras/ Le prime lettere. Organização e tradução de Prisca Agustoni. *Ricerca Research Recherche*, Lecce, Itália: Dipartimento di Lingue e Letterature Straniere, Università degli Studi di Lecce/ Edizioni Milella di Lecce Spazio Vivo, n. 8, p. 405-411, 2002.

_____. Poesia brasiliana contemporanea: i poeti dell'Abre Alas di Minas Gerais – 1980-2000: Paragem/ Luogo; Opus/ Opus; Oração/ Orazione; Santo Antônio dos Crioulos/ Santo Antonio dei Creoli; Contenda/ Contenda; Ebla/ Ebla. Organização de Prisca Agustini. *Semicerchio: rivista di poesia comparata*, Firenze, Itália: Casa Editrice Le Lettere, n. 26-27, p. 72-83, 2002.

_____. Câmara clara; A letra e a voz; História da arte. *Revista Inimigo Rumor*. Rio de Janeiro: 7Letras; São Paulo: Cosac & Naify Edições; Lisboa: Livros Cotovia, n. 14, p. 47, 2003.

_____. Ilustração sem balafong. *Babel – Revista de Poesia, Tradução e Crítica*. Santos, SP; Florianópolis, SC; Campinas, SP, n. 6, p. 82, 2003.

_____. Nervura. *Saudade: Revista de Poesia*, Amarante, Portugal, Edições do Tâmega, n. 6, p. 24-25, jun. 2004.

_____. Onça; O grito; Orelha furada; Na casa da palavra; Livro da irmandade com as palavras sobrevivas à devoração do monstro esquecimento. *Ato – Revista de Literatura*, Belo Horizonte, MG, n. 1, p. 24-28, 2004.

_____. Poems (Selections from *Signo cimarró*): Tempestad; Figura; Signo; Concierto; Orfeo – Beny Moré; Bola de nieve; John Lee Hooker Arte poética – La condición; El método; Biografía; Desaparición de Rosendo Mendizábal y otros – Enigna, Inscripciones, Descifración'". *Afro-Hispanic Review*, Nashville Tennessee, Vanderbilt University, USA, v. 24, n. 1, p. 199-209, 2005.

_____. Enredo. *Ciência e Cultura – Revista da Sociedade Brasileira para o Progresso da Ciência*, São Paulo: Imprensa Oficial, v. 57, n. 3, p. 62-63, 2005.

_____. Arturos/ Arturos; Corpo imprevisto/ Corpo imprevisto; Míticos/ Mitici; Retinas/ Retine; Margens/ Margine; Solitude/ Solitudine; Parte/ Parte; Hipocampo/ Ippocampo; Prefiguração/ Prefigurazione; Mirabilia/ Mirabilia. Organização e tradução de Prisca Agustoni. *L'immaginazione – Rivista di Letteratura*, Lecce, Itália, ano 22, n. 213, p. 29-30, 2005.

_____. As viagens do Menino-Rei. *Revista Família Cristã*, São Paulo: Edições Paulinas, ano 72, n. 840, p. 48-49, 2005. (Conto de Natal, literatura infanto-juvenil).

_____. Improviso. *Roda: Arte e Cultura do Atlântico Negro*, Belo Horizonte: Festival de Arte Negra (FAN), Fundação Municipal de Cultura, n. 4, s/p, mar. 2007.

_____. Enigma; Inscripciones. *Iararana: Revista de Arte, Crítica e Literatura*. Salvador, Bahia (Secretaria de Cultura), ano 9, n. 13, p. 122-123, 2007.

_____. Homeless/ Homeless. Tradução de Steven F. White. *Callaloo – A Journal of African-American and African Arts and Letters*, University of Virginia / Johns Hopkins University Press, v. 30, n. 2, p. 449-470, 2007. Callaloo and the Cultures and etters of the Black Diaspora – The Second of Four Special Thirtieth Anniversary Issues.

_____. Falésias de Sumidouro/ Cliffs of the Underground River; Lua/ Moon; Caves de Lagoa Santa/ Caves of Lagoa Santa; Ouvido/ Listening. Tradução de Ísis McElroy. *DG – The Dirty Goat*. Austin, Texas: Host Publications, n. 20, 2009, p. 150-53.

LITERATURA INFANTO-JUVENIL

LIVROS: PRODUÇÃO INDIVIDUAL (POESIA E PROSA)

PEREIRA, Edimilson de Almeida. *Cada bicho um seu canto* (poesia). Juiz de Fora: Edições D'Lira, 1998.

_____. *O menino de caracóis na cabeça* (prosa). Belo Horizonte: Santa Clara, 2001.

_____. *O primeiro menino* (poesia). Juiz de Fora: Franco Editora, 2002.

_____. *Os reizinhos de Congo* (prosa). Ilustrações de Graça Lima. São Paulo: Ed. Paulinas, 2004. Coleção Árvore Falante.

_____. *Histórias trazidas por um cavalo marinho* (prosa). Ilustrações de Denise Nascimento. São Paulo: Ed. Paulinas, 2005. Coleção Árvore Falante.

_____. *Loas a Surundunga:* subsídios sobre o Congado para estudantes do ensino médio e fundamental. Juiz de Fora: Franco Editora, 2005.

_____. *O Congado para crianças*: livro do professor. Belo Horizonte: Mazza Edições, 2006. Coleção Olerê.

_____. *Rua Luanda* (poesia). Ilustrações de Rubem Filho. São Paulo: Ed. Paulinas, 2007. Coleção Árvore Falante.

LIVROS: CO-AUTORIA: PROSA

PEREIRA, Edimilson de Almeida; AGUSTONI, Prisca. *Filó, a formiga*. Juiz de Fora: Franco Editora, 2001. Coleção Bilbeli, v.1.

_____. *Bia, a borboleta*. Juiz de Fora: Franco Editora, 2001. Coleção Bilbeli, v. 2.

_____. *Camilo, o dromedário*. Juiz de Fora: Franco Editora, 2001. Coleção Bilbeli, v. 3.

_____. *Tibor, o gato*. Juiz de Fora: Franco Editora, 2001. Coleção Bilbeli, v. 4.

_____. *Nina, a vaca*. Juiz de Fora: Franco Editora, 2002. Coleção Bilbeli, v. 5.

_____. *Zefa, a girafa*. Juiz de Fora: Franco Editora, 2002. Coleção Bilbeli, v. 6.

_____. *Guga, o galo*. Juiz de Fora: Franco Editora, 2002. Coleção Bilbeli, v. 7.

_____. *Zezé, o sapo*. Juiz de Fora: Franco Editora, 2002. Coleção Bilbeli, v. 8.

_____. *Bilé, o* pato. Juiz de Fora: Franco Editora, 2003. Coleção Bilbeli, v. 9.

_____. *Belo, o cavalo*. Juiz de Fora: Franco Editora, 2003. Coleção Bilbeli, v. 10.

_____. *Roco, o caranguejo*. Juiz de Fora: Franco Editora, 2003. Coleção Bilbeli, v. 11.

_____. *Carlito, o elefante*. Juiz de Fora: Franco Editora, 2003. Coleção Bilbeli, v. 12.

_____. *Lula, o leão*. Juiz de Fora: Franco Editora, 2003. Coleção Bilbeli, v. 13.

_____. *Zuzi, a abelha*. Juiz de Fora: Franco Editora, 2003. Coleção Bilbeli, v. 14.

PEREIRA, Edimilson de Almeida; ROCHA, Rosa Margarida de Carvalho. *Os comedores de palavras*. Belo Horizonte: Mazza Edições, 2004.

CRÍTICA LITERÁRIA E ESTUDOS CULTURAIS

LIVROS, ARTIGOS, CAPÍTULOS DE LIVRO E PREFÁCIOS

PEREIRA, Edimilson de Almeida. O negro na literatura brasileira: Bertoleza e o significado do suicídio. *Revista Campus,* Juiz de Fora: UFJF, n. 1, p. 59-66, 1985.

_____. Arte e compromisso. *Folhetim*, Juiz de Fora: UFJF, n. 1, p. 28, 1987.

_____. Pulsações da poesia afro-brasileira. *Painel Humanas*, Juiz de Fora: UFJF, n. 3, p. 26-27, 1988.

_____. A outra pedra de Sísifo (sobre a poesia de Iacyr Anderson de Freitas). *Suplemento Literário do Estado de Minas Gerais*, Belo Horizonte, n. 1.156, p. 7, dez. 1990.

_____. Messe (sobre a poesia de Iacyr Anderson Freitas). *Correio do Sul*, Varginha, p. 5, 22 jul. 1995.

_____. Na febre de pesquisa do universo (sobre a poesia de Fernando Py). *Correio do Sul*, Varginha, p. 5, 27 jul. 1995.

_____. Antologia poética de Sérgio Campos (1941-1994). *Poiésis Literatura*, Petrópolis, n. 25, p. 8, jul. 1995.

_____. Panorama da literatura afro-brasileira/ Survey of African Brazilian Literature. PERES, Phyllis (Trans.) *Callaloo*. Sponsored by the University of Virgínia. John Hopkins Univeristy Press, v. 18, n. 4, p. 875-880, 1035-1040, 1995. Número especial: Literatura Afro-Brasileira / Special issue: Literatura Afro-Brasileira.

_____. A paisagem poética de Steven F. White. Prefácio à antologia bilíngüe. *Paisagem com uma vela e abelhas assírias*. Florianópolis: Edições da Orla, 1995, p. 9-14.

_____. Contemporary Brazilian poetry: invention and freedom in the Afro-Brazilian cultural tradition. *Journal of Latin American Cultural Studies*, King's College, London, England, v. 5, n. 2, p. 139-154, nov. 1996.

_____. Um olhar sobre as ondas. Prefácio. In: FREITAS, Iacyr Anderson. Mirante. Juiz de Fora: Edição D'Lira, 1999. p. 3-12.

_____. Um olhar sobre as ondas (a poesia de Iacyr Anderson Freitas). *Correio das Artes*, João Pessoa, ano 53, n. 25, p. 17-18, 9 e 10 fev. 2002.

_____. A poesia e seus mapas: notas sobre *Círculo de luz e xisto* do poeta galego Xosé Lois García. *Cacto: poesia & crítica*, São Paulo, n. 1, p. 159-165, 2002.

_____. Poemas à flor da pele: a poesia de Eliane Accioly Fonseca. *Corrente*, Pirapora, ano 22, n. 959, p. 6, 1 nov. 2002.

_____. A máquina ainda é humana: o percurso de tensões em *Lentus in umbra* de Andityas Soares de Moura. *Literatura: Revista do Escritor Brasileiro*, Brasília: Ed. Códice, ano 11, n. 23, p. 90-93, 2002.

_____. Cantopoemas: uma literatura silenciosa no Brasil. In: FIGUEIREDO, Maria do Carmo Lanna; FONSECA, Maria Nazareth Soares (Org.). *Poéticas afro-brasileiras*. Belo Horizonte: Mazza Edições/PUC-Minas, 2002. p. 37-79.

_____. Poesia no meio da rua, no meio do mar: notas sobre ritualidade e estética na cultura afro-brasileira. In: NASCIMENTO, Evando *et al* (Org.). *Literatura em perspectiva.* Juiz de Fora: Ed. UFJF, 2003. Coleção Derivas, v. 2, p. 9-32.

_____. O exílio em casa: uma leitura de *Explicação dos pássaros*, de António Lobo Antunes. *Ipotesi – Revista de Estudos Literários*, Juiz de Fora; UFJF, Faculdade de Letras, Pós-graduação em Estudos Literários, v. 10, n. 1-2, 2006, p. 109-127.

_____. A poesia no meio da rua, no meio do mar: notas sobre ritualidade e estética na cultura afro-brasileira. In: CLERICI, Annina; MENDES, Marília (Ed.). *De márgenes y silencios:* homenaje a Martín Lienhard/ *De margens e silêncios:* homenagem a Martín Lienhard. Madrid: Iberoamericana; Frankfurt: Vervuert, 2006. p. 127-140.

_____. A poesia no meio da rua, no meio do mar: notas sobre ritualidade e estética na cultura afro-brasileira. In: CHAVES, Rita; MACÊDO, Tania (Org.). *Marcas da diferença:* as literaturas africanas de língua portuguesa. São Paulo: Alameda; FAPESP, 2006. p. 307-318.

_____. A poesia e seus mapas: notas sobre *Círculo de luz e xisto* do poeta galego Xosé Lois García. In: MELLO, Cristina; REQUEIXO, Pepe de (Coord.). *Xosé Lois García:* colóquio homenaxe. Barcelona: Ajuntament de Sant Andreu de la Barca, 2006. p. 285-295.

_____. O movimento literário em Juiz de Fora nos anos 80. In: FARIA, Alexandre (Org.). *Poesia e vida:* anos 70. Juiz de Fora: Ed. UFJF, 2007. p. 183-186.

_____. Pulsações da poesia brasileira contemporânea: o grupo Quilombhoje e a vertente afro-brasileira; e Invenção e liberdade na tradição cultural afro-brasileira. In: AFOLABI, Niyi; BARBOSA, Márcio; RIBEIRO, Esmeralda (Org.). *A mente afro-brasileira*: crítica literária e cultural afro-brasileira contemporânea / *The Afro-Brazilian mind*: contemporary Afro-Brazilian literary and cultural criticism. Trenton, NJ / Asmara, Eritrea: África World Press, 2007. p. 165-190, 191-206.

ANTROPOLOGIA CULTURAL

PRODUÇÃO INDIVIDUAL: LIVROS E ARTIGOS

PEREIRA, Edimilson de Almeida. *Os tambores estão frios*: herança cultural e sincretismo religioso no ritual de Candombe. Juiz de Fora: Funalfa Edições; Belo Horizonte: Mazza Edições, 2005. 624 p.

_____. *Malungos na escola*: questões sobre culturas afro-descendentes e educação. São Paulo: Paulinas, 2007. 312 p. Coleção Educação em foco. Série educação, história e cultura.

_____. Como água benta na vida da gente. *Boletim da Comissão Mineira de Folclore*, Belo Horizonte. n. 16, ago. 1995, p. 3-5. Edição especial em homenagem à Núbia Pereira de Magalhães Gomes (1940-1994).

_____. A educação pela festa. *Revista Dois Pontos: Teoria e Prática em Educação*, Belo Horizonte: Grupo Pitágoras, v. 4, n. 31, mar./abr. 1997, p. 21-24.

_____. A cidade viaja no tempo: de Santo Antônio do Paraibuna a Juiz de Fora". *Locus – Revista de História*, Juiz de Fora: Ed. UFJF/ Núcleo de História Regional, v. 6, n. 2, 2000, p. 172-179.

_____. Educação em festas populares. *Presença Pedagógica*, Belo Horizonte: Ed. Dimensão, v. 9, n. 51, maio/jun. 2003, p.13-21.

_____. Elos do carnaval celebração. *Diálogo: Revista de Ensino Religioso*, São Paulo: Ed. Paulinas, ano 9, n. 33, fev. 2004, p. 44-47.

_____. Presença africana na cultura brasileira. *Diálogo: Revista de Ensino Religioso,* São Paulo: Ed. Paulinas, ano 10, n. 38, maio 2005, p. 26-29.

COAUTORIA: LIVROS

GOMES, Núbia Pereira de Magalhães; PEREIRA, Edimilson de Almeida. *Negras raízes mineiras:* os Arturos. Juiz de Fora: Ed. da UFJF/ Ministério da Cultura, 1988. 532 p.

_____. *Assim se benze em Minas Gerais*. Belo Horizonte: Mazza Edições; Juiz de Fora: Ed. UFJF, 1989. 280 p.

_____. *Arturos:* olhos do rosário. Fotografia de Marcelo Pereira. Belo Horizonte: Mazza Edições, 1990. 108 p.

_____. *Mundo encaixado:* significação da cultura popular. Belo Horizonte: Mazza Edições; Juiz de Fora: UFJF, 1992. 392 p.

_____. *Do presépio à balança:* representações sociais da vida religiosa. Belo Horizonte: Mazza Edições, 1995. 452 p.

_____. *Negras raízes mineiras:* os Arturos. 2. ed. Prefácio, de Monique AUGRAS. Belo Horizonte: Mazza Edições, 2000.

_____. *Ardis da imagem:* exclusão étnica e violência nos discursos da cultura brasileira. Belo Horizonte: Mazza Edições, 2001. 304 p.

_____. *Flor do não esquecimento:* cultura popular e processos de transformação. Belo Horizonte: Autêntica, 2002.

_____. *Ouro Preto da Palavra:* narrativas de preceito do Congado em Minas Gerais. Belo Horizonte: Ed. PUC-Minas/ Mazza Edições, 2003.

_____. *Assim se benze em Minas Gerais:* um estudo sobre a cura através da palavra. 2. ed. atualizada e aumentada. Belo Horizonte: Mazza Edições, 2004.

COAUTORIA: ARTIGOS E CAPÍTULOS DE LIVRO

GOMES, Núbia Pereira de Magalhães; PEREIRA, Edimilson de Almeida. As asas fechadas da liberdade. *Tribuna da Tarde*, Juiz de Fora, 13 maio 1988, p. 13.

_____. Mato do Tição: relicário de negros. *Tribuna da Tarde*, Juiz de Fora, 13-14 maio 1990, p. 11.

_____. Negras raízes mineiras: os Arturos. *Tribuna da Tarde*, Juiz de Fora, 15 maio 1990, p. 6.

_____. Projeto Minas & Mineiros chega a Jequitibá. *Tribuna da Tarde*, Juiz de Fora, 30 abril 1991, p. 3.

_____. Negras raízes mineiras. *Tribuna da Tarde*, Juiz de Fora, 11 maio 1991, p. 3.

_____. O mundo encaixado: sistematicidade e significação da cultura popular. *Comunicações Filosóficas*. Juiz de Fora: UFJF/ ICHL/ Departamento de Filosofia, v. 2, n. 1, jan./jul. 1992, p. 99-121.

_____. Projeto Minas & Mineiros: a busca de um modelo cultural alternativo. *Anais do Simpósio Nacional de Ensino e Pesquisa de Folclore*. Fundação Cultural Cassiano Ricardo/ Comissão Nacional de Folclore/ UNESCO/ IBECC, São José dos Campos, SP, 1992, p. 297-310.

_____. Benzeções: a cura através da palavra. *Boletim da Comissão Mineira de Folclore*. Belo Horizonte: CMF/SESC, n. 15, 1992, p. 51-57.

_____. Negras raízes mineiras: a sabedoria do Rei Congo. *Áfricas Gerais*. Belo Horizonte: Secretaria Municipal de Cultura/ Projeto Tricentenário de Zumbi dos Palmares, n. 3, out./nov. 1995, p. 6-7.

_____. Ô cumbi! Ele vem! Projeto Minas & Mineiros em Jequitibá. *Comissão Mineira de Folclore Notícias*, Belo Horizonte, ano 1, n. 3, nov. 1995, p. 5-6.

_____. Painel sobre a religiosidade popular no Brasil e em Portugal. In: BESSA, Pedro Pires (Org.). *Riqueza cultural ibero-americana*. Belo Horizonte: FAPEMIG; Divinópolis: Instituto de Ensino Superior de Pesquisa, 1996, p. 613-616.

_____. Religiosidade popular: uma ponte entre Brasil e Península Ibérica. In: NASCIMENTO, Braulio do (Coord.). *Euro-América:* uma realidade comum? Rio de Janeiro: Comissão Nacional de Folclore/ UNESCO/ IBECC/ Tempo Brasileiro, 1996, p. 79-94.

_____. Linguagem: flor do não esquecimento – análise de narrativas orais. *Boletim da Comissão Mineira de Folclore*. Belo Horizonte: CMF, n. 17, ago. 1996, p. 43-75.

_____. Os Arturos (nota biográfica). *Revue Noire / Art Contemporain Africain*, Paris, n. 22, set./out./nov. 1996, p. 67. Edição especial *Brésil.Brazil. Afro-Brasileira*

_____.Terço da Lola: liderança religiosa de leigos. *Boletim da Comissão Mineira de Folclore*. Belo Horizonte: CMF, n. 18, 1998, p. 134-170.

_____. Canto às Parcas: excelências e benditos. *Revista Anual da Comissão Mineira de Folclore*. Belo Horizonte: CMF, n. 19, 1998, p. 27-33.

_____. Rosário de muitas fés: mediações do sincretismo nas religiões populares. *Rhema Revista de Filosofia e Teologia do Instituto Arquidiocesano Santo Antônio/ ITASA*. Juiz de Fora: ITASA, v. 4, n. 16, l998, p. 125-156.

_____. Os monstros somos nós: identidade e alteridade na cultura popular rural. *Revista da Comissão Mineira de Folclore*. Belo Horizonte: CMF, n. 20, 1999, p. 35-59.

_____. Janelas em movimento: cultura popular e processos de transformação". In: LIENHARD, Martín (Coord.). *La memória popular y sus transformaciones:* América Latina y países luso-africanos. Frankfurt:Vervuert; Madrid: Iberoamericana, 2000. p. 53-64.

_____. Inumeráveis cabeças: tradições afro-brasileiras nos horizontes da contemporaneidade. In: FONSECA, Maria Nazareth (Org.). *Brasil afro-brasileiro*. Belo Horizonte: Autêntica, 2000. p. 41-59.

_____. A ingoma e o rosário. *Humboldt*. Bonn/Alemanha: Editorial Internationes, n. 80, 2000, p. 26-27.

_____. A palavra e o mundo: eficácia da linguagem simbólica no ritual de Candombe. *Revista da Comissão Mineira de Folclore*. Belo Horizonte: CMF/ Newton Paiva, n. 22, ago. 2001, p. 41-56.

_____. No balanço do divino: notas sobre uma estética do sagrado. *Revista do Patrimônio Histórico e Artístico Nacional*. Rio de Janeiro: IPHAN, n. 29, 2001, p. 122-143.

_____. No mar com os devotos: o Congado e o Candombe como pontes culturais entre Brasil e África. In: LIENHARD, Martin (Coord.). *Ritualidades latino-americanas:* un acercamiento inter-disciplinario. Madrid: Iberoamericana; Frankfurt: Vervuert, 2003. p. 233-254. Colección nexos y diferencias – Estudios culturales latinoamericanos.

_____. No mar com os devotos: o Congado e o Candombe como pontes culturais entre Brasil e África.In: CHAVES, Rita; SECCO, Carmen; MACÊDO, Tânia (Org.). *Brasil/ África: como se o mar fosse mentira*. Maputo: Imprensa Universitária, Universidade Eduardo Mondlane, 2003. p. 299-327.

PEREIRA, Edimilson de Almeida; WHITE, Steven F. Brasil: panorama de interações e conflitos numa sociedade multicultural. *Afro-Ásia*. Salvador: Centro de Estudos Afro-Orientais (CEAO) / Universidade Federal da Bahia (UFBA), n. 25-26, 2001, p. 257-280.

_____. Brazil: interactions and conflicts in a multicultural society". In: CORNWELL Grant H.; STODDARD, Eve Walsh (Org.). *Global multiculturalism:* comparative perspectives on ethnicity, race, and nation. Boston: Rowman & Littlefield Publishers, 2001. p. 123-141.

BIBLIOGRAFIA SOBRE O AUTOR

Não foram incluídas nesta bibliografia as referências a teses de doutorado e dissertações de mestrado sobre a obra do autor. Para essas informações, consulte o sistema de Currículos Lattes: <lattes.cnpq.br/4287816240108339>.

Entrevistas com o Autor

AGUSTONI, Prisca. "Encontro Marcado: Entrevista com Edimilson de Almeida Pereira". Efetuada no 6º Salão do Livro de Minas Gerais & Encontro de Literatura. Belo Horizonte, 19 de agosto de 2006, <www.balaio deminas.com.br/conteudo/ arte/literatura/familias.asp.>

BAHIA, José Aloise. "Trinca: entre cortes e interfaces: 13 pontos. Entrevista: Edimilson de Almeida Pereira, Jovino Machado e Wilmar Silva". <http:www.germina literatura.com.br/pcruzadasedimilsonjovinowilmarago 2006. htm.>

BARBOSA, Maria José Somerlate. Edimilson de Almeida Pereira: "Com modos e truques de ouvir". *Brasil-Brazil – Revista de Literatura Basileira / A Journal of Brazilian Literature*. Providence: Brown University; Porto Alegre: Mercado Aberto, n. 19, p. 98-130, 1998.

BRITO, Ricardo Aleixo. Viagem pelo interior da afro-mineiridade. *O Tempo/ Magazine-Blequitude*, Belo Horizonte, p. 5, 19 fev. 1997.

GUIMARÃES, José Carlos de Lery. "Mundo encaixado: significação da cultura popular" (juntamente com a Professora Núbia Pereira de Magalhães Gomes). Programa Mesa Redonda, TV TIRADENTES, Juiz de Fora, MG, 10 dez. 1992.

MARQUES, Fabrício. Conversa com Edimilson de Almeida Pereira. In: _____. *Dez conversas:* diálogos com poetas contemporâneos. Edição bilíngüe português espanhol. Tradução de Prisca Agustoni. Belo Horizonte: Gutenberg, 2004, p. 58-79.

REIS, Ana Maria. "Entrevista". In: JF Service on line. <http://www.poéticas.com.ar/Directorio/Poetasmiembros/EdimilsonAlmeidaPereirahtml.> Juiz de Fora, 20 set. 2000.

SEBASTIÃO, Walter. A história da cultura popular mineira. *Estado de Minas*, Belo Horizonte, p. 1, 16 abr. 1995. Segunda Seção, p. 1.

TEIXEIRA, Faustino do Couto. "Espaços populares de religião: entrevista com Edimilson Pereira". *IHU on-line. Revista do Instituto Humanitas Unisinos.* São Leopoldo: Universidade do Vale do Rio dos Sinos, UNISINOS, <www.unisinos.br/ihu>. n. 4, n. 169, p. 79-82, 19 dez. 2005.

TV MINAS, equipe. "Entrevista sobre o livro *Assim se benze em Minas Gerais*" (juntamente com a Professora Núbia Pereira de Magalhães Gomes). Belo Horizonte, 20 nov. 1989.

WHITE, Steven F. "An Interview with Edimilson de Almeida Pereira". *Callaloo – A Journal of African-American and African Arts and Letters.* University of Virginia/ Johns Hopkins University Press, v. 19, n.1, p. 44-54, 1996.

ARTIGOS, CAPÍTULOS E PREFÁCIOS

AGUSTONI, Prisca. Os sete selados na poética de Edimilson de Almeida Pereira. In: FARIA, Alexandre (Org.). *Poesia e vida:* anos 70. Juiz de Fora: Ed. UFJF, 2007, p. 217-231.

_____. Escavações na língua e na cultura. PALARA, n.12, p. 16-28, 2008.

AUGRAS, Monique. É negra a Virgem do Rosário. *Folhetim/ UFJF*. Juiz de Fora: Instituto de Ciências Humanas e Letras (ICHL), n. 3, p. 50-52, 1989.

AUGUSTO, Ronald. Espiral Zeosória. *Literatura – Revista do Escritor Brasileiro,* Fortaleza, ano 12, n. 25, p.103-105, jun./dez. 2003.

BARBOSA, Maria José Somerlate. Dicionário de forquilhas: a poesia de Edimilson de Almeida Pereira. In: FIGUEIREDO, Maria do Carmo Lanna; FONSECA, Maria Nazareth Soares (Org.). *Poéticas afro-brasileiras*. Belo Horizonte: Mazza Edições/ PUC Minas, 2002. p. 159-190.

_____. Exu: verbo devoluto. In: FONSECA, Maria Nazareth Soares (Org.). *Brasil Afro-brasileiro*. Belo Horizonte: Autêntica, 2000. p.153-171.

_____. Strategies of poetic language in Afro-mineiro discourses. *Luso-Brazilian Review*, University of Wisconsin, Madison, v. 37, n. 1, p. 63-82, 2000.

BRITO, Rique Aleixo de. Viagens à textualidade afro-mineira. *Suplemento Literário do Minas Gerais*, Belo Horizonte, n. 1113, p. 6, 7 jan. 1989.

_____. Ô lapassi & outros ritmos de ouvido: modo de usar. *Revista Literária do Corpo Discente da UFMG*. Belo Horizonte: Faculdade de Letras da UFMG, ano 22, n. 22, p. 147-149, dez. 1989/jan. 1990.

_____. Às portas da casa da palavra. In: PEREIRA, Edimilson de Almeida. *Casa da palavra*: obra poética 3. Belo Horizonte: Mazza Edições, 2003. p. 15-16.

CARRANÇA, Flávio. Quilombo das letras: autores negros enfretam barreiras para publicar suas obras. *Revista Problemas Brasileiros*. São Paulo: SESC, n. 360, p. 32-35, nov./dez. 2003.

CHAVES, Rita. Prefácio. As coisas arcas. In: PEREIRA, Edimilson de Almeida. *As coisas arcas*: obra poética 4. Juiz de Fora: Funalfa Edições, 2003. p. 15-21.

CRUZ, Adélcio de Souza. Afro-brasilidade urbana: poética da diáspora em performance. In: ALEXANDRE, Marcos Antônio. *Representações performáticas brasileiras:* teorias, práticas e suas interfaces. Belo Horizonte: Mazza Edições, 2007, p. 120-128.

FONSECA, Maria Nazareth. Prefácio. Retratos em branco e preto. In: PEREIRA, Edimilson de Almeida; GOMES, Núbia Pereria de Magalhães. *Ardis da Imagem:* exclusão étnica e violência nos discrursos da cultura brasileira. Belo Horizonte: Mazza Edições/ PUC-Minas, 2001. p. 15-27.

_____. Vozes em discordância na literatura afro-brasileira contemporânea. In: FIGUEIREDO, Maria do Carmo Lanna; FONSECA, Maria Nazareth Soares (Org.). *Poéticas afro-brasileiras*. Belo Horizonte: Mazza Edições/ PUC-Minas, 2002. p. 191-220.

_____. Autores afro-brasileiros contemporâneos. In: SOUZA, Florentina; LIMA, Maria Nazaré (Org.). *Literatura Afro-brasileira.* Salvador: Centro de Estudos Afro-Orientais; Brasília: Fundação Cultura Palmares, 2006. p. 131-137.

FREITAS, Iacyr Anderson. Prefácio. Oralidade, iniciação e metalinguagem ou "o ovo de outras coisas". In: PEREIRA, Edimilson de Almeida. *O homem da orelha furada*. Juiz de Fora: Edicões D'Lira, 1995. p. 5-8.

_____. Minas são muitas: quatro poemas na bateia, uma controvérsia na manga. *Cerrados – Revista do Programa de Pós-Graduação em Literatura*. Brasília, n. 18, ano 13, 2004. p. 117-119.

_____. Prefácio. Lugares luminares. In: PEREIRA, Edimilson de Almeida. *Lugares ares:* obra poética 2. Belo Horizonte: Mazza Edições, 2003. p. 15-17.

GARCÍA, Xosé Lois. Ecos do imbondeiro: voltar às raízes africanas com Edimilson de Almeida Pereira. *Angolé: Revista de Sociedade e Cultura*. Lisboa e Luanda, Impresse 4, n. 34, p. 38, dez. 2002.

GODOY, Ana Boff de. Identidade crioulizada: a (re)construção de um novo homem. In: BERND, Zilá; LOPES, Cícero Galeno (Org.). *Identidades e estéticas compósitas*. Canoas: Centro Universitário La Salle; Porto Alegre: UFRGS, 1999. p. 61-81.

LEITE, Sebastião Uchoa. Prefácio. In: PEREIRA, Edimilson de Almeida. *Zeosório Blues:* obra poética 1. Belo Horizonte: Mazza Edições, 2002. s/p.

LUCAS, Fábio. Prefácio. O rito e a busca de Edimilson de almeida Pereira. In: PEREIRA, Edimilson de Almeida. *Rebojo*. Juiz de Fora: Edições D'Lira, 1995.

LUIS, William. Prólogo. Introducción a *Signo Cimarrón*. In: PEREIRA, Edmilson de Almeida. *Signo Cimarrón*. Belo Horizonte: Mazza Edições, 2005. p. 7-19.

NASCIMENTO, Márcia dos Santos do. Nos interstícios da linguagem: vozes de África na poesia de Edimilson de Almeida Pereira. *Palara*, n. 11, p. 46-53, 2007.

PADILHA, Laura Cavalcante. Reconversões. *Via Atlântica*, n. 1, p.142-152, 1997.

_____. De narcisos e espelhos. *Metamorfoses*, Rio de Janeiro, n. 1, p. 143-152, 2000.

_____. Reconversões; De narcisos e espelhos; Velhas palavras e idades. In: _____. *Novos pactos, outras ficções:* ensaios sobre literaturas afro-luso-brasileiras. Porto Alegre: EDIPUCRS, 2002. Coleção Memória das Letras 10, p. 249-258, 267-287.

RIBEIRO, Gilvan Procópio. Prefácio. Poesia e liberdade. In: PEREIRA, Edimilson de Almeida. *Águas de Contendas*. Curitiba: Secretaria de Estado da Cultura, 1998.

RISÉRIO, Antonio. Prefácio. E a roda do mundo gira, camará. In: PEREIRA, Edimilson de Almeida; BRITO, Ricardo Aleixo. *A roda do mundo*. Belo Horizonte: Mazza Edições, 1996. p. 7-10.

SANTOS, Jussara. Palavra poética em transe/transito: manifestações pelos sete buracos da minha cabeça. In: ALEXANDRE, Marcos Antônio. *Representações Performáticas brasileiras:* teorias, práticas e suas interfaces. Belo Horizonte: Mazza Edições, 2007. p. 86-104.

WHITE, Steven F. Reiveinting a sacred past in contemporary Afro-Brazilian poetry. *Callaloo* University of Virgínia / John Hopkins University Press, v. 20, n. 1, p. 69-105, 1997.

_____. A reinvenção de um passado sagrado na poesia afro-brasileira contemporânea. *Estudos Afro-Asiáticos*. Rio de Janeiro: Centro de Estudos Afro-Asiáticos (CEAA)/ Universidade Candido Mendes. n. 35, p. 97-110, jul. 1999.

RESENHAS, NOTÍCIAS E DIVULGAÇÃO EM JORNAIS

ALMEIDA, César. Resgate ao ritual da palavra. *Tribuna da Tarde*, Juiz de Fora, p. 1, 13 jan. 1990.

ASSIS, Júlio. *Dançar o nome,* poesia para ler e ouvir. *O Tempo*, Belo Horizonte, p. 3, 25 ago. 2001.

_____. Negras raízes mineiras revela a alma dos Arturos. *Hoje em Dia*, Belo Horizonte, p . 23, 30 ago. 1988.

BRITO, Rique Aleixo de. Assim se benze em Minas Gerais. *Jornal de Opinião*, Belo Horizonte, p. 8, 17-23 dez. 1989.

CORREIO DO LEITOR, equipe. Eu sou mulher, a benzedeira. *Correio do Leitor: Jornal Trimestral de Cultura*. Lagoa Santa, MG, ano 2, n. 6, p. 1, dez. 1989 – fev. 1990.

CUNHA, Alécio. Poemas lançam coleção Black Maria. *Hoje em Dia*, Belo Horizonte, 13 nov. 1996, Cultura, p. 6.

_____. Revista francesa destaca brasilidade sem clichê. *Hoje em Dia*, Belo Horizonte, 4 dez. 1996, Cultura, p. 6.

_____. Ouro Preto da Palavra resgata Congado em Minas. *Hoje em Dia*, Belo Horizonte, 22 mar. 2003, Cultura, p. 8.

ESPESCHIT, Rita. A história das rezas e benzeções em novo livro. *Hoje em Dia*, Belo Horizonte, p. 28, 24 nov. 1989.

ESTADO DE MINAS, equipe. Fotógrafos mineiros expõem em Londres. *Estado de Minas*, Belo Horizonte, 29 nov. 1994. Segunda seção, p. 4.

ESTADO DE MINAS, equipe. Ensaio sobre os Arturos premiado pela FUNARTE. *Estado de Minas,* Belo Horizonte, 14 nov. 1994. Segunda seção, p. 2.

FERNANDES, Fernanda. "Jogos de palavras". *Tribuna de Minas, Caderno Dois*. Juiz de Fora, p. 1, 11 dez. 2003.

_____. Diversidade brasileira em linguagem acessível. *Tribuna de Minas.* Juiz de Fora, 13 dez. 2005. Caderno Dois, p. 1.

FREITAS, Iacyr Anderson. Corpo revisto. *Correio do Sul,* Varginha, MG, 25 ago./1º set. 1994. Suplemento Literário Diversos Caminhos, p. 4 e 7.

FRADE, Cáscia. Do presépio à balança: representações sociais da vida religiosa. (Resenha). *Boletim da Comissão Nacional de Folclore*, Rio de Janeiro, n. 17, p. 2-3, jan./jun. 1995.

_____. Do presépio à balança: representações sociais na vida religiosa. (Resenha). *Boletim da Comissão Mineira de Folclore*, Belo Horizonte, n. 16, p. 61-62, ago. 1995.

FREITAS, Teresa Cristina. Palavras que curam e gestos milagrosos. *Diário Regional*, Juiz de Fora, p. 4, 6 nov. 1994.

GARCÍA, Xosé Lois. Edimilson de Almeida Pereira, no obstinado rigor da poesía. *El Correo Gallego*, Galiza, Espanha, s.p., Enero, 2003.

GOULART, Daniel. Os Três Reis Magos continuam o caminho na tradição da Folia. *Diário Regional*, Juiz de Fora, p. 16, 8 jan. 1995.

_____. D'Lira lança cinco livros. *Diário Regional,* Juiz de Fora, 5 nov. 1995. Caderno Três, p. 21.

_____ Guardas de Moçambique e Congo. *Danças populares brasileiras*. Publicação Rhodia S.A., 1989, p. 46 a 51, 138 a 141 e 215.

LADEIRA, Ana Marta S. A cura na comunhão entre a palavra e a fé. *UFJF em notícias*, Juiz de Fora, n. 106, p. 8, 15 dez. 1989.

_____. Um homem destinado a servir à literatura. *UFJF em notícias*, Juiz de Fora, n. 108, p. 8, 28 fev. 1990.

LEÃO, Edson. Morrer e nascer na história do povo. *Diário Regional*, Juiz de Fora, p. 10, 11 maio 1995.

LOPES, Carlos Herculano. Entre o mito e a história. *Estado de Minas*, Belo Horizonte, 22 de mar. 2003. Cultura, p. 2.

LUCAS, Fábio. Autores fora do circuito. *Agenda Cultural de São Paulo*. São Paulo, p.2, jun. 1994.

MOTA, Camilo. Edimilson: entre a negritude e a existencialidade. *Gazeta Petropolitana*, Petrópolis (partes 1, 2 e 3), p. 8, 14, 21 e 28 dez. 1996.

MOURA, Andityas Soares de. O mar escreve duras idéias: ou como o *blues* sangrado de Edimilson de Almeida Pereira toca nas rádios das cidades invisíveis. (Resenha). *Poiésis – Literatura, Pensamento e Arte*, Petrópolis, n. 85, p. 5. abr. 2003.

NASCIMENTO, Lyslei de Souza. A poesia dançarina: "cuerpo y palabra". *O Tempo,* Belo Horizonte, 25 ago. 2001. Magazine, p. 3.

NINA, Cláudia. De argumentos desconexos a um mundo próprio, o rumo da cultura popular. *Tribuna da Tarde*, Juiz de Fora, p. 1, 18 fev. 1992.

_____. Cultura popular: entre montanhas, o universo perdido das Minas Gerais. *Tribuna de Minas,* Juiz de Fora, 11 maio 1995. Caderno Dois, p. 10.

_____. Cenas de um Brasil mestiço. *Tribuna de Minas*, Juiz de Fora, 4 dez. 1996, p. 1.

OLIVEIRA, Heloisa Aline. A simbologia sexual do casamento na roça. *Estado de Minas*, Belo Horizonte, 4 dez. 1994. Caderno Feminino, p. 24.

PERNISA JÚNIOR, Carlos. CD registra poemas – com Iacyr A. Freitas, Fernando F. Fiorese Furtado, Edimilson de A. Pereira. *Tribuna de Minas*, Juiz de Fora, 29 jan. 1997. Caderno Dois, p. 1.

PIRES, Pablo. Edimilson Pereira une fala do poeta à do pesquisador. *O Tempo*, Belo Horizonte, 2 jun. 1999. Magazine, p. 4.

RIBAS, Sérgio. As páginas sagradas e profanas. *Hoje em Dia/JF*, Juiz de Fora, p. 26, 15 jan. 1990.

RIBEIRO, Gilvan Procópio. Dois poetas de Minas. *Tribuna da Tarde,* Juiz de Fora, 16 jun. 1990. TT2, p. 4.

RIBEIRO, Mônica. Herança da África: pesquisadores redescobrem em Minas a força do Candombe, um rito negro na fronteira entre a tradição e a modernidade. *Tribuna de Minas*, Juiz de Fora, 3 dez. 1997. Caderno Dois, p. 1.

ROCHA, Izaura. Plataforma dos caminhos literários. *Jornal Panorama*, Juiz de Fora, 10 dez. 2003. Caderno de Cultura, p. 1.

ROCHA, Enilce Albergaria. No fio da navalha. *Estado de Minas*, Belo Horizonte, 20 dez. 2003. Caderno Pensar, p. 4.

ROLIM, Cândido. Encalço de um fugitivo (resenha de *Signo cimarrón*). *Roda -Arte e Cultura do Atlântico Negro*. Belo Horizonte: Fundação Municipal de Cultura/ FAN – 3º Festival de Arte Negra, n. 1, p. 44-46, mar. 2006.

SEBASTIÃO, Walter. Minas se benze e revela seu imaginário.*Tribuna de Minas*, Belo Horizonte, p.1, 2 dez. 1989.

_____. Uma noite dedicada à poesia. *Estado de Minas*, Belo Horizonte, p. 7, 29 set. 1995.

_____. Poesia celebra o tempo circular. *Estado de Minas*, Belo Horizonte, p. 8, 13 nov. 1996.

SILVEIRA, Oliveira. Resenha. De repente um poeta maduro nas Gerais. *Porto & Vírgula*. Porto Alegre: Secretaria Municipal de Cultura. n. 31, p. 39-41, maio 1997.

SOARES, Adélia. A riqueza da cultura negra em Minas. *Diário Regional,* Juiz de Fora, p. 14, 20 nov. 1994.

TRIBUNA DA TARDE. A criação poética em aliança com a pesquisa cultural. *Tribuna da Tarde*, Juiz de Fora, 7 jun. 1990. TT2, p. 1.

TRIBUNA DA TARDE, equipe. Ritmo negro das Gerais. *Tribuna da Tarde,* Juiz de Fora, p. 1, 21 dez. 1990.

TRIBUNA DE MINAS, equipe. Projeto investiga o ritual perdido do Candombe. *Tribuna de Minas*, Juiz de Fora, p. 2, 29 dez. 1996.

ÍNDICE ONOMÁSTICO E TEMÁTICO

(Os títulos dos livros estão marcados em itálico, os nomes dos poemas aparecem entre aspas).

A

B

G

H

I

J

T

U

Este livro foi composto nas tipologias *Calibri*, *Adobe Garamond* e *Minion Pro* e impresso em papel Offset 75g/m² (miolo) e Cartão 250g/m² (capa), no mês de novembro de dois mil e nove.